땅을 딛고 하늘 보기

- 그 우주의 숨소리 -

땅을 딛고 하늘 보기

1판 1쇄 발행 | 2020년 3월 20일
엮은이 | 여동원
발행인 | 이선우
펴낸곳 | 도서출판 선우미디어
　　　　　등록 | 1997. 8. 7 제305-2014-000020
　　　　　02643 서울시 동대문구 장한로 12길 40, 101동 203호
　　　　　☎ 2272-3351, 3352 팩스: 2272-5540
　　　　　sunwoome@hanmail.net
　　　　　Printed in Korea ⓒ 2020. 여동원

값 13,000원

※ 잘못된 책은 바꿔 드립니다.
※ 저자와 협의하여 인지 생략합니다.
※ 이 도서의 국립중앙도서관 출판예정도서목록(CIP)은 서지정보유통지원시스템 홈페이지
(http://seoji.nl.go.kr)와 국가자료공동목록시스템(http://www.nl.go.kr/kolisnet)에서 이용하실 수
있습니다.(CIP제어번호:CIP2020009842)

ISBN 978-89-5658-637-3 03810

여동원 에세이

땅을 딛고 하늘 보기

- 그 우주의 숨소리

선우미디어 sunwoomedia

그 우주의 숨소리

동양에서는 음양(陰陽) 그 기(気)의 조화라 하고, 서양에서는 음양 (-, +) 그 힘(에너지)의 운동이라 말하는 우주의 숨소리, 그 맥박에 귀 기울이며 내가 함께 더불어 살아있음을 확인한다. 이 모든 생산과 운동, 사망이라는 사이클에 의해 우주가 살아있음을 보여주고 있다.

하늘이 무너질 것 같았던 옛날 아픈 풋사랑 이야기를 들려주면 여 인들은 연속극보다 더 재미있어 한다. 한 친구가 고시실패, 연애실 패, 사업실패 끝에 목을 매달았는데 그 실패한 이야기마저 먼 뒷날 그가 성공한 후에 들었을 때는 영웅담이 되어 감동까지 준다. 나와 가까운 한 분은 젊은 시절 4번의 자살기도에도 살아남아 90이 넘게 사셨는데 당시의 자살 소동들을 한참 훗날 내가 농으로 하면 피식 웃으신다.

불가에선 생즉고(生卽苦)라 말한다. 하루하루의 삶이 곧 고(苦)라 해서다. 그런데 苦만일까.

병들어 죽고 이별하는 삶이 결코 樂이라 말할 수는 없다 해도, 그래서도 생이 값져 보인다. 내일이 불확실한 세상, 내일을 장담할 수 없는 사업, 내일을 모르는 건강, 정인들과의 영이별이 언제 어느 순간에 끼어들지 모르는, 서로 간에 이기심으로 돌아앉을 듯 아슬아슬한, 이런 불안들이 나를 삼킬 듯 암담하게 보이는 생(生)을 '락(樂)'이라 감히 토를 달기가 뭣하나, 내가 산, 살고 있는 경험으로도 감히 말해 '苦'만이었을까. 그렇다 해서 내 삶이 기똥차게 신나는 일들의 연속이었냐 하면 그 반대쪽이 더 많았다고 해야 옳다.

그러나 찌푸린 하늘만 있었던 것이 아니라 파란 하늘이 더 많았다. 그 파란 하늘을 보는 순간 웅크린 하늘이 언제였더냐는 듯 곧 잊어버리는 고마운 버릇(착각) 때문에 오늘이 살아지는지 모른다.

지옥에서나 당할 것 같은 암담한 피눈물 날 이야기들을 한참 훗날 마치 전설처럼 들려주면 사람들이 재미있어 하는 걸 보면 "개똥에 굴러도 이승이 좋다."라는 속담이 수긍해지는 일회용 이생의 값짐을 느끼며 산다. 이처럼 살아가는 순간들이 추억이라는 앨범에 담아지면 시간이라는 촉매에 의해 삶에 힘이 더 실린다.

해서 자살하려고 목을 매단 절대절망도 어쩌다 실패하여 죽지만 않으면 1년 후 들으면 슬프겠지만, 10년 후 들으면 배꼽을 쥐고 웃을지 모르는 일, 아니 확실히 웃는다. 10년이 짧으면 20년 후에 이야기 해 보라. 멋진 소설이, 아니 심금을 울리는 드라마 주인공이 되어 있을 것이다. 내 피맺힌 이야기에 남이 재미있어 한다는 건 그들이 잔인해서가 아니라 그 이야기가 시간에 의해 객관화되었기 때문이다. 내 자신에게까지도.

그런데 잊히지 않는 예외가 있다. 현재진행형일 경우이거나 자존심의 문제가 가슴에 계속 피멍으로 남아 있어 과거사로 끝난 잊혀진 사건이 아니라 현재도 진행형으로, 객관화가 되지 못하는 악성종양 같을 때는 하늘에 묻게 된다.

우리의 독립투사의 이야기가 아직도 내게 감동을 주고, 정신대 누나들의 비극역사 같은 왜정 36년 식민지 압제가 가슴에 피멍으로 응어리져 있기 때문이다.

하나의 나라이어야 당연하고 마땅한 한반도 조국이 왜 남북으로 갈라져 총질과 욕설로 처절한 싸움질을 70년 넘게 하고 있는지 나는 100번 머리를 흔들어 봐도 이해 못한다. 그래서 6·25 비극의 역사가 아직도 비극일 수밖에 없는 동족상잔이라는 말도 안 되는 민족적 수치의 사건으로서 지금까지도 진행형으로 남아 있다는 게 너무도 창피하고 속상하다.

그러하나 고(苦)는 낙으로 보상받아야 하고, 곧 그렇게 되리라 희망하며 산다. 하늘은 공정하시기 때문에 그러하다.

이렇게 땅을 딛고 하늘을 우러러 내 80년 삶을 관조하며 쓴 이 글들이 나 혼자 읽는 내 일기장 같은 고백서라 해도 좋겠다.

2020년 3월
저자 여동원

차례

과정에 산다

(ㄱ) 과정과 목적

세계 위인전을 보면 목적 지향적 삶을 산 것 같으나 실은 과정을 다루는 자질에서 결과가 만들어졌다 하겠다.

충무공이 왜란을 극복하는 과정을 보면 물리치겠다는 굳은 의지에서 나온 힘이었고 그 과정에서 충무공이라는 인간됨이 빛을 발한 것이다.

능력은 자질에서 나오고, 취향과도 연결되어 있다. 그 자질과 취향이 사회적 요구에 부합될 때 돋보인다. 더욱이 그 자질과 능력 바탕이 도덕률에 부합될 때 빛은 더욱 빛난다.

우리말에 "하던 지랄도 멍석 깔면 안 한다."라는 프로이드 심리학을 뺨칠 멋진 속담이 있다. 과정과 목적의 의미를 담고 있는 우리 조상의 지혜가 번득인다. 그렇다. 스스로 하고 있는 지랄이라는 과정도 멍석이라는 목적을 깔아버리면 어색해지고 흥을 잃어버린다.

나는 책 읽기를 즐긴다. 그렇다고 공부를 잘했다는 말은 아니다. 책을 즐겨 읽는다 함은 나 스스로 하는 짓(과정)인데, 공부라는 부담의 멍석(목적)이 깔리면 흥이 달아나 몸이 비틀린다. 공부라는 이름으로 치르는 시험은 그래서 언제나 내게 지옥이었다.

고등학교 때 소설책 한 권을 시험을 위해 읽은 적이 있다. 이건 할머니가 들려주는 흥미진진한 이야기 맛이 아니라 지루한 할아버지 잔소리 같은 고문이었다.

이렇게 스스로 알아서 하는 지랄이라는 '과정'의 재미와 멍석을 까는 '목적'이라는 부담에 대해 정리해보자.

(ㄴ) 우주와 과정

우주는 어떤 목적을 향해 부단히 변화하고 있는 것이 아니라 변화의 과정이며, 해가 뜨고 지는 것이 목적을 위해서가 아니듯, 사계절의 변화 또한 그저 변화의 과정일 뿐이다. 낮이 지나니 밤이 오듯, 봄이 가니 여름이 오고, 가을인 듯 겨울이 되는, 한 치 어긋남이 없는, 이 반복(변화)의 연속 그 어디에도 목적은 보이지 않는다. 더욱이 완벽한 질서에 의해 운행되는 우주 자체가 본질적으로 바르고[眞], 착하며[善], 아름답다[美]라는 것만으로도 그 과정은 신비롭다.

만약에 우주에 목적이 있다면 수단이 동원될 것이요, 그 수단은 십중팔구 속성상 무리수를 낳을 수밖에 없기 때문에도 그러하다. 이렇게 우주가 목적을 갖지 않는 과정의 순수함일진대, 우주의 일부로서의 인간도 그 질서에 순응함으로써만이 편안함을 얻으리라는 것은 진리다. 그래서 과정에 충실한 사람은 무리수를 모른다.

아이는 목적을 몰라 순수하다. 한 발 한 발 천리 길을 가는 사람과 걷지 않고 천리 길을 가는 사람 중 누가 겸손하고 오만한가는 분명해진다.

인간은 타 동물과는 달라 목적설정을 선호하는 속성(욕심)을 버리지 못하여 악의 유혹에 약하다. 분명 과정에 살 수만 있다면 이상적일 텐데 정치 쪽과 종교 쪽으로 갈수록 다분히 목적지향적이다. 그래서일까. 그쪽 동네는 회 칠한 무덤의 냄새가 물씬 풍긴다.

내가 산다는 것이, 아니 내세가 있다면 영생까지도 과정으로 여겨지는데, 특히 종교 쪽에서 삶을 내세라는 목적을 위한 수단쯤으로 취급, 천당 지옥으로 가르고, 순교가 미화되고 있다. 육체적, 정신적 극기 같은 종교적 행위도 억지로 가져보겠다는 욕심 같으니, 억지로 버리겠다는 행위와 똑같이 순리를 거역하는 무리수로 보인다.

그런데도 종교 쪽에서는 욕심을 악의 근원으로 규정하여 불가에서는 '욕심을 버려라.', 아니 더 나아가 '욕심을 버리겠다는 그 욕심까지도 버려라.' 라고 말하고, 성경에서도 내일 일은 내일로 족하다 했고, 공중에 나는 새를 보라 했다. 그렇다. 목적은 욕심을 낳고, 욕심은 무리수를 낳고, 무리수는 모든 것을 망쳐버린다.

무리의 반대는 순리다. 무리는 거스르는 것이고, 순리는 따르는 것이다. 물 흐르듯 따르는 순리, 거기에 악이 깃들 틈이 없다.

발전, 개발이라는 이름으로 많은 것을 거스르며 오늘의 인간 문명의 극치를 이룩해냈다. 그런데, 그 극치의 결과가 과연 무엇을 남기고 있는가.

자연을 거스르고, 하늘을 거스르고, 인간성을 거슬러 올라 도달한 21세기 찬란한 문명의 결과가 과연 무엇인가. 바로 황폐화가 아닌가. 자연의 황폐화, 인간성의 황폐화 말고 더 무엇을 남기고 있는가. 자연을 거슬리는 동안 자연은 철저히 황폐화되었고, 하늘을 거슬리는 동안 하늘은 인간을 버렸다.

오만방자 자기중심적 우리 인간은 이기심(Ego)으로 뭉쳐 이제 누구도 못 말리는 지경에 이르렀다.

(ㄷ) 종교와 과정

종교란 이기심(Ego)을 줄이는 과정이 아닌가. 그런데도 오늘의 종교를 보면 이기심을 줄이기는커녕 목적(신)의 노예를 자초하고 있다. 남이 떨어져야 내가 합격이 되는 기도일 수도 있는 목적 그 자체가 종교가 되고 있다.

한 발 더 나아가 해탈이, 구원이 목적이 되고 있다. 심지어 내 종교만이 참 종교라는 오만한 이기심에 순교를 자초하며 목숨을 건다. 그래서 종교전쟁이라는 비종교적인 형상으로 지구촌이 불바다가 되고 있고, 땅 끝까지 그들의 Ego를 심어 무엇을 얻겠다는 것인지 나는 알지 못한다.

참 평화, 참 자유, 참 진리는 목적이라는 허상의 멍에를 벗은 맑은 의식으로 이웃과 더불어 사는 순리의 과정에 따르는[順] 길밖에 없는데 말이다.

천리 길은 한 발짝서부터 시작되고, 두 발짝 없이 세 발짝을 얻을 수 없다. 부산서 출발해서 서울에 가려면 대구, 대전을 거치는 과정이 있어야 하는 것, 붕 떠서 서울에 간 것은 간 것이 아니라 도착했을 뿐이다. 모로 가도 서울만 가면 된다면 할 말은 없다. 그러나 간 것과 도착은 완연히 다르다. 간 것은 가는 과정이 있었다는 것이고, 도착은 과정이 무시된 상태다.

삶이라는 평범한 과정을 거쳐 천당에 가는 길을 외면하고 어떤 제3의 수단을 통해 천당에 도착했다면 삶이라는 구체적 과정에서 얻어진 결과가 아니기 때문에 진정한 얻음이라 할 수 있겠는가.

구체적이고도 숭고한 삶이라는 과정을 종교라는 목적을 위한 수단 쯤으로 여기며 하늘나라만을 쳐다보고 사는 사람, 해탈이 목적이 되어 일상적 삶의 과정을 외면하고 수도생활을 고집하고 있는 사람, 그런 사람들을 나는 이해 못한다. 진정한 구원, 진정한 해탈은 구체적이고도 실제적인 삶이라는 과정을 통해서만이 얻어지는 귀한 하늘의 선물이기 때문이다.

자연스런 삶을 외면한, 정상적 생활을 거부한, 일상적 삶의 값어치를 모른, 그런 과정 없는 삶을 어찌 살았다 할 것인가. 산 것이 아니기 때문에 죽은 것이요, 살아보지 않고 죽음에 도달한 것이니, 삶이라는 시시콜콜한 과정의 이력서가 없는 그들에게 하늘이 있다 한들 하늘은 무엇으로 어떻게 점수(값어치)를 매길 수 있겠는가.

삶이라는 과정의 희로애락(喜怒哀樂)을 통해서 얻어지는 인간성 순화과정, 타인과의 만남에서 생기는 다투고 분노하고 고민하고 사랑하는 행위에 의해 낮아지고 비워지며 참 종교에 접근하는 그런 사람들이 많은 사회는 그만큼 순수하고 순화되어 있을 것이라는 나의 기대는 헛것인가.

종교의 근본이 사랑임을 나는 부인하지 않는다. 그렇다고 사랑이 종교의 목적일까. 사랑은 목적이라기보다 행위라는 과정으로 봐야 하지 않을까. 사랑은 받겠다는 욕심이 아니라 주는 행위에서 얻어지는 희열이라 한다면 분명 참 종교는 사랑행위 그 자체가 된다. 그래서 참된 기도는 무엇을 주시요가 아니라 받은 데 대한 감사가 되어야 마땅하지 싶다.

종교이야기만 나오면 나는 안절부절 부끄러워진다. 죄 많고 부족한, 하늘보기가 두려워서고, 내 사고능력으로는 벅찬, 깊고, 넓고, 높은 상대이기 때문이다.

나는 숲속 걷기를 즐긴다. 숲은 나의 스승이고, 책이고 문제집 답안을 갖고 있기 때문이다. 숲은 전체로 보면 단절이 없다. 시작과 끝, 처음도 나중도 없다. 영원성의 상징이다. 숲속에선 개개의 온갖 것들이 서로 관계로 얽혀, 낳고 자라 죽는 희로애락을 거치며 잎을 떨구고 썩어 거름이 되는 생성의 과정을 만들며 영원히 그대로 숲으로 있다.

종교에서 말하는 영원과 숲의 영원성은 같은 의미일까. 내 보기로는 같은데. 종교에서 영생한다 함은 개개인의 사건이지만 숲의 영원성은 온갖 것들 개개가 서로 관계로 얽혀 죽고 낳음이라는 시종이 분명한 단절의 연속에서 이루어지는 사건이다.

그렇다면 숲속의 나무, 짐승 개개(각개)는 영생이 없고 개개 인간만이 영생이 있다는 말은 수긍되지 않는다. 나의 탄생과 죽음이라는 생(生)은 분명 내 몫이며 생명체라는 줄기 속에서의 나의 삶은 전체 생명체 속의 개체토막이다. 그렇다면 이 개체로서의 독립적 토막은 전체 생명체 속에서 무슨 의미가 있는가. 만약 이 독립적 개체(영혼이라고도 하는)가 주체적 독립개념으로서의 존재론적 가치를 가진다면 인간생명체의 출현으로부터 오늘에 이르는 시간에 비례해 기하급수로 불어난 그 개체의 수를 종교적 영혼으로 인정한, 하나로 시작된 그 개체영혼의 수는 수천억 명이 되어 있어야 한다. 물론 불교에서는 윤회설로 모순을 빗겨가지만 영혼을 믿는 기독교에서는 중심 과제가 된다.

그래서 납득이 안 되는 나는 각 개체 생명은 독립개체로 살다가

끝나고 본래적 흙 자리로 되돌려져 다음 생(生)들에게 자리를 비워
줄 뿐이라 여긴다.

(ㄹ) 교육과 과정

그때 중학생인 내 책상머리엔 '청년이여 야망을 가져라!' '실패는
성공의 어머니' 지금 생각하면 웃기는 짓거리지만, 그 계명 같은 표
어는 아직도 한국의 아이들에게는 유효하다.

이는 목표달성을 위한 마음다짐을 다그치는 일종의 채찍이다. 목
표만 보란 뜻이다. 과정은 무시되고 숨어버린다. 목표만이 위대한
선이 되고 있다.

민주의식으로는 어림도 없는 위험한 수작이다. 개인의 자연스런
발육과정의 억제는 하늘이 준 자연법에 반하는 일종의 범죄적 행위
이다. 99점 낙제자와 100점 합격자와의 1점 차이에 의한 삶의 형태가
땅과 하늘만큼의 차이가 돼버리니 시험에 모든 것을 건다. 온갖 수단
과 방법이 동원되고, 죽기 아니면 살기다.

시험 외에 아무짝에도 쓸모없는 교과서 천재가 된다. 달달 외워버
린다. 소설책, 시집 한 권 볼 짬이 없다. 하늘의 별을 볼 여유는 더더
욱 없다. 단짝이 경쟁의 적이 되고, 시험벌레, 시험기계가 된다. 결과
가 되는 이치의 근본을 따질 겨를이 없다. 근본이 빠진 결과만을 간
추린 시험용 참고서에 의해 주입된 지식이 머리에 저장된다.

인간성은 경쟁심에 의해 탱탱하게 긴장되고, 정서는 메마르고, 신
경은 칼날처럼 날이 서 작은 일에도 신경질적 반응을 보인다. 밖으로
향한 열린 마음 쓰기에 서툴고, 자기중심적 사고에 빠진다. 보이는
것만을 암기하듯 주입하며, 주어진 외의 것은 모른다. 남이 해놓은

껍데기만을 달달 외우는 주입식 교육에 길들여진 아이들이 언제 자기 것을 창조해 내겠는가. 모방의 천재는 될지언정 창조의 예술은 탄생시키지 못한다.

그렇다면 이곳 캐나다의 교육은 어떤가 한번 훑어보자.

달달 외우는 앵무새 교육이 아닌 창의와 자발의 교육, 치사한 점수 경쟁이 아니라 능력을 개발하는 교육, 질서와 줄서기와 남을 인정해 주는 교육, 목적보다 과정을 중시하는 교육, 이런 것들이 오늘의 서양사회를 지탱하는 힘으로 보인다.

입시 없는 대학의 문, 중·고등학교 전 과정의 결과로 대신하는 입학, 성적뿐 아니라 모든 대외 활동까지 참작되는 제도, 왜 한국에서는 시행되지 못할까. 아마도 치맛바람의 촌지와 정실이 춤을 추고, 경쟁이 칼날 같은 사회에서는 도리어 부정만을 조성하는 우려 때문일 게다. 공정과 질서가 살아있는 사회에서나 가능한 제도일 것이다. 내가 먼저, 내가 우선이라는 이기심이 판을 치는 사회에서는 안 된다.

줄을 서되 참으며 억지로 서는 것이 아니라 당연한 듯 차례를 기다리는 느긋한 여유의 마음 없이는 불가능하다. 목적달성만을 위한 안달로는 안 된다. 과정의 가치, 그 순서의 가치가 우선이 되는 사회에서만 가능하리라.

포항공대에 가면 그 교정에 갈릴레오, 뉴턴, 아인슈타인의 흉상이 나란히 조각되어 있고, 그 옆에 흉상 없는 받침대만 하나 더 만들어 놓았다고 한다. 이유는 제4의 천재 노벨상 과학자의 탄생을 기대한다는 뜻에서란다.

나는 포항공대 당국에 건의한다. 그런 인물의 탄생을 전시용이 아니라 진심으로 원한다면 오늘 당장 그 흉상들과 제4의 빈 받침대를 철거시키라고. 학생들이 늘 오가며 그 흉상들을 바라보면서 노벨상이라는 목표를 향해 공부하고 있다고 가상해 보라. 목표지향적 부담에서 오는 스트레스를 어린 가슴으로 어떻게 감당해 낼까 불쌍하다.

세상엔 얼마나 많은 지식이 악용되고 있는가. 사회를 위해, 그 자신을 위해 없어야 할 지식이 얼마나 많은가. 종교 쪽에서, 법조계에서, 정치 쪽에서, 의학 쪽에서, 심지어 진선미(眞善美)를 추구하는 문학 쪽에서 없어도 될 악의 지식이 얼마나 많은가. 이 모든 악의 지식은 목적달성식 교육에 문제가 있는 것이라 나는 보는 것이다. 이기심을 부추기는 교육에서 얻을 수 있는 것은 자기 배 채우기 말고 무엇이 있겠는가. 스스로 개발되지 못한 억지 주입식 교육으로는 노벨상은 꿈일 뿐이다.

그 무서운 지옥문을 통과한 우리나라 대학생들이 입학과 동시에 열중쉬어가 되어버리는 것과는 반대로 지옥문을 모르고 들어온 이곳의 대학생들은 그날부터 진짜 지옥 같은 공부가 시작되는데 언제든지 공부가 하기 싫어지면 미련 없이 책을 덮고 나가버리고, 계속 공부가 좋아서 하는 학생만이 박사도 되고, 교수도 되고, 계속하다 보니 노벨상도 덤으로 받고, 그렇다고 쉬는 것이 아니라 공부(연구)는 계속 된다. 즉 공부가 목적이 아니라 과정이고 그 과정을 밟다 보니 석사가, 박사가, 노벨상을 받게 된다는 뜻이다.

'하던 지랄도 멍석 깔면 못한다.'는 목적의 역기능을 일찍이 알고 속담까지 만들어 낼 정도로 과정의 중요성을 파악한 우리네들이 왜 목표 지향적 가치관의 사회를 만들었을까. 흥미로운 사실이다.

아마 지독한 가난과 핍박에서 벗어나기 위해선 어떤 수준(돈이나 권력)에 올라야 한다는 절박한 상황에서의 의지 같은 것이 아니겠는가 싶다. 돈과 권력과 명예, 그 신분상승의 기회가 한꺼번에 주어지는 '과거급제(科擧及第)'라는 매력의 제도, 그래서 모든 삶의 과정은 '과거(科擧)'라는 목표에 의해 무시되고, 급제와 낙방은 하늘과 땅만큼의 차이로 생활수준을 벌려놓는다.

그 연속선상에서 '고등고시'를 보면 3수, 4수, 어떤 이는 평생을 달라붙는다. 요행으로 합격하는 날 인생은 그날로 달라진다. 그 지옥의 긴 동굴을 빠져 나오는 동안의 고통을 어떤 방법으로든 보상 받으려는 심리는 그의 일생을 좌우할 것이고, 그것이 사회에 악으로 미치는 영향은 클 것이다. 오늘의 한국의 판검사가 그 악(돈, 명예)의 유혹에 약한 이유가 우연이 아니다.

(ㅁ) 정치와 과정

나에게 민주주의에 대한 정의를 내리라면 한마디로 '과정의 미학'이다. 그 '과정의 미학'을 만드는 기본이 선거이고, 그래서 선거하는 모습만으로도 그 나라의 정치가 보인다.

동구 공산국들이 붕괴되면서 첫 번째로 서둘러 시도한 것이 바로 자유선거였음을 볼 때, 선거가 민주정치의 기본임을 여실히 증명해 보인 것이다.

선거는 운동시합 같은 남과의 대결에서 이기겠다는 경쟁도 아니며, 더욱이 쟁취의 대상은 절대 아닌 유권자로부터 선택 받는 의식인 것이다.

경쟁이라 여기면 승리라는 결과만이 미화되고, 쟁취의 대상이라 여기면 수단과 방법을 가리지 않는 전쟁과 같은 투쟁 일변도로 흘러

민주의 꽃은 쓰레기통에서 잠들 수밖에 없게 되지만, 선택 받는 의식이라 여기면 모든 과정이나 결과가 성스러워 보일 것이다.

이런 관점에서 이곳의 선거 모습과 한국의 선거 모습을 대조해 보면 어느 쪽이 무엇을 어떻게 잘하고, 잘못하고 있는가가 보일 것이다. 과정이 우선이고 과정의 묘미가 가치기준이 되고 있는, 그래서 꼬리로부터 올라와 머리를 만드는 이곳 서양식의 선거가 우리의 선거에서는 보이지 않는다는 것이다.

머리가 먼저 생기고, 그 머리가 크게 부각되고, 꼬리들은 보일 듯 말 듯 무시되며, 절차와 방법 같은 것은 형식에 불과하고, 수단에 구애됨이 없이 당선만 되면 만사 OK이다. 당선자만이 별처럼 빛나고 낙선자는 그날로 이름도 빛도 없이 뒤안길로 사라진다.

고지점령이라는 목표달성(절대명령)에는 고지점령이라는 승리로 보답하는 길 외에는 아무 것도 없다. 기어서 가든 날아서 가든, 죽어서 가든 살아서 가든, 고지에 깃발을 꽂는 최후의 승리만이 미화되는 전투식이다. 그런 전투식 선거에서는 패자의 변은 허락되지 않는다. 그런 사회의 선거는 지나간 과거 모든 과정의 검증에 의해 선택 받는 의식이 아니라 투쟁으로 쟁취하는 것으로 알고 있기 때문에 수단쯤 좀 비굴해도 죄의식을 느끼지 못한다.

"무엇이 될까가 아니라 어떻게 사는가가 중요하다."고 말한, 민주주의의 의미를 꿰뚫고 있다는 한 노 정치인은 말과는 달리 무엇이 되기 위해 4수에 도전, 기어이 승리의 월계관을 쓴다. 그때 그분은 4수를 위해 또 신당을 만들고서 "신당에 대해 말이 많으나 우리는 꼭 성공한다."는 말을 했다. 절차쯤은 어떻든 성공으로 말하겠다는 식이다. 앞의 말과는 전혀 반대의 뜻이다. 앞의 말은 과정을 중시한 민주의식인데 반해, 뒤의 말은 목적(최후의 승리)만이 미화되는 비민주적 전투식이다.

선거의 본래 뜻은 '나 아니면'이 아니라 '나 아니더라도'인데 후진국이나 독재국가 쪽으로 가보면 한 지도자가 등장, 나 아니면 안 된다며 마르고 닳도록 해먹으려 한다.

세계지도를 펴놓고 잘 산다는 선진국 쪽으로 갈수록 정치가 조용함을 보이고 있다.

공자의 제자가 물었다. "정치를 어떻게 하면 잘 다스린다고 하겠습니까." 공자의 대답은 간단했다. "정치가 없는 듯 다스리는 것이야." '무소식이 희소식'이라는 말이 정치에 그대로 적용되고 있는 것이다. 후진국으로 갈수록 정치가 요란하고 애국자가 많고 구호가 현란한 것을 보면 과연 공자 말이 공자 말이구나 실감을 한다.

북한이 그 좋은 예다. 강한 전투적인 구호가 나라가 탄생된 이래 오늘까지 70년을 요란하게 강산을 뒤덮고 있다. 그 구호는 목적달성을 위해 과정을 무시한 다그침이고, 자의적이라기보다 끌어가겠다는 국가의지(國家意志)의 표현들이다. 이 구호의 효과가 과연 얼마나 되는지는 의심스럽지만 120% 초과 달성이 아주 자연스럽게 일어나고 있다는데도 세계에 구걸하는 거지나라가 되어 인민은 배가 고파 필사적으로 국외로 탈출하고 있는, 공산 70년 치적의 실패가 증명하듯 그 구호들은 통치수단 이외 효과가 없었음을 증명해주고 있다.

국가적 구호가 들리지 않는 서양 자본주의 사회는 어떤가. 안타깝게도 그 대신 상품선전의 올가미에 홀려, 자본가의 꼭두각시놀음에 춤을 추는 노예임를 스스로 자초하고 있다. 불행하게도 그냥 평범하게 과정에 충실하게 살도록 두지 않는다는 말이다.

후진국이 정치적 구호로, 선진국은 상품선전으로 사람의 의식을 바꾸어 놓으려는 노력은 일종의 세뇌술이라는 방법에서는 피장파장이다.

옛날이나 오늘이나 평범한 보통사람들이 국가와 자본가의 구호와 선전이라는 목적달성의 의지로부터 자신을 지키는 일이 어렵고 힘든 세상에 살고 있다. 이를 어떻게 풀까가 미래의 숙제다.

(ㅂ) 출세와 과정

"졸업생 여러분! 세상엔 세 가지형의 인간이 있습니다. 있어서 해가 되는 인간, 있으나마나 한 인간, 있어야 하는 인간, 이 세 부류 중에서 여러분은 사회가 필요로 하는 있어야 하는 인간이 되십시오."

어느 고등학교 졸업식상에서 이제 교문을 나서려는 졸업생들에게 세뇌시킬 듯 당부하는 교장선생님의 명(?) 훈시였다. 이렇게 해서 각자 있는 자리에서 나름대로 인정받기를 힘쓰며 필요한 인간이 되고자 노력하게 된다. 물론 그런 사람들에 의해 세상은 발전되고 있는 듯이 보이기는 하지만, 한 쪽 면의 철학에 가린 뒷면의 문제성을 조용히 관찰해 보는 조심성도 필요하다. 왜냐하면 발전이라는 도깨비에 홀린 출세에 눈먼 사람들에 의해 만들어진 많은 문제점이 보이기 때문이다.

이 세상 어느 누가 필요한 인간이며 필요 없는 인간이란 말인가. 내가 아니면 안 된다는 오만, 소설 ≪죄와 벌≫의 주인공 대학생 라스콜리니코프가 살 권리가 있는 것과 똑같이 고리대금업자 노파도 살 권리가 있다.

나만이 아니라 나 아니더라도 뒤를 이어받을 인물이 있기에 선거가 있는 것이고, 민주선거가 살아있는 나라 쪽으로 가보면 혼자만 잘나서 종신으로 해먹고 있는 모습이 보이지 않는다. 비어주고, 내어주고, 이끌어주고, 밀어주고, 나도 잘나고 너도 잘나고, 네가 좀 모자라면 나도 좀 모자란 데가 있다는, 각자의 재능과 능력을 발휘하며 서로 인정하며 살아가는 나라다.

여기 회사원 개개인 모두가 교장의 훈시처럼 출세지향적 열정으로 위만을 보고 질주하는 회사가 있다고 치자. 보나마나 경쟁으로 긴장된 스트레스와 불만 불평이 만연할 것이요, 회사의 노예, 일의 노예로 전락하고 말 것이다. 종국엔 회사 생산성은 떨어지고 회사는 망하게 될 것이다.

쉬운 예가 공산주의사회다. 처음은 그 열의에 의해 120% 초과달성이 가능했으나, 차차 80%, 60% 생산성은 내리막을 걷다가 종국엔 파산 선고를 내리고 만다.

세상은 독불장군처럼 혼자 살게끔 되어 있지도 않지만, 각자가 가진 개성과 능력만큼으로 섞여 살며 상부상조하여 살맛을 내는 것이다. 남이 살아야 나도 살고, 내가 최선을 다하고 있는 것처럼 남도 최선을 다하고 있다는 것을 인정한다면, 나만이 제일이고, 나만이 필요한 인간이라는 오만은 사라질 것이다.

내가 아니더라도 계속 맡아 할 사람이 있다는 것을 인정하는 사회에서는 독재가 발붙일 곳이 없으며, 다양성의 사회는 살맛이 나고, 세상은 물 흐르듯 자연스러움을 유지할 것이다.

그때 李氏, 朴氏, 四金氏(북한 김 부자까지)가 60년 한반도 정치무대 한복판을 차지하여, 물려줄 줄을 모르고 흐르는 물을 막고 있는 형상이었으니 정치는 썩고, 사회는 부패로 얼룩질 수밖에 없었다.

후속 이음을 무시한 아집은 도도히 흘러야 할 21세기 한반도의 미래를 위해 참으로 불행한 일이다.

신은 죽었다고 선언한 니체의 초인도 사망신고를 낸 지 오랜데, 미래의 시대는 분명 초인이 다스리는 시대는 아닐 것이다. 보통 사람들이 뽑은 보통 사람이 보통 사람들과 더불어 살아가는 시대일 것이다. 과정을 충실히 살아가는 사람들, 출세와 별로 관계없는 보통 사람들의 시대일 것이다. 아니 그런 시대가 와야 하리라 그렇게 나는 믿는다.

(ㅅ) 취미와 과정

운동은 취미로 할 일이다. 골프가 우리들의 주된 운동으로 자리매김을 한 것은 그것이 재미가 있어서이지 건강을 위해서 입네, 사교를 합네는 핑계다. 건강을 위한다는 목적으로, 이기겠다는 목적으로 하는 운동은 운동이 아니라 고행이다. 거기에 돈이 걸리면 더욱 그렇다. 건강은커녕 스트레스만 더 받는다. 프로들의 운동, 그것은 운동이 아니라 직업이다. 취미라는 재미로 하는 것이 아니라 돈 버는 재미로 한다. 그래서 취미와 직업이 일치되는 사람은 행복하다. 자기 적성에 맞고, 취미에도 맞는 직업, 얼마나 이상적인가. 프로 선수들은 취미, 돈, 인기라는 삼위가 일치된 너무도 멋진 직업이라 하늘에 별 따기다. 그래서 스타라 한다.

이기기만을 위해 골백 번 반복하는 운동, 올림픽 선수들이 그들이다. 승리라는 목적을 위해 죽어라고 같은 동작을 기계처럼 반복하는 운동, 그것은 운동이라기보다 훈련이다.

"인형이 망가져 속이 상해요."

몬트리올 올림픽(1976) 체조에서 사상 처음 만점을 따낸 루마니아의 14살 어린 코마네치가 금메달을 목에 걸고 조국 비행장에 내리자 몰려든 기자들의 질문에 답한 첫마디다. 금메달보다 인형이 더 좋은 이 아이는 또래처럼 천진난만하게 뛰어 놀지도 못하고 3살 때부터 똑같은 동작을 수천수만 번을 자고 일어나 또 하고 자고 일어나 또 해서 컴퓨터가 조작하는 로봇보다 더 정확한 동작으로 만점을 따낸 것이다. 이 어찌 아마추어정신 운동시합이랄 수 있는가. 이겼을 때 받는 열광, 졌을 때 받는 냉담함, 아이들이 감당하기엔 벅차다. 그 스트레스는 상상을 초월한다. 14살 아이에게는 금메달보다 인형이 걸맞다.

아이는 아이다워야 하고, 그렇게 자라게 하는 사회가 바람직한 좋은 사회일 것이다. 아이가 총을 들고 있는 사회, 아이가 담배를 피우고 있는 사회, 아이가 성(Sex)을 알아버린 사회, 아이가 폭력에 재미를 붙인 사회, 아이가 인기를 알아버린 사회, 아이가 경쟁에 민감해진 사회, 아이가 노동을 하고 돈맛을 알아버리게 하는 사회, 그런 사회는 결코 밝은 미래를 기대할 수 없다. 그때 밴 존슨(88 서울올림픽 100m 금메달 선수)은 어른인데도 얼마나 스트레스를 받았으면 약물이라는 비상수단을 썼겠는가.

오래된 이야기다. 북한 사격 선수가 뮌헨올림픽에서 금메달을 땄을 때 소감을 묻는 한 서방기자의 질문에

"적의 심장을 향해 정조정하는 기분으로 방아쇠를 당겼다."는 대답에 나는 섬뜩했다.

올림픽 선수로 참가한 것을 고지를 점령하는 전사로 착각, 운동을 전투하듯 했다는 뜻인데, 농사일도, 공장 일도 전투적 구호를 앞세워

하는 그들이고 보면 착각은 당연할 것이다.

　목표 지상주의자들은 목표만이 선이 된다. 수단이 악이 되든 선이 되든 별로 중요하지가 않다. 목표주의자가 선을 행하기 힘든 이유가 여기에 있다. 목적설정 그것은 곧 무리를 만들기 쉬운 속성을 지녔기 때문이다.

　과정을 인생철학 중심으로 여기는 사람은 목표에 도달하기가 답답하리만큼 느리게 보이지만 이런 사람들에 의해 사회는 좋게 되는 것이라 나는 믿는다.

　어느 유명한 피아니스트는 연주를 끝내고 집에 오자마자 팝송을 볼륨 끝까지 올려놓고 듣는다고 한다. 완벽한 연주를 위해 쌓인 스트레스를 풀기 위해서란다. 예술과 운동은 원래는 일상의 긴장(스트레스)을 풀기 위한 취미 놀이 활동인데, 그만 그것이 상업성과 경쟁적 욕심과 결탁되자 타락해 버린 것이다. 내가 골프를 즐기지 못하는 큰 이유는 룰이 많고 복잡하여 놀이의 기본 조건인 편한 마음으로 칠 수 없어 스트레스만 잔뜩 받고 온다는 데 있다.

　나의 글쓰기 출발은 문인이 되겠다는 욕심으로 쓴 것은 아니었다. 쓰고 싶어 썼고, 쓰다 보니 글이 되었고, 독자들이 재미있게 읽었다 했을 때 행복했다. 과정의 즐거움이었다. 시험이 목적이 아닌 과정의 즐거움인 독서처럼 말이다.

　건강이라는 목적으로 걸으면 십리길이 지루하지만, 연인과 함께 걸으면 백리길이 십리길로 짧아지는 즐거움이 된다.

　새싹이 나고, 꽃이 피고, 열매를 맺고, 썩어 거름이 되고, 그 거름으로 또 싹을 틔우는 과정의 반복이 자연의 섭리다. 열매를 맺기 위해 꽃이 피는 것이 아니라 꽃이 피니 열매를 맺는 것이다. 봄을 위해 겨울이 있는 것이 아니라 겨울이 가니 봄이 왔을 뿐이다.

(ㅇ) 과정의 사회학

세상의 범죄는 대부분 과정이 귀찮은 목적지향적 행위에서 일어나고 있다. 깡패 도둑들은 일확천금에 목숨을 건다. 한 푼, 두 푼 모으는 재미와 보람은 째째하다. 벽돌 하나하나 쌓는 공과 정성은 답답하다. 줄 서서 자기 차례 오기를 기다리는 인내는 한심한, 대인다운 짓이 아니라고 깔본다. 영웅호걸은 소인과 구별한다. 군자지대로행(君子之大路行)이라 큰소리친다. 법보다 주먹이 앞서는 대담성을 사내다운 배짱이라 미화한다. 골목을 빠져 나와야 큰길이 나온다는 이치를 외면한다. 물방울이 모여 개울이 되고, 강이 되고, 바다가 된다는 순서의 과정을 무시한다.

일단 목적이 설정되면 수단과 방법이 고려되지 않는다. 인륜, 윤리, 도덕, 사회규범 등 모든 양심의 기본틀이 무시되고 밀어붙여 결과로 말하자고 한다. 도리어 그들은 '평가는 역사에 맡기자' 호기를 부린다.

역사는 결과만으로 쓰이는 것일까? 동기유발이나 과정은 고려되지 않는 걸까? 과연 그럴까? 어떤 마음으로 무엇을 어떻게 하고 있었는가의 과정으로 평가된 역사기록은 무의미한가.

왜 우리네 사회는 깡패집단 같은 목적지향적 사람이 많아졌을까. 그런 사람이 많다함은 사회가 정상적으로 굴러가지 못하고 불안하다는 징조가 아닌가. 주어진 일에 충실히 사는 사람이 우대 받지 못하는 사회는 잘못된 사회다.

아내가 사경을 헤매는 데도 돈이 없다는 이유만으로 병원 문을 열어주지 않았을 때 남편은 은행 강도라는 선택의 유혹을 받게 된다. 정치가 추하면 쿠데타의 유혹을 받듯, 사회가 부조리하면 한탕주의가 만연하게 된다.

아이들은 목적이 없다. 지금이라는 과정이 있을 뿐이다. 어른들은 자꾸만 아이들에게 꿈과 야망을 가질 것을 주문하지만 아이들은 오늘을 배우며 자라는 티 없이 맑은 현재진행형 영혼들이다. 미래지향적 압박의 짐을 지우기보다 오늘을 밝게 자라도록 할 일이다. 내일 일은 엄마 아빠의 몫(책임)이다. 먹을 걱정, 잘 걱정, 입을 걱정은 부모 몫이다. 내세(來世)의 걱정은 하늘에 맡기고 신자(信者)는 그 하늘을 믿고 의지하여 오늘의 과정에 충실하라고 종교들도 말한다.

궁극적으로 국가도 그러하다. 치료 걱정, 교육 걱정, 사회 안녕, 질서 걱정, 정년노후 걱정, 이런 것들은 나라가 맡고 국민은 각자에 주어진 일에 충실히 살아가는 사회, 즉 목적설정은 국가가 맡고 국민 개개인은 능력과 정성을 드린 대가만큼 받으며 살 수 있는 사회가 우리가 궁극적으로 추구하는 무릉도원(지상낙원)이 아닐까 하는 것이다.

다행히 내가 살고 있는 나라 캐나다는 그런대로 무릉도원에 가까워지려는 노력이 보인다.

(ㅈ) 새끼줄의 과정학적 영원성

과거, 현재, 미래로 이어지는 인간 생명체에서 '나'라고 하는 토막 개체 생명체는 긴 새끼줄 속의 한 오라기 지푸라기처럼 보여진다.

우리 인간의 삶이 목적이 아니라 과정이라 여겨져 '과정에 산다.'라는 긴 글을 쓰고 있는데, 나는 이 긴 글을 시작할 때 80년 전 어느 날 시작된 내 삶의 과정을 통해서 얻은 것들을 차분히 수필 쓰듯 써 나가려 했다. 그 영감과 느낌은 살아가는 역사기록과는 다르기에 자서전 형식이 아닌 수필 형식을 빌어서야 격에 어울릴 것 같아서다. 삶이란 미리 짜고 쓰는 소설적이라기보다 상황 따라 써지는 수필적이라 여겨서다. 미리 정해 놓은 코스가 아니라 시시각각의 상황에 따라 생각하고 선택하며 살아지는 너무도 수필적이지 않은가.

그렇다. 지금 진행형으로 하고 있는 내 삶의 과정이 비록 일회적인 제한된 시간 속의 기회이긴 해도 영원히 살아 움직일 우주운행 섭리 속의 한 생명체에 속해 있기 때문에 그 공간과 시간의 일부를 내가 담당하고 있다는 자긍심으로 썼다. 우주의 일부로서 내가 담당하고 있는 나의 삶이라는 토막 모양이 마치 긴 새끼줄 속의 지푸라기 한 오라기같아 보여서다.

당신은 새끼줄을 어떻게 꼬는가를 아는가. 나는 8살 때 일제해방이 되어 일본 동경에서 귀향하여 지리산 산골 농촌에서 살았는데 아버지는 나를 순농사꾼으로 만들 작정으로 새끼 꼬는 방법부터 가르쳐 주셨는데, 지금도 잘 꼴 수 있다. 2-3개의 지푸라기를 계속 이어 나가면서 꼬는데 새 지푸라기는 기존 새끼줄의 지푸라기에 엇걸려 꼬여져 나간다. 지푸라기 하나의 길이는 고작 40여cm 안팎이 될까. 그런데도 그 짧은 지푸라기를 계속 공급할 수만 있다면 우주 끝까지의 길이를 만들어낼 수가 있다. 비록 한 오라기의 지푸라기가 타 지푸라기들과의 인연적 관계를 이어갈 때만이 우주 끝에 닿을 새끼줄이라는 효용가치에 기여한다는 사실을 상기할 필요가 있다.

우주만물 속의 한 줄기인 인간생명체의 과거, 현재, 미래라는 연속적 운행의 과정을 우주 끝에 닿을 긴 새끼줄에 비유했을 때 내가 담당할 부분은 겨우 한 가닥 지푸라기에 지나지 않는 아주 보잘것없는 역할이 되고 있긴 하지만 그 긴 새끼줄이 되기 위해 없어서는 아니될 아주 중요한, 필요하고도 충분한 역할이 되고 있다는 사실에, 내 어찌 삶에 자긍심을 가지지 않을 수 있는가.

더욱 중요한 것은 이 긴 새끼줄이 한 새끼줄과 한 새끼줄과의 단순 연결의 이어나감이 아니라 지푸라기와 지푸라기와의 엇걸린 꼬임의 이음이라는 사실이다. 과거와 현재와 미래가 기차 칸을 연결하듯이 이어가는 것이 아니라 뒤엉킴의 꼬임으로 된 연결이라는 데 깊은 의미가 있다. 즉 '체인'이 아니라 '와이어' 같은 것이다. 아니다 와이어는 메말라(드라이) 있으나 새끼줄엔 물기(정, 사랑)가 있어야 제구실을 한다. 그리고 이 새끼줄에서 지푸라기는 자기 임무가 다하는 날 쉽게 썩어 본향인 흙으로 되돌아 간다는 것이다. 비록 일회적인 내 단독의 삶(단위 생명체)이지만 과거와 미래와 그리고 지금에 걸쳐 이웃(만물)간에 얽힌 관계에서만 내 존재 이유와 가치가 있다는 뜻이다.

아버지 어머니라는 사랑의 뒤섞임에 의해 내가 태어나 그분들과 뒤엉켜 더불어 희로애락(喜怒哀樂)의 삶을 같이하며 이웃과 사회의 관계 속에서 살다가 그분들은 어느 날 한 분, 한 분 삶의 무대에서 물러나고, 내가 또한 아내라는 여인과 인연 맺어 낳은 자식이라는 새 지푸라기에 새끼줄로서의 역할을 다하도록 성장과 교육과 윤리의 밑거름이 되다가 어느 날 나도 내 역할을 마감하고 무대에서 물러나 흙으로 돌아가지만, 생명체 새끼줄은 영원을 향해 이어질 것이다. 이 새끼줄 시작은 언제 어디서부터이며 어디에서 끝나는가가 남은 질문이긴 하지만 내겐 별로 중요하지가 않다.

물론 이 큰 시작이 창조라고도 하고 진화라고도 하지만, 아니 우주

어디에선가 이민 온 생명체 유전인자인지도 모르지만. 여기서는 전생이니 내생이니는 별 의미가 없다. 내생의 약속이 없으니 얼마나 허전하겠느냐고 하실 분이 있을지 모르지만 영원히 있을 우주에 끼친 현재의 내 역할이 얼마나 중요하고, 지푸라기 하나로서의 내 가치의 자긍심에 보람을 느끼는데 어찌 허전하다 할까. 만약 허전하다고 하는 사람이 있다면 현재를 도피하거나 자기 역할에 대해 과소평가 하는 사람일 것이다.

지푸라기 한 가닥으로서의 내 삶의 과정에 대해 더 쓸 것도 많고 쓰고 싶으나 이쯤으로 해두고 기회가 된다면 계속 더 쓰고 싶다. 평소의 생각들이 지면이라는 멍석이 깔리니 주눅이 들어서인지 수박 겉핥기식 끝맺음에 아쉬움이 남는다.

(ㅊ) 과정학적 창조와 진화

진화는 과정의 미학이다. 정지된 곳에 과정은 존재하지 않는다. 이 과정은 더 좋게는 우주적(자연) 속성이다. 우주가 창조되었다면 설계라는 구상의 과정이 있었을 것이고, 그 구상 속에는 보다 좋게 되는 보완장치(after service)까지 염두에 두었을 것이다. 완벽함이 존재치 않음을 잘 알기 때문이다. 아무리 완벽한 창조라 해도 거기엔 변수가 있게 마련이고 그에 대비할 수 있는 순발력이라는 대처능력을 주어 잘못된 것은 퇴화되고, 좋은 것은 더 좋게 보완되는 스스로의 진화능력까지 갖추게 했을 것이다. 만약 창조가 되었다면 창조는 보다 나은 쪽으로 진화되게끔 배려를 잊지 않았다는 뜻이다.

이것이 과정의 묘미이고 은총의 미학이다. 처음부터 우주엔 완전함이, 완벽함이 존재하지 않았다. 그래서 완전함을 향한 진화의 과정이 선(善)이고, 진화 없는 같음의 연속은 정지를 의미하는 영원한 정지, 즉 완전한 죽음, 멸종을 의미한다. 우리가 보통으로 말하는 죽음은 다음 생을 위한 진화적 자리 비움이다.

과정의 반대는 목적인데, 목적은 욕심을 낳고 욕심은 무리수를 두고 무리수는 죽음으로 인도한다.

창조는 경이이고 진화는 은총이다. 창조는 기적이고 진화는 사랑의 미학이다. 진화는 창조의 기적을 영원으로 끌고 가는 은총이다. 창조는 1회적이지만 진화는 더 좋게 되는 수정(미학)의 과정이다. 즉 진화의 과정은 우주가 살아 있음의 표상이다.

관계의 미학

　과거의 인간사는 힘의 논리가 지배한 동물적 강자의 역사시대였다.

　나는 서기 2천년 새 천년 출발의 아침에 이 강자의 논리를 거부하는 몸짓으로 생각을 해봤다. 피라미 같은 모깃소리로! 그런데 그 새 천년 토막이 너무 길고 아득하다. 당장 내일이 불확실한 오늘의 문제가 무겁고, 쌍둥이 사이도 세대차가 있다는 말이 실감되는 오늘의 빠른 변화의 속도감을 감안하면 앞으로 천년은 과거 백만 년과 막먹을 것인데다, 더욱이 내가 살아온 지난 20세기 100년 지구촌에 일어났던 엄청난 변화의 경험만으로도 앞으로 100년 21세기에 일어날 변화가 상상을 초월할 것이다.

　지구가 건강한 숨을 쉬어야 만물이 생기를 얻어 생태계가 살맛을 낼 터인데 20세기 가공할 과학이 인간의 안락만을 위한 이기적 충족에 봉사하는 사이에 자연은 속 골병이 들어 가쁜 숨을 몰아쉬고 있으니 이대로라면 21세기에 벌어질 생태계의 위기는 불을 보듯 뻔하다. 영원한 날까지 만물의 보금자리여야 할 지구촌은 다음 세기에 기어이 심장마비를 일으킬지 모른다는 나의 우려가 헛소리이길 빌 뿐이다.

그렇다면 앞으로 인간의 할 일이 무엇이겠는가. 바로 어제까지의 인간이 지구촌에 가한 학대를 심각한 문제로 인식하여 어떤 식으로든 멈추는 일이다. 너도 살고 나도 사는, 만물과 더불어 영원한 날까지 살아갈 제3의 방도를 찾자는 것이다. 아니 찾아야 한다.

과거 우리 인간의 추한 이기심을 살펴보니 이 제3의 새 길이 내 눈에 선명하게 보인다. 우리 인간 이기심이 바로 '강자(힘)의 논리'인데, 인간이 하늘로부터 만물의 영장으로 선택 받아 지구촌의 경영권자라는 말도 안 되는 건방진 소유의식이 바로 그것이다. 이것이 약육강식이라는 동물적 본능과 야합, 지배논리로 발전하며 인간의식의 바탕이 돼버렸다.

그리하여 인간과 자연, 나아가 강자와 약자라는 이분법적 논리에 의해 미개와 선진, 선민과 이방인, 지배와 피지배, 주인과 노예라는 요즘 유형어로 갑을(甲乙)질이라는 대립적 강자우위 윤리가 정당화된 것이 오늘까지의 인류문화사라 하겠다. 그랬다. 종교의 강령에서까지 이 이분법적 강자의 논리가 하늘의 이름으로 정당화되어 강자만이 살 권리가 있다는 극도의 이기주의적 선민의식에 의해 이방인들은 파리 목숨이 된다.

이 모순에 니체는 "그 신은 죽었다."고 사망진단을 내려놓고는 또 다른 '초인'을 등장시켜 '강자의 논리'를 펴는 같은 모순에 빠진다. 당대의 철인인 그도 별 수 없는 서구인이었다.

선민과 이방인 간의 전쟁사에 신이 깊이 간여한 구약시대가 초자연적 신의 힘을 업은 선지자(초인)의 시대였다면, 평등과 사랑이라는 구원의 새 언약의 시대가 도래했노라 외치며 나타난 예수의 기막힌 참 하늘의 소리 또한 슬그머니 서구인들에 의해 힘의 논리로 변질, 땅 끝까지 신의 복음을 전한다는 명분으로 또 '강자의 논리'가 펼쳐진다.

그리하여 땅 따먹기 식민지배 정복에 나선 서구인들의 핑계는 인류를 야만으로부터 구원한다는 명분이었다. 이 백인의 짐(White man's burden)이 바로 백인의 휴머니즘의 기조였다.

이 서구 중심형 휴머니즘은 세계적 보편성 문화로 교묘히 위장되어 오늘날 제3세계의 개발목표의 모델이 되어 선진화라는 물결을 타고 지구촌이 온통 개발의 삽질로 황폐화의 길로 들어서게 된다. 그리하여 자연의 파괴는 그대로 인간의 육체는 물론 정신의 황폐화로 이어진다.

자, 이제 새천년맞이 우리의 할 일이 무엇인가가 분명해졌다. 역사와 더불어 속성화되어버린 '강자의 논리'를 거부하는 몸짓으로 제3의 새로운 길을 열어 새롭게 태어나는 일이다.

너와 나는 대립이 아니라 상생적 관계로 얽혀 있을 뿐, 모든 것은 각기 분명히 서로 다르나 함께 더불어 존재한다는 인식을 다잡자 함이다. 돌멩이 하나 풀 한 포기 어느 것도 지배적 힘의 위치에 있지 않다는, 차이를 차별로 오인하지 않는 그래서 서로가 인연적 관계로 보완적으로 얽혀있다는 인식이다. 지구는 절대로 인간만을 위한 인간만의 것이 아니라 만물을 위한 만물의 보금자리라는 인식이다. 이 자연중심적 인식은 다양성의 조화를 수용하게 된다. 종교들까지도.

다양성은 하늘의 속성이고 각기 다른 목소리를 내는 자연의 오케스트라다. 생성과 소멸이라는 자연적 윤회섭리는 하늘의 기운과 땅의 너그러움이 상스러움으로 조화를 이루어 만물이 제자리를 지키며 도리를 다하는 우주의 숨소리임을 자각하고 이제 서구적 '힘의 논리'와 동양적 '조화의 신비'가 서로 어우러져 유·무신론을 넘어선 관계의 미학을 이루어야 한다. 그게 바로 내가 모깃소리로 지금 외치는 짠돌이의 변, 짠돌이 논리학이다.

고운 말 거친 소리

　고운 목소리, 고운 말, 고운 글만 세상에 있다면 인간사 얼마나 부드러울까. 천사들이 사는 하늘나라에도 말이란 게 있다면 은반에 구슬이 구르는 맑은 소리일 게다.

　해님 달님 별님들이 주고받는 말들은 은하수에 드리운 무지개 빛깔 같은 감미로운 소리일 게고, 천사와 선녀는 빼어나게 예뻐야 하는 것처럼 재잘대는 말소리 또한 눈송이 꽃송이처럼 부드럽고 감미로울 것이다. 참으로 그래야만 할 것이다. 저 하늘나라엔 아름다운 사람들이 착한 마음으로 살고 있을 것이라는 상상을 해보면 말까지도 고운 향기를 풍길 수밖에 없을 것 같아서다.

　인간은(타동식물들) 듣고, 보고, 만지는 느낌이라는 감각을 통해 만상의 아름다움과 추함, 선과 악을 구별하여 감정을 표출해 내고 있다. 연인끼리의 대화는 그 소리가 부드럽고, 싸움판에서의 언어는 그 소리가 거칠다. 내용을 알아들을 수 없는 외국인들의 대화에서도 그 억양만으로 사랑의 대화인지 싸움판의 욕지거리인지 분간할 수 있다. 개도 꼬리치며 짖는 소리와 으르렁거리며 짖는 소리가 다르고,

까마귀 소리는 그 생김새만큼 기분 나쁘고 까치소리는 듣는 것만으로 예뻐 보인다.

천둥은 먹구름을 동반해서 오고 함박눈은 소리 없이 내린다. 아이는 눈빛이 선하고 살인자는 눈에 살기가 서린다. 탄생은 밝음에로 나오고, 죽음은 어둠에로 사라진다.

밀레의 만종에서 들려오는 종소리는 머리 숙여 감사기도 드리고 싶어지게 하고, 깊은 산속 은은한 목탁소리는 영혼을 맑게 가라앉게 한다.

사랑과 평화와 신뢰와 진실을 말하는 순화된 언어만이 오고 갈 종교에 창과 방패 들고 원수를 무찌르자는 군대행진곡을 닮은 노래 소리가 높다면 모순이다.

어쩌다 남북으로 갈라선 우리가 다시 하나 되고자 이마를 맞대고 하는 부드러워야 할 통일 언어들이 톤이 높고 된소리가 많다면 이 또한 모순이다. 서로 간에 참말은 빠져버리고 속임수와 거짓말과 엄포만이 오가니 통일은 하 시절이 되고 있다.

요즘 영화관에 가보면 하는 말들이 거칠고 원색적이다. 그 원조 생산지는 미 헐리우드이다. 'F'로 시작되는 쌍소리를 거침없이 쏟아 놓아 북미는 물론 전 세계의 언어들을 오염시키고 있어 한국 영화도 헐리우드를 닮아야 명화 축에 끼는 줄 아는지 말투까지 'ㅆ' 난발이다. 이제 가정은 물론 학교, 교회가 언어순화에 신경 쓸 때가 되지 않았나 싶다.

말과 글은 그 사회가 정한 약속기호로서 의사(意思)를 전달할 목적으로 사용되고 그래서 의사가 전달될 때만이 그 효력이 발생된다고 할 수 있는데 공학용어 의학용어 군대용어처럼 특수층만을 상대로 사용하는 언어도 있으나 종교와 문학에 사용되는 언어는 만인을 상대로 한 것이어야 하니 자기 생각의 표현에만 집착한 나머지 상대가 전혀 알아들을 수 없는(더욱이 비호감적 톤) 단어의 나열이나 말의 표현은 정당화되기는 어렵다.

어떤 방면의 경지에 도달한 사람의 말은 평이하고 알아듣기 쉬워 듣는 이의 맘을 편하게 한다. 예수, 석가, 공자, 소크라테스 같은 성현들의 말씀들은 누구나 알아들을 수 있게 아주 쉽게 하셨을 텐데 후세 사람들이 괜히 어렵고 복잡하게 꼬고 돌려서 풀이하는 바람에 난해해지고 아리송해지지 않았나 싶으니 직접 만나 듣고 대화하고 싶다.

어떤 이는 고급단어만을 골라 말하는데도 다 듣고 난 후 무슨 소리를 들었는지 아리송하지만 유능한 사람은 일상적인 말로 간결하게 표현해도 그 뜻은 분명하고 내용은 알차다.

한자나 영어를 많이 남용하는 사람이 있는데, 권위주의자일수록 장식용으로 사용하는 듯한데 장식은 고급일수록 돋보이나 장식 외의 가치는 없다.

그럼 나는 어느 쪽인가. 상대의 맘을 편하게 하는 쉽고 고운 말을 쓰고 싶은데!

짠돌이의 변

나는 자타가 인정하는 짠돌이다. 그래서 집에서는 Cheap Daddy (짠돌이 아빠)로 통한다. 벌이와 씀씀이라는 주머니 경제학에서 지출에 인색하다 해서 붙인 별명인데, 그러함에도 당연한 듯 부끄러움 없이 받아들이고 있으니 이 또한 짠돌이답다 할까.

1불을 벌어 1불1전을 썼다면 1전 적자이고 99전을 썼다면 1전 흑자인데, 여기서 1전 적자와 1전 흑자 사이는 겨우 2전이지만 적자인생과 흑자인생이라는 차이는 단순 산술적 의미를 넘어 삶의 방향이라는 질적 문제로 확대된다. 적자는 뒤로 가고 흑자는 앞으로 간다는 빼기(−)와 보태기(+)의 차이, 이는 작음과 큼의 차이가 아니라 부정(否定)과 긍정(肯定)의 차이다. 부산서 출발하여 한 발짝씩 서울로 향하면 언젠가는 서울에 닿을 것이나, 한 발짝씩 뒷걸음치면 얼마 안가 영도다리 밑으로 빠져버리고 만다.

이 따위 좀스러운 계산이나 하고 있는 이유는 내가 워낙 벌이가 시원찮아서겠지만, 그래도 적자 인생을 면해 보려는 안간힘이랄 수 있다.

그랬다. 나는 언제나 내 능력의 과소비를 겁내며 살았다. 어쩌다 아는 체, 있는 체 실력 이상을 과시했을 땐 뒷감당의 마음을 추스르느라 애를 먹곤 한다. 이 소심증은 의도적 작심이라기보다 내 분수를 알아서 기는 본능적 버릇이라 여기고 있다.

'짠돌이', 가진 것은 많으나 쓰지 않는 사람을 말하는데, 나는 가진 것이 빈약해서이니 짠돌이라는 별명이 좀은 섭섭하다. 그리고 나는 최고와 1등과는 인연이 멀어서인지 초인이니, 초월이니, 기적이니 하는 비논리적 관념의 세계에 대해서도 둔감한 편이라 내 관심에서 멀다.

만약 기적이라는 사건이 일어난다면 일어날 수밖에 없는 필연적 조건이 있으리라, 비록 우리의 인식능력이 미치지 못해서이지 언젠가는 우리를 비웃으며 그 필연의 정체를 드러낼 것이라고 믿고 있다. 마치 지동설이 옛날엔 무엄한 이론이었지만 지금은 상식으로 통하는 것처럼 말이다.

그래서 나는 점괘, 풍수지리, 초능력, 기적 같은 것들을 보편적 우리의 인식능력을 부풀리려는 '인식과 소비 허풍'으로 보고 있다. 신의 능력을 대신하려는 천기누설의 허풍이라 하면 지나친 빈정거림일까. 인간적인 삶을 통해서 발현되는 살아있는 진리야말로 참 아름다움이고 최고선이라 여기기 때문이다.

내 능력밖의 초능력의 망상에 집착하기보다 내 능력으로 얻은 재력과 재간과 지식에 고마워하며 주어진 것에 적당히 만족하며 사는 삶, 편한 옷을 입은 듯 부담감 없어 좋다.

옷은 고급은 못 되나 태를 보일 정도는, 많이 벌지는 못했으나 궁색해 보이지 않을 정도는, 사람 좋다는 축에는 못 드나 나쁜 놈 소리

듣지 않을 정도는, 그 정도의 분수에 걸맞은 삶을 살았다 자부하고 싶은데, 과연 남 보기에도 그럴까?

소위 사내다움의 3대 조건이라는 술, 담배, 도박 중 하나의 맛에도 심취해 보지 못한, 호탕함이 부족한 것이 흠일는지 모르나, 일할 때는 열심히, 놀 때 또한 신명을 낼 줄도 아는데, 아무래도 남에겐 깐깐하게 보일는지 모른다. 하긴 고급신발은 상채기 날까 신경 쓰여 피하고, 고급시계는 팔에 무게 실려 피하고, 고급식당은 격식 차리느라 소화 안 돼 피하는, 촌티 못 벗은 사내이니 내가 봐도 좀 궁하나, 고급과 과소비에 대한 이런 궁상스런 삶의 방식이 내 적성에 맞아 편하니, 가히 체질적 운명이라 하겠다.

그렇다. 이 시대는 넘치게 소비하는 왕과 소비시대다. 쇼핑은 일과요, 너무 먹어 살빼기는 기본이요, 세계여행은 필수다. 옷과 신발은 철 따라, 용도 따라, 유행 따라 갖추다 보니 그만큼의 쓰레기가 산을 이루고, 그래서 망가지는 것은 애꿎은 자연환경인데, 결국 고스란히 우리 인간에게 공해로 되돌아 오고 있다.

이 오염이라는 자연환경의 불치병은 소비가 미덕이라는 인간의 과소비신앙에 맹종한 당연한 결과라, 하늘 스스로 자연을 지키겠다는 방어적 최후통첩이 아닐까 한다. 이 결연한 하늘의지의 벌을 인간들은 먼 산 구경하듯 비웃고 있으니 어이하나.

그러고 보니 내가 물건 아끼는 짠돌이 짓거리로나마 하늘 뜻에 화답한다는 생각이 드니 괜스레 우쭐해진다.

구린내

세상에 좋은 냄새 놔두고 왜 하필 구린내냐. 하긴 희한한 건 제 똥 구린내는 역겹지가 않다는 것이다. 분명히 구린내이긴 한데, 남의 구린내처럼 역겹거나 비위가 상하지 않고 도리어 구수한 게 애교스럽기까지 하다. 그래서 지금 내가 구린내 이야기를 천연덕스럽게 하고 있는지 모른다.

옛날 그 뒷간과는 달리 어느 방보다도 더 잘 치장된 화장실이라는 이름의 수세식 변기에 앉으면 옛 뒷간의 오만 가지 냄새가 뒤섞인 그 오케스트라냄새가 아니라 내 것만의 순수 솔로 냄새여서 앉은 자세가 견딜만한 하다.

더욱이 나는 이 편한 변기에 앉으면 시간 가는 줄을 모른다. 마음은 차분히 가라앉고, 머리는 맑아진다. 그러하니 자연스럽게 무언가 읽거나 생각에 잠기곤 한다. 때론 중단 없는 생각을 잇다 보면 밖에서 불러야 나온다.

오늘도 무릉도원에서 도사가 되어 신성놀음 하다가 문득 냄새의 근원지에 앉아있는 자신을 발견하고 냄새 그 본체에 대한 사고를 넓혀보는 재미에 빠져버렸다.

그럼 구린내 본론에 들어가기 전에 방귀에 얽힌 구수한 옛날이야기부터 하나 들어보소.

첫날밤에 신부가 그만 점잖지 못하게 '뽀-오-옹!' 소리와 함께 냄새를 풍겼다. 신부는 단지 그 이유 하나로 소박을 맞는다. 하룻밤을 자도 만리장성을 쌓는다고 쫓겨난 신부는 10개월 후 사내아이를 생산했고, 그 아이가 자라 7살이 되었다.

"엄마 왜 나는 아버지가 없는 거야."

남들보다 가난하게 사는 것도 억울한데, 아버지까지 없는 것이 억울해서 엄마에게 처음으로 따진 것이다. 이 남달리 영특한 아들에게 이제 그간의 사정을 이야기해 줘도 되겠다 싶어

"안 계시긴 왜 안 계셔, 아무 데 아무 델 가면 열두 대문 기와집의 최 진사가 네 아버지다. 여차여차해서 이렇게 쫓겨나 살게 되었다."

다 듣고 난 아들이 한참 심각하게 생각하더니

"엄마! 걱정 마세요, 제가 아버지를 엄마에게 찾아드릴게요."

"네 효심은 가상하다만 어린 네가 무슨 힘이 있다고!"

꼬마는 엄동설한인데도 어디선가 수박 씨 한 움큼 구해다가 색색으로 물을 드려 괴나리봇짐 해서 아버지 최진사 집을 향에 길을 나섰다. 최진사집 대문 앞에 이르자 소리소리 고함을 지른다.

"수박 씨 사려! 수박 씨 사려! 아침에 심어서 저녁에 수박이 주렁주렁 열리는 수박 씨 사려!"

하인이 이 소리를 듣고 주인에게 고한다.

"한 어린놈이 아침에 심어서 저녁에 열리는 수박씨 사라고 소리소리 지르고 있사옵니다."

"이리로 데려와 봐라."

"네 이놈! 어린놈이 맹랑하게 거짓말부터 배워, 남의 집 앞을 어지럽힌 죄 볼기짝을 맞아도 한참 맞아야 되겠구나."

"볼기쯤 맞는 거야 어렵지 않사오나 길고 짧은 건 대봐야 안다고 했는데, 한번 시험해 보시지도 않으시고 볼기부터 때리신다니 억울하옵니다. 나리."

"어린 것이 갈수록 맹랑하구나. 하지만 네 말도 일리가 있으니 한번 시험해보자. 대신 수박이 열리지 않으면 네 죄를 인정하렷다."

"네! 나리 고맙습니다."

큰 항아리에 흙을 담아 방 아랫목에 놓고 천연색 수박씨를 정성스럽게 심었다. 점심때가 지나고, 해가 기울어도 씨는 싹틀 기미를 보이지 않았다. 그러나 최 진사는 꼬마와 약속을 한 터라 기다릴 수밖에 없었다.

밤이 더욱 깊어지고, 모두가 잠들 시각쯤 되었을 때였다. 꼬마가 무릎을 탁 치며 "아차! 제가 한 가지 여쭙는 것을 깜박 잊었습니다. 나리!"

"네 이놈! 거짓말이 탄로될 성싶으니까 이번에는 또 무슨 수작을 부리자는 거냐."

"아니올시다. 나리! 이 수박씨는 보통의 수박씨와는 달리 부정을 잘 탑니다. 그래서 깨끗하신 분 앞에서만 수박이 열립니다. 예를 들어서 방귀를 뀐다거나 하신 분 앞에서는 절대로 열리지 않습니다."

"요 맹랑한 아이를 보았나, 세상에 방귀 안 뀐 놈도 있다더냐."

"참말로 그러하옵니다, 나리! 방귀뀌지 않는 사람은 죽은 사람 외에는 없는 것으로 알고 있사옵니다. 그러하온데 나리! 아니 아버지! 아버지께선 어찌하여 저의 어머니를 방귀 한 번 뀌었다는 이유만으로 첫날밤에 쫓아내어 저의 모자가 눈물과 고생으로 살게 하셨습니까."

하며 대성통곡을 한다.

"오! 과연 내 아들이로고…!"

해서 그 후 조강지처를 데려다가 파뿌리가 되도록 잘 살았다는 이야기.

자기도 방귀를 뀌면서 남이 뀐 방귀는 버릇없는 고얀 짓으로 여긴 최 진사처럼 사람들은 자기 구린내와 남의 구린내의 주관적인 편견을 모든 사고에 똑같이 적용시켜 살아가고 있는 듯 하다. 내 구린내와 남의 구린내를 시험관에 넣고 냄새의 농도, 성분을 따지면 그 객관적 수치는 같은 답일 텐데 어째서 내 코의 자극반응은 전혀 상반되는 걸까. 묘하다.

남이 보기에 흠이 자기 눈엔 애교로, 남의 눈에 추문이 자기 가슴엔 일생일대의 로맨스가 되고, 남이 읽으면 횡설수설의 내 글이 나에겐 명문장으로 여겨지는, 내 새끼가 더 예뻐 보이는 이 편견의 착각들, 아무리 세상을 제 잘난 맛에 사는, 착각도 자유라지만 판별의 추가 내 쪽으로 이렇게 기울 수가 있느냐는 거다.

곰곰이 생각해 보면 자기 쪽으로 기울고 있는 편견, 착각도 때로는 필요악일 수도 있다는 생각이 든다. 이 풍진 험한 세상, 모든 것을 편견 없는 객관화의 차가운 눈으로 하루들 살아낼 수 있는가. 단지 내 구린내는 달고, 남의 구린내는 구리다는 편견본능을 남도 똑같이 갖고 있다는 것을 인정해 주면 된다. 그런데 그게 엿장수 맘대로 되지가 않는, 수양의 과정을 필요로 한다.

제 조카애가 똥을 사니까 십 리를 달아나던 여동생이 결혼해서 아이를 낳자, 제 아이 똥 냄새까지도 달콤하다며 환한 미소로 기저귀를 갈고 있는 모습이 신기했다.

그러면 하늘은 왜 자기 쪽으로 기우는 이런 특혜본능을 주었을까. 코밑 털 한 오라기, 손톱 하나에도 조물주의 의도가 담겨 있는 것처럼 이 구린내의 의도가 분명해진다. 자신을 먼저 사랑하라는 뜻일 것이다. 다음으로 자식을 사랑하고, 이웃을 거쳐 남까지 사랑하라는 하늘의 명령으로 들린다. 본능적 자신을 사랑하는 것만으로 끝난다면 짐승의 삶과 무엇이 다른가.

저 인도의 빈민가에서 병들고 헐벗고 외로운 자를 돌보고 있는 성녀 테레사 할머니는 남의 구린내까지도 자기 구린내처럼 구수하게 맡게끔까지 되었는지 모른다. 내 쪽으로만 향하고 있는 애정의 사슬이 남에게까지 미치는 경지, 나와 남이 동일시되는 경지라야 가능하다. 그만한 차원까지의 도달은 본능을 뛰어넘고자 하는 자기를 깎는 수양과 회생 결과에서만 이루어지리라. 남의 구린내가 내 구린내와 동일시되는 경지, 이를 나는 사랑의 월경이라 말한다. 말이 쉽지 성자만이 가능하리라.

변기에 앉아 제 구린내가 구리지 않는 것들 감상하고 있는 나는 본능이 시키는 대로만 산, 조물주의 로봇에 불과한, 한심한 인간이라는 생각이 갑자기 든다. 그러나 한편 보통 인간이 살아가는 평범한 길이 아니더냐. 성자가 못됨을 부끄러워하며 산 삶이 아니라, 보통사람도 못될까 염려하며 산 인간이었지 않았나 싶은데, 이렇게 덤덤하게 살아왔듯 앞으로의 남은 생을 그저 그렇게 살다 흔적 없이 사라질 것을 생각하니 좀은 허전하다. 남의 구린내를 내 구린내처럼 맡을 수 있는 인격은 못 된다 해도 흉내쯤은 내며 살고 싶었는데…!

나의 꿈은

그때 어린 내게도 꿈이란 게 있었던가. 있었다면 무엇이었을까. 당시의 내 처지에 꿈은 사치였는지 모른다. 무엇을 입을까. 무엇을 먹을까라는 선택이 없던 절대빈곤에서도 끼니를 거르지 않는 처지만으로도 복인 시절이었으니 어린 가슴에 포부, 꿈이란 게 있었다면 도리어 사치였을 게다.

그런데 이제 삶의 마무리 나이가 되어서인지, 뭔가 해야 했을 걸 안 한 것 같은 아쉬움이 남는다. 이게 무얼까. 혹 꿈이었는지 모른다.

주어진 환경에 그저 그렇게 안간힘도 노력도 없이 무덤덤하게 산, 그래서 결산할 성적 따위 없는 것이 당연한데, 그 무언가가 없는 빈손이 왜 이리 허전할까.

내가 만약에 성공이라는 꿈을 향해 살았는데도 꿈을 이루지 못했다면 당연히 못다 이룬 허탈감이라도 있을 터이지만, 세월에 실리어 구름에 달 가듯 흘러 산 이력에 허무해 할 것도 없는데, 아마도 꿈 없이 산, 되돌릴 수 없는, 다 써버린 일회용 삶이 이렇게 아쉬운가 보다.

후회나 아깝다는 건 하고 싶었던, 되고 싶었던, 갖고 싶었던, 이루고 싶었던 게 있었다는 말 같은데, 그렇다면 꿈을 못 이룬 것이 서운한 것이 아니라 꿈이란 걸 못 가져본 그게 그렇게 서운한가 보다.

그러고 보면 꿈 없이 산 내 삶이 꿈이 많았다는 역설도 성립되는데, 만약에 하루하루 구름에 달 가듯 세월에 실리어 주어진 숙명에 순응하며 산 모범답안지 같은 내 삶 속에 응어리진 꿈뭉치가 나도 모를 사이 가슴 한구석에 자리 잡고 있었다면 도대체 그게 무얼까. 나도 궁금하다.

산 첩첩 지리산 산골마을에서 나는 유년기를 보냈다. 동네 앞 강변 모래사장에 여름 저녁이면 몰려나온 아이들과 미역도 감고 씨름도 하며 놀다 나란히 누워 별 하나 별 둘 별 셋 헤다가 잠들곤 했다. 그때 나는 밤 하늘 별을 헤다 그 별 끝간 데 그 너머가 궁금했고, 첩첩한 저 산 너머는 누가, 그리고 무엇이 있을까. 저 별천지 그 너머 밖은 어떤 세계일까가 궁금했던 것 같은데, 그런 궁금증을 뒤집어 보면 내가 크면 저 산을 넘겠다는 뜻이고, 하늘 끝 간 데를 가보고 싶다는 뜻이 된다. 이 뜻이 바로 나의 꿈이 아니었나. 끼어 맞춰보니 꿈 하나 야무졌구나 위로가 된다. 비록 이루지 못한 꿈이 되었지만. 아니지, 산 너머 바다 건너 하늘을 날아와 이렇게 캐나다에 살고 있으니 꿈 하나 야무지게 이루었단 말이 안 되는 건 아니다.

모든 생물은 주어진 환경에 유전적 습성으로 적응하며 살아가지만 인간만이 주어진 환경에 적응하는 삶만으로는 성이 차지 않아 꿈이라는 4차원적 품격의 삶을 생각했다면, 그게 바로 삶의 진화를 위한 동력이 아니겠는가.

다 생각 나름이다. '산은 산이오. 꿈은 꿈이로다.' 허허하며 남은 생을 그렇게 살 일이냐, 꿈이 목적이 되면 부담이고 짐이니 짐 없이 과정에 실리어 세월을 벗하며 흘러 산 내 삶이 맹물 같을지라도, 그저 그렇게 굴곡 없이 살게 해준 어딘가에 도리어 감사할 일일는지 모른다.

오늘도 격 없는 동무 몇 커피 집에 불러내어 조잘대며 한나절을 보낼까. 눈에 넣어도 아프지 않는 손자 손녀와 어울려 놀까, 아니면 주인인 내 앞에선 깜박 죽는 통끼(개) 놈이나 데리고 크레디트 강변 따라 펼쳐있는 공원 숲길이나 거닐며 판소리 〈사랑가〉 한 곡 늘어지게 뽑아볼까.

행복은 먼 데 걸린 무지개가 아니라 바로 이런 게 아닌가 하면 아무래도 궁상스런 변명으로 들리겠지. 하긴 6/49 복권을 이번 주도 샀으니 말이다.

동심은 꿈을 먹고

루이 암스트롱이 처음 달에 인간 발자국을 찍는 순간 이태백의 술맛도 시상도 산산이 부서졌고, 계수나무로 초가삼간 짓겠다던 한국 아이들의 효심의 꿈도 물거품이 되고 만다. 〈토끼 한 마리〉 동요를 부르던 아이는 TV 앞에 앉아 황량한 사막 같은 돌 모래벌판 달 표면을 바라보며 꿈을 잃는다. 해님 달님 별님은 흘러간 레퍼토리가 돼버렸고, 해, 달, 별일뿐인 그저 과학의 대상이 되어 버렸다.

고향은 내게 언제나 마음에 담겨 있는 무릉도원 같은 곳, 그 뒷동산이 일만이천 봉마다 절경인 금강산이거나 만년설의 장엄한 록키산이 아니어도, 그 앞 내가 굽이굽이 흐르는 전설의 낙동강이, 태초의 신비를 간직한 아마존강이 아니어도 그저 거기에 그렇게 있어주는 평범한 산이요, 강일뿐인 지리산 줄기 내 고향산천은 내 동심의 낙원으로 남아있는 어머니 품안 같은 곳, 그 어떤 것으로도 대체시킬 수도 없는 내 동심을 살찌운 꿈의 출발점이다.

태양은 너무나 강렬하여 동심의 세계엔 걸맞지 않아 진작부터 신앙의 대상이 되지만, 별과 달은 언제나 어린이와 술 취한 시인에 동무되어 다감한 대화로 다가온다. 반짝반짝 반짝이는 별은 아이들 눈에 보석으로 박히고, 아기의 윙크 같은 초승달은 함께 노래하자 손짓하는데, 두둥실 밝은 달이 연못에 뜨면 술 취한 시인은 중얼중얼 몽롱해진다. 저 달엔 사나운 호랑이나 교활한 여우가 살아서는 안 되며, 귀여운 토기 한 마리 계수나무 밑에서 아이들과 함께 놀아주어야 한다. 하긴 호랑이도 여우도 동화의 세계에서는 사나움도 교활함도 도태되어 동심의 동무가 된다.

과학은 계속 부드러운 인간 정서를 메마르게 해버린다. 전화와 전자편지(E mail)는 편지라는 영역의 정서를 짓뭉개버렸고, 현미경과 망원경은 상상의 영역인 꿈을 잠식해버렸다. 요사한 컴퓨터라는 괴물은 인간의 감성을 무차별 짓밟으며 초토화 하고 있는데 그 끝 간 데가 심히 두렵다.

아닐는지 모른다.

첨단과학은 또 다른 4차원적 꿈의 세계로의 안내장인지 모른다. 디즈니랜드가 바로 그 꿈의 세계를 증명해 주고 있는지도 모른다. 아무리 컴퓨터로 조작된 기계로 움직이는 차디찬 과학이 판을 칠지라도 꿈이라는 동심의 세계에 참여 당하고 만다는 예가 아닌가 싶어서다.

신세대가 보는 컴퓨터를 통한 달의 세계도 토끼가 살고 있다는 구세대의 촌스러운 곳이 아니라 전자오락실 그 영상상자 속의 꿈의 세계일 수도 있다.

이처럼 아무리 시대가 변하고 과학이 판을 쳐도 동심의 낭만과 장난기 어린 표현은 방법만 다를 뿐 무한 상상력의 세계는 동일한 결론일 수밖에 없는지 모른다. 과학도 좋고, 종교도 좋다. 하지만 그럴수록 인간의 감성, 순수한 동심이 만드는 꿈의 세계를 어떠한 힘도 앗아갈 권리는 없다.

꿈꾸는, 꿈이 만드는 아름다운 동화의 세계는 아이들 몫이며 아이들이 누려야 할 특권이다. 어른들은 기꺼이 그 마당을 마련해줄 의무가 있고, 꿈의 마당에서 아름다움과 부드러움과 사랑하는 마음을 여린 작은 가슴에 샘물처럼 고이게 해야 한다.

이곳 캐나다에선 11월 30일은 '귀신의 날'이라 해서 저녁이 되면 동네 꼬마 녀석들이 갖가지 상상의 의상을 만들어 입고 '귀신을 쫓아줄 테니 사탕 달라.' 구걸하면서 몰려 돌아다니는, 아이들에겐 축제 같은 풍속의 날이 있고, 12월이 되면 집집마다의 정원에 X-MAS 전등불빛으로 형형색색 장식하고, 시내 중심가에선 산타행렬(퍼레이드)이 펼쳐진다. 크리스마스이브에 산타할아버지가 굴뚝을 통해 들어와 선물을 놓고 간다고 해서 아이들은 벽난로에 빨간 양말을 걸어놓고 설레임에 잠을 설친다.

이 만화 같은 비종교적 풍속도에 모두가 즐거움으로 동참하고 마련해 주는 이유는 아이들에게 동화 같은 꿈의 세계를 맛보이고 싶어서다. 나라마다 지역마다 축제가 있다. 거기엔 언제나 춤과 노래와 웃음과 사랑이 함께하며 마음은 단비로 젖고 감성은 부드러움으로 순화되리라.

동심이 꿈을 먹고
꿈 먹고 지란 동심이 꽃동산을 만들면
평화의 벌판에 꽃이 피고
나비가 춤을 춘다.

세월을 먹으며

오늘이 까치까치 설날이란다. 그렇다면 나는 한국나이로 80살이다. 생일이 12월이니 서양 나이로는 78세인데 2살 차이는 억울하다. 어쨌거나 "해가 바뀌니 세월을 먹는다."라는 말이 실감난다.

'세월'이 날의 흐름이요, '시간'도 때의 길이요, '역사'란 지나간 날에 일어난 자취인데 이들이 추상적 인식이 아니라 구체적 사실(수치)로 새삼 피부로 느껴진다는 건 달가운 증상은 아닌 듯하나 세월(나이)이 제 먼저 알고 내 심신을 앞지르니 어이 하겠는가.

무한으로 보면 일생이란 순간이지만 엄밀히 말해 무한도 시간이요 순간도 시간이다. 무한이 끝이 없는 시간이라면 순간 또한 시작과 끝이 맞물려 있는 찰나의 시간이다. 이들은 출발도 도착도 없는 '0'의 개념과 닮아 있다. 무한도 순간도 시간적 수치에서 벗어나 있다는 뜻이다.

분명 시작이 있다면 끝이 있기 마련이지만, 그렇다면 시작 이전은 무엇이며 끝난 다음은 또 무엇인가. 시작 전이 그리고 끝의 후가 궁금하지 않은가.

시작과 끝이 전부가 아니라 영원 속의 부분이요 순간의 연속적 무한과정으로 보면 끝은 언제나 시작의 출발점이 되고 있다.

파스칼은 〈팡세〉에서 "무한에 1을 더해도 무한은 증가하지 않는다. 무한도 수이고 모든 수는 우수 아니면 기수나 무한에 1을 가하여도 본질엔 변함이 없다."라는 재미난 말을 했다. 이 말은 무한은 수의 집합이긴 하지만 수에 지배받지는 않는다는 말이다.

내가 태어나서 죽는 사이의 일생이라는 시간, 분명히 출발과 도착이라는 토막시간이 있고, 일생이라는 나이 먹는 세월과 어떻게 살았는가의 자취(역사)가 있다. 나 개체에 한정된 시작과 끝이 분명한, 그것이 비록 찰나적일지라도 영원의 과정 속에서 흔적으로는 분명히 있다.

그러나 나에게는 역사적일 수 있는 일회적인 이 사건이 나 이전의 사건들과 나 이후의 사건들 사이에 얽혀 이어지는 새끼줄 같은 영원한 길이의 꼬임(얽힘)에 참여한 지푸라기 한 오라기로서의 역할은 인정된다 해도, 우수도 기수도 되지 못하는 무한시간에 함몰된 독립된 나의 존재는 별 의미가 없어 보인다. 그렇다 해도 개체로서의 나의 존재는 영원 속에 함몰된 것이 아니라 구체적 존재로 분명히 있었다는 것으로 보면 의미는 달라진다.

무한에서 찰나(순간)는 없음에 가까우나 분명 '0'보다는 큰 있음이다. 그러기에 '점(點)'의 연결이 '선(線)'이고, '선'을 모으면 '면(面)'이 되고 '면'을 쌓으면 '부피'가 되듯 티끌 모아 태산이요, 천릿길도 한 걸음부터이며, 가랑비에 옷이 젖는, 작음의 위대함이라 할까, 물질에서 가장 작은 원자운동 구조는 우주운동 구조와 닮았다고 하지 않는가. 원자가 바로 우주이고 작음이 바로 큼이 아닌가.

비록 짧은 찰나를 살다 갈지라도 나의 생애가 결코 헛된 허무가 아니란 뜻이다.

석가, 예수, 공자, 소크라테스 그리고 우리의 세종대왕은 선사 이전의 신화적 추상의 인물이 아니라 인간의 모습으로 유한 시간을 살다 간 구체적 역사시대의 인물이었으나 무한을 체험한 큼의 가치에서 작음의 귀한 가치를 아셨기에 석가는 비록 하잘것없는 미물의 생명일지라도 살생을 금하셨고, 예수는 눌리고 병들고 힘없는 자를 긍휼이 여기셨으며, 공자는 하늘을 논하기 전에 땅에 관심을 두셨으며, 소크라테스는 남을 보기 전에 자신을 돌아보셨고, 우리의 대왕 세종은 씨알백성을 고루 어여삐 여기신, 작음의 가치에서 영원을 보신 분들이시다. 한글창시는 사대부의 글이 아니라 씨알백성을 위한 하늘마음의 글이다.

그렇게 영원을 본 성현들은 작음의 가치에서 큼의 가치를 큼의 가치에서 작음의 가치를 보셨다는 말인데! 나는 과연 어떨까?

명품 그리고 사치

　명품의 사전적 해설은 '뛰어난 물건(작품)'이라 했다. 그런데 이 명품이 사치로 흐르면 허영이 되지만 걸맞게 어울리면 품격이 된다. 품격은 곧 예술이고 멋이다.

　창세기 1장에 태초에 여호와께서 6일에 걸쳐 우주를 창조하셨을 때 그날그날 자신의 창조물을 보시고 "보시기에 좋았더라." 고 자찬하리만큼 자신의 작품에 대한 미학(예술)적 평가가 내 눈길을 끈다. '같은 값이면 다홍치마' 보기 좋은 명품 만들기였다. 오류나 실수가 없을, 좋고 그름의 상대적 비교가 없을 전능하신 하늘 스스로의 작품에 "보기에 좋다."라는 비유적 표현 자체가 모순으로 들리긴 하지만, 스스로 보시기에도 좋게 만든 그 명품 지구촌에 내가 살고 있는 것만으로 감사할 일이다.

　그러함에도 더 좋고 더 많은 것들을 갖고 싶어 하는 인간의 무한 욕심으로 개발이라는 이름하에 이 명품 지구촌이 쓰레기화로 오염되어 병들고 있다면 분명 명품 지구촌 운영권을 인간에게 맡긴 실수를 지금쯤 통탄하고 계실 것 같아 하늘에 심히 민망하다.

나는 지구촌의 멸망에 이르는 원인이 인간의 사치병이라 진단한다. 하늘이 보기에도 충분히 좋은 흠이 없을 명품을 삽질로 헐고 부수고 다듬어 갈보의 치장처럼 사치화로 흘러 보기에 흉물스런 몰골이 변해가고 있기 때문이다.

삶의 기본인 의식주(衣食住) 그리고 일, 운동, 놀이, 여행, 정치, 권력, 계급, 섹스, 종교 등등은 삶을 삶답게 하는 필수 조건들인데 이것들이 사치로 흘러 인간 스스로 그 노예가 돼버렸으니 결과는 뻔할 수밖에 없다. 입고 먹고 자는 의식주에서 입는 것들보다 버리는 것들이, 먹는 것들보다 쓰레기가 산을 이루고, 주거환경이 가족의 삶을 위한 공간이 아니라 초호화판이 되어 자연파괴 오염의 원흉이 된, 그래서 더 이상 커질 수 없는, 상대적으로 작아져버린 명품 지구촌의 미래는 암담 그 자체다. 아니 절망적이다.

계급과 권력 또한 사회질서를 위한 서로간의 양해를 넘어 사람이 사람을 짓밟는 사치화로만 흘러 영웅이라는 이름으로 변질되었다. 지구촌은 독재와 침략 등 비극의 인간역사가 피로 쓰인다. 아니 쓰이고 있다. 이 인간 무한욕심의 한계는 어디쯤인가.

운동, 놀이, 여행은 삶의 한가(틈, 여가)를 즐기게 해줄 때 넉넉함을 맛보게 할 것이나, 사치와 경쟁이 돼 버리면 도리어 스트레스의 원흉이 돼버린다. 지금 내가 하고 있는 운동, 놀이, 여행이 삶의 수준이라는 잣대로 남과 비교해 스스로 초라해 보인다거나 내 목에 힘이 실려 노예된 졸부적 맛에 흐뭇해한다면, 그것은 이미 사치와 경쟁이 돼버린 것이다. 그러니 명품사치에 춤 추는 욕구수요를 충족해주는 개발 사업을 국가운영에 최우선으로 하는 경쟁적 국력의 소모는 UN의 고민이기 전 인간 개개인의 고통으로 되받고 있으니 어이하나. 그리하여 소비가 공급을 유도하여 경제가 활성화된다는 희한한 이론에 의해 결국은 한정된 지구촌이 쓰레기와 공해로 찌들어 끝 간 데를 보이고 있다.

국가발전이라는 무한경쟁에 세계의 공장들이 경쟁적으로 넘치게 쏟아내고 있는 공산품에 의해 명품 지구촌의 운명이 경각에 달려 있음을 빤히 알면서도 이성적 제어(brake) 페달이 아닌 욕망의 가속(accelerator) 페달만을 고집스럽게 밟고 있는 이 현실의 모순, 덜 먹고 덜 쓰는 짠돌이를 길들이는 수밖에 없는데도 고삐 풀린 망아지 꼴로 빤히 멸망의 구렁 속으로 빠져들 수밖에 없다.

한정된 지구촌에 한 사람당 열(10) 켤레의 명품신발, 열 개의 명품 가방, 열 벌의 외투, 십 평의 묘지, 열 그릇의 밥, 열 칸의 집, 그리고 명지 명산만을 골라 십만 평의 높고 화려한 성전에, 그러고도 성이 차지 않는 무한욕심 경쟁에 보태어, 지구촌을 수만 번 박살내도 남을 무한상상 핵무기라는 멸망의 초대장들로 병든 지구촌의 운명을 그나마 고민하고 있는 한 곳. UN의 할 일만 무겁다.

만약 내가 UN 총장이 된다면 '적게 먹고 작게 싸자.'라는 짠돌이운동을 벌이고 싶은데…. 그러면서도 오늘 당장 점심은 누구를 만나 우아하게 먹을까가 관심사이니, 하늘이 주신 명품 지구촌 종말은 지구의 운명으로 해두는 수밖에 없는가.

무소유 가치관

나는 탄생과 죽음 사이를, 하늘과 땅 사이를, 그리고 만물 만상 사이를 헤엄치듯 때로는 숨 가쁘게, 때로는 신명나게, 때로는 허둥대며 삶이라는 모양의 과정을 곡예하듯 살아가고 있다. 그리고 나는 많고 적음, 크고 작음, 높고 낮음 사이를 때로는 삶의 활력으로, 때로는 부담으로 부스대며 살아간다.

삶은 죽음에 맞서있고, 선은 악에 의해 드러나고, 행복엔 슬픔이 동무처럼 다가와 있는 틈새 사이를 바둥대며 살아간다.

꼴찌 없이 일등이 없고, 잘남이 있어 못나 보이는 상대가치에 해탈한 듯 모든 게 팔자려니 하는데도 내 존재가치에 웃고 울며 산다. 그래서 세상사 상대적이라며 충족절대치를 낮게 잡을수록 좋다는 말을 정답으로 여기며 사는데도 곤두선 신경을 다독이기 힘드니 삶이라는 명제에 있어 무소유 가치관은 간단치 않다.

물론 그런 해탈의 삶을 산 이도 있다. 따뜻한 햇살이면 족한, 알렉산더 대왕의 부귀가 부럽지 않다고 제법 거드름을 피운 통속의 거지 철인 디오게네스(Diognenes)가 바로 그러하다.

요즘 유행어로 고품격(up grade), 참삶(wellbeing), 명품(brand name), 최고(best), 심신건강(healing)이라는 삶의 가치에 초점을 맞출수록 부담감(stress)에 고달파지고, 그 도를 넘으면 오히려 우울증이라는 병을 앓게 된다는 정신과 의사의 충고를 귀담아 듣게 된다.

한데, 지극히 세속적인 나는 상대적 가치에의 적당한 도전을 삶의 맛이라며 타협 쪽으로 기우는 욕심을 버리지 못하고 산다. 그래서 '무소유'라는 고상한 말이 높은 가치로 여겨지면서도 기대치 한 점 없이 내일이 살아질 것 같이 않아 불안함을 감추지 못한다. 괴롭다, 불행하다 함도 기본바탕인 절대치의 충족이 미약하다고 느낄 때 오는 상대적이란 걸 모르는 건 아니나, 문제는 행복절대치 바탕을 낮게 잡는다는 게 엿장수 맘대로 쉽지 않으니 탈이다.

기대치라 불리는 꿈을 삶의 진화를 위한 하늘이 준 은총이라 여기며 살고 있는 지극히 세속적인 내겐 비록 그 꿈이 개꿈(허상)일지라도 버리지 못하는 건 그게 오늘을 살아가게 하는 힘이라 여겨서다.

가정을 꾸리고 사는 나는 부양할 임무가 있고, 이웃과 더불어 살아야 하는, 물질이라는 매개 없인 불가능한 보통 사람이다. 지나침은 욕심이지만 기본은 갖추어야 할 책무를 게을리하는 것 또한 가장으로서의 직무유기라며 변명만 늘어 놓는다.

나는 죽음 문턱을 경험한 일이 있다. 그때 두 가지 생각이 걸렸다. 하나는 내 나이이고, 다른 하나는 내 어깨의 무게였다. 69세라는 나이, 요즘 기대나이로 치면 좀은 이른 감이 없진 않으나 옛날 같으면 장수 축에 낀다. 그리고 어깨의 무게인데, 이제 아이들도 제 몫을 하며 살고 있고, 아내가 좀 걸리기는 한데 어차피 누군가는 먼저 가게 되어있는 것, 충분치 못한 경제적 부담감이 미안스럽긴 하지만 그런대로 끼니걱정은 않을 것 같으니 내 어깨의 무게가 다행히 눈을 감기에 부담감을 줄만큼은 아닐듯하니 마음이 편했다면 허세일까. 만약 내 나이 젊어 아이들은 어리고, 그리고 돈을 억수로 많이 벌어 사업체를 크게 벌여놨다면 어깨가 무거워 눈을 감기가 쉽지 않았을 것 같다.

거지 철인 디오게네스의 어깨 무게와 청년대왕 알렉산더의 어깨 무게를 대조해보면 쉽게 짐작이 될 것이다. 부양의 부담이 없는 노인 디오게네스는 햇빛이면 족한 무소유자이니 어깨가 깃털처럼 가볍겠지만 넓은 땅을 정복한 젊은 알렉산더는 가진 것이 너무 많아 어깨에 태산을 짊어진 것 같은 무게였을 것이니 죽기가 얼마나 힘들었을까.

집에 불이 나 온 가족이 집 밖으로 나와 동동거리며 울부짖고 있는 광경을 구경하고 있는 거지 부자(父子)간의 대화 한 토막

"아버지! 우린 집이 없으니 불이 날 걱정 없네요."

"이게 다 이 아비 덕 아이가!"

지극히 속물적인 내 입으로 무소유 가치관 어쩌고 하는 꼴이 마치 거지 아비 같아 피식 웃음이 난다.

상식대로 싱거움으로

상식은 보편성이고 진리는 보편성에 깃든다. 상식이 살아있는 사회는 모든 것이 타당하게 보이고, 상식이 무시된 사회는 모순으로 얽혀 문제를 만들게 된다.

마음에 껄끄러움 없이 수긍이 되면 상식적이랄 수 있고, 갸우뚱 수긍이 안 가면 상식에 벗어나 있다는 징조다. 해가 동(東)에서 뜨고 서(西)로 진다거나, 물은 밑으로 흐른다는 것은 의심할 수 없는 싱거운 상식이고, 암컷과 수컷이 합방을 해야 새 생명이 탄생된다는 것도 상식이다. 1전과 1전을 더하면 2전이 된다는 것도, 사과가 땅으로 떨어진다는 것도 유치할 정도로 싱거운 상식이다.

세상의 모든 사회윤리도 그 바탕은 상식을 벗어나 있지 않다. 살인이 나쁘다는 것, 도둑질이 나쁘다는 것, 거짓말이 나쁘다는 것, 게으름이 나쁘다는 것은 아이들도 다 아는 양심이라는 상식이다. 이 보편성을 구체적으로 영혼의 수준으로까지 끌어올려 체계화시킨 것이 종교의 바탕이라면 종교는 모름지기 사람의 사고능력으로 충분히 이해가 가능한 좋고 바른 상식으로 되어 있어야 하고 또 그럴 거라 여긴다. 상식은 순리에서 나오고, 상식에 의문부호가 붙으면 일단은 억지 거나 무리일 공산이 크다. 그래서 진리는 우선 상식에 모순이, 어긋 남이 없어야 한다.

무능한 교사의 설명은 어려운 고급 말로 많은 말을 하나 난해하기 만 한데, 유능한 교사는 쉬운 말로 설명을 간단하게 하는데도 뜻이 분명하게 전달되듯, 처음 경(經)을 말씀하신 모든 것을 꿰뚫어보시는 밝은 이성을 가지신 성현들은 만인이 고루 알아들을 수 있는 상식적 말씀으로 설파했을 것은 의심할 여지가 없다.

만약 어떤 경전이 보통 사람들이 이해하기 힘들게 쓰여 있다면 그 래서 이보다 더 큰 모순은 없다. 머리 좋은 성현들이 우리가 평생을 공부해도 모르게 말씀을 하셨을 리 만무하기 때문이다. 괜히 후세 광 신자들이 돌리고, 꼬고, 덧붙이는 바람에 복잡해지고, 난해해지고, 아리송해지고, 애매해져 진실은 실종되고, 가려져 사이비를 가려낼 수 없게 된다. 하늘을 보고 땅을 보고 마음을 들여다보면서 상식적인 쉬운 말로 풀이하는 그분들의 말씀을 직접 들을 수만 있다면 쉽게 이해할 것만 같은데 경전의 입구에서부터 애매한 미로를 헤매다 그만 미아가 된 기분이 되고 만다.

아닐는지 모른다. 어쩌면 신앙은 이해 이전에 믿을 수밖에 없는 특수상식인지 모른다. 그러길래 '종교'를 '신앙(信仰)'이라 하고, '종 교를 가졌다.'라고 하지 않고 '믿음을 가졌다.'라고 해도 무방하게 들 린다.

그렇지만 어디까지나 그 믿음은 납득이 되어야 한다는 조건 아래 에서 그러하다. 왜냐하면 무조건적이라는 믿음은 우상화의 유혹이 도사리고 있기 때문이다. 무조건적인 가슴과 납득이라는 머리가 함께 어울려 내는 믿음이면 얼마나 이상적일까.

내가 특히 주목하는 것은 세상적 일반상식으로 신앙적 특수상식을 냉소적으로 대하는 것이나, 신앙적 특수상식을 내세워 일반상식을 무시하는 것도 바람직한 태도는 아니다. 세상의 종교적 많은 비극이 이로 일어나고 있음을 보며 나는 슬퍼진다. 특히 생명경시현상이 그 좋은 예이고, 죽이고 죽는 종교전쟁이라는 극단적 모순이 나를 슬프게 하고, 분노케 한다.

삶(생명)이 먼저냐, 믿음(종교)이 먼저냐. 삶을 위한 종교냐, 종교를 위한 삶이냐. 따지기 전에 어떤 생명(삶)도 하늘(자연)이 준 엄숙한 상식이거늘 특수상식(종교적)을 내세워 허술히 취급한다는 건 하늘법(자연법)에 반(反)하는 범죄라 할 것이다.

종교전쟁이라는 비종교적 행위가 그러하고, 종교적 집단자살극이라는 하늘이 노할 몰상식이 그러하고, 자기가 믿는 종교를 위해 자기 목숨을 기꺼이 바치는 순교가 그러하다.

'믿으려면 화끈하게 믿어라! 싱거워서 참.' 이라는 말은 믿음의 한 방법일는지 모르지만 진리는 싱거움 속에, 평범함 속에 깃드는 것이라는 내 상식으로는 납득이 되지 않아서다.

물은 맛이 없어 싱거울수록, 공기는 보이지 않을 만큼 투명할수록 더 좋은, 그 무색무미(無色無味) 투명함의 싱거움이 생명의 근원이듯, 하늘은 보이지 않는 투명함으로, 싱거움으로, 우리를 보살필 것 같아서 하는 말이다. 그래서 나는 늘 종교가 종교다움은 씻고 또 씻어 무색무미 텅 비게 하는 과정이라 여긴다.

완성이 아니라 되어가는 과정, 거기에 참 신앙인의 겸손이 보이는 듯하고, 그 싱거운 겸손의 과정에서 하늘은 내 마음을 가질 것만 같고,

그때 가서 내 마음 또한 하늘의 모퉁이나마 만져볼 것 같은데, 과연 어떨까.

그래서도 나는 군더더기가 붙지 않은 성현들의 오리지널 말씀(육성)을 직접 듣고 싶은 것이다. 아! 그 오리지널 말씀은 얼마나 아이 같은 엄마 같은 순수함이고, 지극히 상식적이고 유치할 정도로 싱거움일까.

아빠 힘내세요

아빠의 자리가 흔들리고 있다. 권위 문제야 애교로 보면 도리어 귀엽긴 한데 자리 자체가 흔들리고 있다면 심히 민망할 일이다.

여성 파워에 밀리고 있는 것쯤은 평등권의 시각으로 보면 당연한 귀결이니 할 말이 있다면 도리어 치사하지만 뿌리 채 흔들리고 있다면 분명 위기다.

영어로 남자를 man이라 하고 여자를 woman이라고 하는데 이는 man 앞에 womb(자궁)를 붙인 꼴이란다. 얼핏 보면 여자를 비하한 듯하나 정작 생산을 할 수 있는 참 사람은 여자란 뜻이고 남자는 그저 그 생산에 필요한 정자 한 방울 슬쩍 제공하는 보조자 역할에 불가하다는 뜻이다. 그렇다면 문제는 자궁만으로 생산이 가능하게 되면 그나마의 아빠라는 역할마저도 무용지물, 절로 도태될 비운의 신세라는 것이다.

수만 년, 아니 수백만 년 누려왔을 '아버지'라는 가부장적 절대권위가 하필 내가 사는 이 시대에 와서 간 큰 남자의 상징으로 인류역사 박물관 20세기실에 코미디 시리즈 소재감으로 전락되었는지 모르나 억울하지만 눈물을 머금고 인정할 수밖에 없다 해도 인공수정이라는 아빠의 역할이 빠져버린 조작으로 엄마, 할머니라는 족보 서열에 혼선을 빚더니 21세기를 넘어오면서 급기야 생명복제라는 유전자 조작으로 근본우주질서에까지 손이 닿았다는 충격적인 소식에 아빠 자리가 사형선고를 받은 기분이다.

아빠 없이도 출산이 가능하다는 과학 앞에 무릎을 꿇어야 하는 고개 숙인 남성 심벌도 비참하지만 무척 심심해질 것 같은 미래 인류학 모습이 훤히 보이니, 생산에 참여 못한 실직자 아빠의 처진 심벌이 가련하다.

아니 더 나아가 음(-) 양(+)이 우주질서를 주관하는 본질이듯 암(女) 수(男)라는 묘한 관계설정을 통해서만 영원한 날까지 생명체의 보존(출산)을 가능케 할 것으로만 알았는데, 인간이라는 요사한 동물로 인해 지구촌 전체 생명체 질서에 혹 이상이 생기지는 않을지, 그리하여 멸종이라는 종말론이 혹 이로써 증명되는 건 아닌지, 뜻 있는 이는 노심초사 떨고 있다.

난자와 정자, 이 유전 미립자들 속에 들어 있는 웃음, 눈물, 사랑, 시기 등 온갖 생명기질의 기억들이 암수의 사랑행위에 의해 출산이라는 새 생명의 기적으로 나타나는 과정이 순리(順理)인데, 사랑유희 행위가 빠져버린 유전자 조작 출산이라는 역리(逆理)의 미래가 그래 과연 온전할까.

탄생의 기적은 인간지식능력(과학) 밖의 영역이며 경이 그 자체인데 이제 생명복제의 성공으로 기적도 경이도 무효화돼버릴 듯하니 자연질서는 무슨 힘으로 버틸까.

'생명복제는 안 된다.'라는 여론이 아무리 강경하다 해도 하늘의 비밀을 알아버렸다는 사실만으로도 충분히 공포인데, 암의 정복보다 '생명복제'의 성공이 빨라져 버렸다는 사실에, 그만큼 쉽고 간단했다는 사실에, 더욱이 이제 겨우 시작에 불과하다는 사실에 미래로 이어질 기술력의 파장을 생각하면 경악 그 자체이다.

이제 누군가가 숨어서 아편을 재배하듯, 원자탄을 생산하듯, 지각능력이 빠진 복제인간을 생산하여 군대를 조직하고, 폐, 간 같은 장기만을 빼내어 판매하는 세상이 안 온다 말할 수 없다고 생각하니 아찔하다.

만약 지구촌 생명체가 하늘 의지의 작품이 맞다면 하늘의 자존심이 걸린 문제라, 과학이 생명창조에까지 손이 닿았다는 것은 하늘에 대한 도전이고 월권이라 하늘의 방어(징벌)는 어떤 형태로든 드러날 것이고, 그래서 피조물인 우리에게는 그것은 피할 수 없는 숙명이 될 것이란 예측이 가능하다.

아무리 양보해서 생각해 봐도 음(-, 암) 양(+, 수)이라는 하늘의 계산된 의도인 사랑행위를 빼버린 것만은 우주 근본질서를 무시한 돌이킬 수 없는 인간의 오만이며 대재앙의 전조임이 분명하다.

암수교합이라는 애무를 통해서만 생산(출산)을 가능하게 한 하늘의 의도는 권태에서 올 퇴화를 염두에 둔 진화를 목적으로 한 것이 아닌가 생각되는데, 나의 이 짐작이 맞다면 아빠의 역할이 빠진, 사랑 유회절차를 생략해버린 연속적 기계조작의 미래 종자는 퇴화의 길을 밟다가 결국 멸종이라는 종말을 맞을 수밖에 없는 것이다.

모든 자연 생태계는 주어진 환경에 순(順)하며 상부상조하여 더불어 살아가고 있는데, 그 중 지능이 좀 나은 인간이라는 동물이 자연을 이용하는 것만으로 성이 안 차 파괴하기 시작하더니 급기야 생명체 복제라는 유전자 조작에까지 손을 뻗어 천기누설죄를 범하고도 아직도 하늘의 대응에 노심초사는커녕 다투어 앞장 서려 하고 있으니, 이 못 말릴 인간의 탐욕이여! 인간의 오만이여!

영원한 날까지 연속적 생명체 복사라는 자연질서에 의해 살아가야 할 모든 후대 생물체에 이 비극적 유산을 넘겨주어야 하는 사실이 민망하고 죄스러운 일이다. 아니 참으로 비극이다.

생물의 연속 유전복제방정식에서 뺄 수 없는 상수(常數)인 암수의 사랑행위를 빼버린 기계적 방정식으로는 멸종의 길을 밟을 수밖에 없다는 나의 목소리가 그래서 더욱 커질 수밖에 없다.

춘향이가 몽룡에게 보내는 봄기운 같은 향기의 추파는 더 이상 효력을 낼 수 없고, 줄리엣이 로미오를 따라 죽을 낭만 또한 물 건너간 싱거운 시대에 어떤 정열의 용솟음으로 살아질지, 후대 아빠들이 너무너무 불쌍하다.

'아빠 힘내세요!' 그런데 이 외침에도 힘이 빠져 있다.

이름값

내 이름값은 얼마짜리일까. 개값일까. 호랑이값일까.

내 탄생이 내 선택이 아니듯 내 이름 또한 내 의사와 상관없이 붙여졌다. 그리하여 나를 아는 이는 내 이름만 듣고도 나를 떠올릴 것이고 나를 본 일이 없는 이는 상상으로 내 모습을 그릴 것이다. 이처럼 이름은 타의에 의해 붙여진 순간서부터 나의 분신으로서의 충성스런 대리역을 하다가 호랑이가 죽어 가죽을 남기듯 죽어서도 나를 대신할 것이다.

한문의 名(이름 명) 자는 밤(夕)에 보이지 않는 상대를 입(口)으로 부른다는 뜻이란다. 깜깜한 밤에 보이지 않는 나를 대신해 줄 것은 이름밖에 없다는 의미다. 기막힌 뜻글이다.

나는 하느님을 본 일이 없지만 내 상상 속의 하느님은 긴 흰 수염에 부드럽고 인자하신 노인이신데 남성으로 되어 있다. 내가 존경하는 세종대왕은 하느님 모습을 많이 닮았고, 이순신 장군은 올곧고 반듯한 의지의 눈빛을 가지신 분이라 상상된다.

세상에 나 혼자면 이름이 필요할까. 이름은 다름을 구별하기 위한 수단이다. 그래서 우주만상에 각기 이름을 붙여 구별한다. 심지어 우주를 창조했다는 절대자를 기독교에서는 그냥 하늘이라 하지 않고 여호와 하나님이라 이름 붙여 부른다.

그렇다. 이름은 구별 수단이지 내 실존과는 아무런 관계가 없다. 이름 그 자체가 마치 내 실존인 것처럼 운명에 관여한다는 생각은 웃기는 발상이다.

'성명철학' 어쩌고 이름에 실존적 가치를 부여, 온갖 요사한 논리로 나의 운명이 내 능력에서가 아니라 이름값에 의해 좌우된다고 고집한다. 하긴 염라대왕도 그의 치부책에 적힌 '여동원'이라는 내 이름을 보고 그 행실의 이력을 검토한 다음 천당, 지옥행을 판결할 것 같으니 이름이 중요하긴 할 것 같은데 아무래도 어린애 장난질 같다는 생각밖에 안 든다.

아닐는지 모른다. 각기 이름이 있다는 건 각 개체의 독립성을 인정하고 있다는 의미로 보면 이름의 값어치는 절대치가 된다. 그래서 이름을 걸고 최선을 다하는 모습은 아름답다. 의사가 이름을 걸고 병을 고치는 모습은 아름답고, 수리공이 이름을 걸고 자동차를 수리하고 있는 모습은 아름답다. 물론 돈벌이를 위해서이지만 일할 때만은 자기 자존심을 건다.

나는 이민 초기 10년을 기계공으로 일을 했다. 시간당 15불이라는 계약으로 하는 직업이긴 했지만 연장을 들고 일을 할 때만은 돈이 아니라 내가 가지고 있는 전 능력을 동원하는 나의 자존심을 걸고 하게 된다.

그런데 이름값에 책임감이라는 사회성이 실리면 깨끗한 값이 되지만, 깡패의 주먹에 실린 자존심은 사회성으로 보면 그 이름값은 똥값

이다. 마치 나라 다스리는 대통령이 돈을 밝히면 이름값이 개값이
되듯 말이다.

세상에 이름이 없다면 얼마나 불편할까. 우리 집 개 이름이 통키인
데 이놈도 제 이름을 기차게 안다. 소파에 늘어지게 자다가도 '통키'
란 소리만 나면 발딱 고개를 쳐든다. '통키'가 제 이름이란 걸 알고
그러는지 아니면 반복적 소리에 대한 습관적 반응에 불과한지는 모
르겠으나 무리 지어 살아가는 야생 동물세계에도 각기 나름의 이름
이 있는지 리더에 의해 질서가 정연하다.

통키 조상들의 야생시절엔 가족으로 뭉쳐 살았을 것이고 어떤 형
식으로든 각개 구별 수단이 있었을 것이다. 수천, 수만 마리 철새
떼나 고기 떼를 보면 개체가 구별되지 않지만 그 무리가 한 치 어긋남
없는 질서로 움직이는 모습을 보고 있노라면 개체 하나하나의 가치
가 허술해 보이지 않으니 개체마다에 구별법이 있을 법하다.

수가 너무 많아 이름으로 불편하면 숫자로 대신하기도 하는데 내
가 논산훈련소에 입소했을 때 첫 행사가 죄수처럼 목에 군번줄을 달
아주는 일이었다. 캐나다에 이민 오자마자 그날로 시민번호(S. I. N)
가 주어졌고, 새집을 사서 들어오던 날 첫 번째로 단 것이 집 번호판
이었다. 그리고 또 한 가지 중요한 번호가 있다. VISA 카드번호다.
이 번호는 지구촌 어디에서도 통하는 내 고유번호가 되는데, 한편으
론 어디에선가에 매어져 있는 듯해 섬뜩해진다. 집에서는 5남 중 셋
째로, 군대에서는 군번으로, 나라에서는 시민번호로, 그리고 마지막
으로 지구촌 카드번호가 나를 대신하고 있다. 아마도 미래 어느 때인
가 우주번호가 통용될 날이 올지도 모를 일이다. 그렇지, 염라대왕은
내 이름은 동명이인도 있을 것이니 대신 지구촌 번호로, 아니다. 우

주번호로 나의 이력을 검토 판결해야 할는지 모른다. 우주 어딘가에 사람이 산다고 치면 말이다.

그래 내 묻힌 무덤에 비석이 세워지고 그 비석에 새겨진 여동원이란 이름 석 자의 의미는 무엇이며 무슨 값어치일까.

한 순간의 내 미소가 생각날까. 한때의 추억을 떠올릴까. 그 추억 그 미소가 보는 이들에게 미칠 영향은 +일까. -일까. 아니다. 다 부질없는 허망이다.

　죽어 묻혀 흙이면 싶다
　흙을 먹다 왔으니 그냥 흙이면 싶다
　웃고 우는 우열비유가 없는
　몽땅 그냥 그대로 흙이면 싶다
　천당지옥 영생고락이 없는
　영육이 몽땅 그냥 그렇게 흙이면 싶다.

(2009)

일회용(disposable)시대

　그저 바쁘기만 한 시대, 느긋함의 여유가 뒤처짐이 되는 시대, 그래서 한 번 쓰고 버리는 일회용이 남용되는 시대, 일명 소모품시대라고도 한다. 편리하다는 이유로, 위생적이라는 이유로, 경제적이라는 이유로 일회용 물품들이 널리 각광을 받으며 쓰이고 있다. 대신 쓰레기가 산을 이루어, 결국 지구촌이 대책 없는 공해로 찌들고 있다.

　기저귀, 면도칼, 볼펜, 손수건, 병원주사기 등등 생활용품은 그렇다 치자. 진열해 두고 여러 사람이 열람해서 보고, 물려서 보고, 돌려가며 보고, 선물해서 보고, 빌려서 보는 책마저 뒷전으로 밀려, 읽는 둥 마는 둥 쓰레기로 직행하는 일회용 읽을거리, 일러 신문 잡지시대, 아니다. 그것도 이제는 흘러간 유행가다. 이제 인터넷 컴퓨터가 판을 벌이니 미래가 심상치 않다. 아니 신문은 그래도 하루는 가고, 잡지는 한 달은 두고 읽는데, 이놈의 컴퓨터는 순간 읽기다. 그러니 순간 다음을 점칠 수가 없다. 가늠되지가 않는다.

　그냥 그저 바쁘다. 갈아 끼울, 닦고 청소할, 아끼고 보관할 짬이 없다. 한 번 쓰고 버리자. 버리기 위해 사고, 버리기 위해 사용하고,

버리기 위해 만든다. 버리자는 물건이니 애착이 있을 리 없고, 애착이 없으니 귀함을 모른다. 귀함을 모르는 세대, 참으로 막가자식 비극이다.

버리기가 습관화가 돼버린, 버리는 것이 목적이 돼버린, 버리자가 경제를 살린다가 돼버린, 잃어버려도 그만, 망가져도 그만, 쓰임이라는 편리만이 관심의 전부일 뿐인, 이것이 미래 지구촌에 얼마나 무서운 결과를 초래하는가를 외면하는, 아니 모르는 세대, 짠돌이 내 머리를 아무리 굴려 봐도 이해도 풀 수도 없다. 그저 미래가 암울하기만 하다.

내가 손수 공들여 만든 자식 같은 애정이 묻어있는 가구, 선물 받은 것이 주머니에서 만지작거릴 때 손에 묻어나는 따스함, 일회용에서는 결코 맛볼 수 없는 물건 a(알파)가 있다.

현대인은 그저 편리하고 합리적이면 된다. 애정이라는 감정은 거추장스럽다. 닦고, 기름 치고, 광내고, 망가지면 고쳐 쓰고, 안 보이면 찾는, 고운 정 미운 정 들며 함께하는 세월이 만드는 애증의 맛을 모른다. 아니 그런 여유를 즐길 짬이 없다.

현대의 부부개념도 소모품시대를 닮아 단순 명료하다. 백년가약이니, 파뿌리니 하는 '결혼계명'은 웃기지 말란다. 타닥타닥 몇 번에 앞길이 구만 리인데 허다한 세월 인상 구기며 왜 사냐. 도장 찍자. 인내하고, 이해하고, 고민하는 절차는 헌 옷처럼 거추장스럽다. 새 옷 갈아입듯 산뜻하게 새 출발해버리자. 본능적 열정이 지탱할 때까지만 사용하고 열이 식으면 일회용 면도칼을 버리듯, 그렇게 쉽게 고민 없이 갈라서버린다.

내 인생, 이 존재란 건 어떨까. 혹 일회용 소모품은 아닐지 종교

쪽에 물어 보자. 물론 유교에서는 대를 이어 내려간다 하고, 기독교에선 부활이라는 구원의 은총이 있다 하고. 불교에서도 돌고 돈다는 윤회설을 설파하고 있다. 이 어찌 다행스럽지 아니한가.

나는 늘 우주만상에서 a(알파)를 느끼며 산다. 사랑이라 해도 좋고, 아름다움이라 해도 좋고, 질서라 해도 좋다. 돌멩이 하나, 풀 한 포기에도 거기에는 엄숙한 무엇(a)이 있다.

바닷가 모래톱에서 세 살배기 한 계집아이가 아까부터 뭔가를 찾으며 줍고 있다. 조가비나 조약돌일 게다. 이는 물질숭배가 아니라, 귀하고 예쁜 'a'를 만나고 싶은 갈망이다. 분명 일회용을 만지는 손길과는 다르다.

이 지구덩어리는. 그래서 하는 말인데, 우리가 살고 있는 이 지구덩어리를 인간들은, 그 죗값을 어쩌려고, 마치 일회용 물품 다루듯 겁 없이 함부로 다루고 있는가.

한번 쓰고 버리는 소모품이 결단코 아닌데, 영원한 시간 동안 인간이 아니 만물이 살아가야 할 안식처이며 사랑의 대상이어야 할 지고(至高)의 땅일진대.

그러함에도 사정은 불행하게도 정반대다. 이제 언제 어느 때 가공할 무기로 박살이 나고, 오염으로 썩어 문드러질지 불안한 막다른 처지에 와 버렸는데도 질주를 멈추기는커녕 속도 붙은 과속질주는 제어장치가 속수무책이다. 분명 지구는 영원한 날까지 생물이 의지해야 할, 하늘만큼 땅만큼 아끼고 사랑해야 할 종교보다도 숭고한 대상인데 말이다.

정보 쓰나미

눈 뜬 장님 컴맹을 면해 보려고 뒤늦게 컴퓨터를 샀고, 인터넷을 끌어들였다. 그렇게 인터넷에 눈을 빼앗긴 지 1년, 도대체 내가 지금 무얼 하고 있는 건가. 컴퓨터 모니터에서 충혈된 눈을 떼지 못하고 있는 내 자신을 발견하고 화들짝 놀란다. 시시콜콜 별별 것이 정보가 되어 덮치는 정보 쓰나미에 밀려 허우적거리고 있는 내 몰골이 얼간이 같아 보여서다.

나뿐이겠는가. 지구촌 식구들이 온통 뒤질세라 미친 듯 정보를 뒤지고, 그 정보가 경제를 살찌우고, 그 경제가 살아남기 위해 마구잡이로 정보를 양산하는 정보돌이 뱅뱅이에 실리어 어지럼증에 취해 자신이 정보노예 중독상태인지도 모르고 있는 것처럼 보인다.

눈, 코, 입, 귀, 느낌이라는 오감을 통해 들어오는 정보선택 능력에 의해 삶의 질이 만들어진다고 볼 때 참 정보, 쓰레기 정보 구별능력에 의해 참 삶인지 쓰레기 삶인지 판가름이 난다.

따지고 보면 산다는 명제가 복잡할 것 같으나 먹고 번식하고 그리고 궁금증 풀기다. 먹고 번식하는 짓이야 뭇 생물들도 다하는 본능적 버릇이지만 인간은 궁금증 풀기라는 고도의 지적 활동을 해야 살맛을 내는 못 말리는 희한한 동물이다. 별별 것이 궁금하고, 꼬치꼬치 알고 싶어 안달이다. 대화하고, 소문 듣고, 의문 풀기다. 온갖 것이 궁금하다. 산 너머 물 건너 저쪽이 궁금하고, 옛것이 궁금하고 올 것이 궁금하다. 어디서 와 어디로 가는가가 궁금하고, 사후가 궁금하고, 별세계가 궁금하다. 물이 아래로 흐르고, 꽃이 예쁘게 피는 이유가 궁금하다. 이 궁금증이 과학을 낳고, 철학 예술 종교를 낳아 빛나는 문화라 자랑하며 스스로 그 문화의 노예이기를 즐긴다.

컴퓨터에 붙어 앉아 김연아가 어떻고 박지성이 어떤가가 궁금하고, 오바마, 후진타오의 생각이 궁금하고 김정은의 행보가 궁금하다. 기름 값이 궁금하고, 내일 날씨가 궁금하다. 이 잡다한 궁금증을 풀어주는 정보요술상자 TV와 컴퓨터가 내 삶의 주인이 돼버린, 그래서 스스로 그 노예됨을 행복이라 여기며 사는 내 자신을 발견하고 피식 웃는다.

요즘 문득 내가 철기시대와 컴퓨터시대 2천년을 두루 살고 있는 행운아라는 기분이 든다. 시계도 전기도 라디오도 기차도 없는 지리산 밑 산골마을 초가삼간에서 호롱불 밝히며 이천년 전 철기시대나 별반 다르지 않게 부싯돌로 불을 붙이고 짚신삼아 신고 살다 지금은 냉난방이 완벽한 이층벽돌집에서 빨래 청소 설거지는 손가락으로 해치우고, 자동차를 몰고 동서남북 천리 길이 한나절이오, 만리 하늘길을 은빛날개로 날아 첩첩 산을 넘어서 아침을, 망망대해를 건너 저녁을 먹고, 컴퓨터 두 뼘 화면에 우주만상과 만년 역사가 한눈에 들어오니, 2천년을 두루 살고 있다고 부풀려 허풍을 떨어도 별반 틀린 말이 아닐성 싶다.

해서 하는 말인데, 2천 년 전이나 오늘의 삶이나 궁금증 정보풀기가 인간 삶의 기본임이 확실한데, 단지 정보의 양이 다를 뿐 그 정보들이 우리 인간 삶의 질(행복지수)에 과연 얼마만큼 보탬이 되고 있는가이다.

아니, 시시콜콜 정보가 왜 그렇게 필요한가이다. 있어 좋은 정보, 있어 나쁜 정보, 있으나마나 한 정보로 구분한다면 컴퓨터가 쏟아내는 21세기식 정보 9할은 인간 행복지수에 별반 쓸모가 없을 텐데.

과학정보가 생활을 윤택하게 하고 있는 건 맞다. 그렇다 해서 인간 행복지수가 2천 년 전에 비해 증가했는가는 의문이다. 쉽게 말해 70년 전 내 어릴 때 가난에 찌든 시골 사람들과 풍요를 구가하는 오늘 사람들의 행복지수가 과연 얼마만큼 달라 있는가이다.

할머니의 옛날이야기를 화롯불 옆에서 턱을 고이고 눈을 깜박거리며 듣고 있는 손자아이들과 냉난방이 완벽한 제방에서 홀로 컴퓨터 게임기를 두들기고 있는 손자아이들과의 행복지수의 격차는 과연 얼마일까.

손으로 평생을 걸려 푼 원주율(π)을, 단 1초 만에 풀어버린 컴퓨터 시대에 얻은 인간의 행복지수가 과연 얼마일까를 묻고 있는 내 궁금증 정보(답)는 그래 어디에 그리고 누가 갖고 있을까? 컴퓨터인가, 하늘에 계신 당신인가.

제 눈에 안경
- 캐나다의 마음

제 눈에 안경이듯 제 맘에도 안경이 있다. 같은 제 눈인데도 양쪽 눈 도수가 다르고 같은 맘인데도 변소 갈 때와 나올 때 마음이 다르다. 아침 맘이 다르고 저녁 맘이 다르다. 작년이 다르고 금년이 다르다. 어제 본 예쁜 꽃집 아가씨가 오늘 보니 별로다. 제 취향, 제 버릇, 제 입맛이 있고 그때그때 제 눈에 맞는 안경으로 세상을 보며 산다.

제 눈에 안경으로 본 사물이 보편성에 가깝다면 그 인격이 가늠된다. 득도(得道)의 마음쯤은 되어야 할 경지일 성싶다.

그러고 보면 제 버릇으로 남의 버릇을, 제 취향으로 남의 취향을, 제 입맛으로 남의 입맛을, 국수주의적 눈으로 타 민족을, 근본주의적 눈으로 타 종교를 가늠하는 것은 그래서 세속적 독단일 공산이 많다. 제 눈의 안경으로 본 사물이 각기 다를지라도 서로가 양해해 감싸주는 사회, 이런 보편성이 살아 숨 쉬는 사회를 우리는 건강한 사회라 말한다.

하늘 아래 만물 만상 만인은 각기 다르나 본질적으로 서로가 우열의 대상이 아니라 제 값어치로서의 존재, 새끼줄 같은 서로가 지푸라기 인연으로 얽혀있다고 보면 만사가 풀릴 텐데 사단은 늘 여기에서 불거진다.

만 가지 다름이 우주의 본질인데, 제 눈에 안경으로 본 사물만이 다인 줄 아는 속물적 시각으로는 문제만 복잡해진다.

그래서 다름을 서로가 인정해 주자는 뜻에서 다원주의라는 말이 나왔다. 참절대치를 향한 갈래 길이 다를 뿐 각기 진리라는 목적이 같으니 서로가 이해로 인정해 주자는 좋은 말인 것 같으나, 이 말에도 무언가 빠져있다. 여럿 갈래 길이 함께 어우러져 내는 맛이 없다.

나는 내친김에 여기에서 한 발짝 더 나아가 인정하고 말 것도 없이 그냥 각기 본질인 채로 서로가 어울러 내는, 마치 화단의 꽃들이 각기 제 자존심 그대로의 모습으로 남과 어울러 내는 더 큰 아름다움의 값어치에 주목하고 싶다. 두둥실 춤이 절로 나올 것만 같다. 바로 내가 살고 있는 캐나다가 그런 이상적인 나라로 보인다.

해서 다문화 모자이크 사회(나라)라 말한다. UN 회원국보다 더 많은 종족, 피부색, 말, 음식, 풍습, 종교 그리고 각 민족적 자긍심과 거기서 파생된 의식과 가치관으로 뒤섞여 살면서도 세계가 부러워하는 평화스러운 살림을 꾸리고 사는 나라가 캐나다다. 불가사의 한 놀라움이다.

유치원서부터 대학에 이르기까지 피부색, 종교, 사상이념으로 패싸움했다는 소문은 못 들었고, 말 ,음식, 옷 때문에 돌림(차별) 당한 학생이 있다는 소문도 못 들었다.

별별 민족들이 저네의 명절이라 해서, 저네의 축제일이라 해서, 저네 모국이 세계 운동경기에 이겼다 해서 저네들 모국기 흔들며 몰려나와 길을 메우며 야단법석 시위를 벌여도 볼멘소리 한마디 없다. 그냥 불구경이다. 도통한 마음들이 태평양이다. 이렇게 제 눈에 안경이듯 문화의 다양성, 이게 지구촌의 활력이고 생명력일 터이니 말이다.

바로 'UN'이 이상국(理想國)으로 하는 그런 나라에 내가 살고 있다는 게 신기방통이다. 참 좋다. 캐나다 만만세다.

죄와 벌

나는 오늘 교통법규를 어긴 죄(속도위반)로 법정이란 데에 섰다. 죄를 지었으면 벌 받아 마땅한데 억울하면 재판을 받으라 해서 밑져야 본전이란 배짱으로 찜찜해 하며 긴장으로 떨며 판사 앞에 섰다. 죄질 것이 아니구나 후회가 막심했다.

하지만 엄숙한 분위기와는 달리 부드러운 판사의 논고로 예상외의 결과를 얻어낸 것만으로도 만족한 수확인데다 앞으론 조심 또 조심 차를 몰아야겠다는 다짐이 들게 했으니 재판의 효과는 만점인 셈이다.

재수 없이(?) 속도위반에 걸린 것 가지고 거창하게 '죄와 벌'이라는 제목을 붙여 호들갑을 떨고 있네 할는지 모르지만, 내겐 법이라는 말 자체가 천근 무게로 느껴지고, 죄라는 말에 오금을 조리며 살아온 소시민으로 경찰서 같은 관공서 나들이를 꺼려했을 뿐 아니라 초등학교 때는 교무실에 가는 것조차 싫어했는데 어쩌다 판사 앞에 서보니 고양이 앞에 쥐마냥 내가 그렇게 작아 보일 수가 없었다.

죄와 벌이란 게 도대체 뭔가 하는, 만감이 교차되어 집에 오자마자 서재에 꽂힌 법에 관한 책을 뒤지기 시작했다. 그런데 내 서재에 꽂힌 많은(?) 책 중엔 법이란 글자가 적힌 책은 단 한 권도 없다.

법을 몰라도 한참 모르고 살아 왔구나 싶은데, 한편으로 생각하면 법 없이도 살만한 삶을 살아온 소시민이란 뜻도 되니 위안도 된다.

제목에서부터 거창하게 죄와 벌이라 무게를 잡고 보니 내가 감당할 문제가 아니지 싶으면서도 죄와 벌에 대한 나의 그간의 의식이 얼마나 유치했나를 느끼게 되자 그 무지의 편견을 고백하는 심정으로 이 글을 쓰게 되었다.

나는 그간 '벌은 죄의 대가이며, 법은 벌을 주기 위한 올가미'라 생각했었다. 스스로 착하게 살고 있는, 이성적 판단이 바른 사람들에게는 필요 없는, 괜히 겁 주기 위한 폭력이라고까지 여길 정도로 법망을 멀리하고 겁을 내며 주눅 들어 살았다.

그런데 판검사 앞에 서 보니, 그 논고가 내게 유리하게 판결이 나서인지는 모르겠으나 법은, 적어도 캐나다 법은, 처벌을 위해 있는 것이 아니라, 예방을 목적으로 한 장치임을 보았다고 하면 과장된 아첨일까.

규정된 체벌의 최저치를 적용 판결하려는 고심을 엿볼 수 있었다. 모든 예외적 상황을 고려한 판결은 인도적이라기보다는 같은 잘못의 예방적 차원을 고려한 법 해석에 고심하는 것 같았다.

누가 말했던가. 법은 신호등 같은 것이라고, 신호등은 체벌을 위해 겁 주려고 세워 논 것이 아니라 교통사고가 안 나게 하기 위한 예방적 장치란 사실을.

솔직히 나는 그동안 법은 내 자유를 묶는 올가미쯤으로 여기며 부담스러워 했다. 그렇다. 법을 올가미로 여기는 자에게는 법이 거추장스러울 수밖에 없다. 신호등이 거추장스럽고, 세금이, 선거가, 줄서기가 거추장스럽다. 경찰의 눈이 괜히 겁나고, 판검사는 보기만 해도 주눅이 든다.

그래서 독재자가 하는 짓이 무엇인가. 이 모든 거추장스러운 장치로부터 자신을 해방시키는 일부터 서둘러 마련한다. 모든 법에서 자기 혼자만이 벗어나는 일이다. 우선 줄을 서지 않는다. 세금을 내지 않는다, 선거를 하지 않는다, 경찰과 판검사는 자기 수족이 되고, 법까지도 자기 수족인 줄 착각한다. 심지어 '짐이 곧 법'이 되고 자기가 신이 돼버린다.

우리 속담에 "법 밑에 법 모른다."란 말도 같은 맥락이다. 법을 지켜야 할 법 기관(경찰, 판검사, 국회의원 등)에서 위법이 많다는 뜻인데, 부패한 나라들이 그것이 증명해 주고 있다. 반대로 철인은 법을 신성시한다. 소크라테스는 "악법도 법"이라며 "국법에 복종하지 않으면 부정을 범하는 자다." 해서 기꺼이 사약을 마신다. 그래서 "법은 엄격하되 법 시행은 관대해야 한다."는 중국 속담은 진리다.

불경죄로 잡혀온 '진'이라는 사내를 '위'의 '문제(文帝)'가 물었다.
"왜 그대는 법을 어겼는가."

진의 대답이 걸작이다.

"소인이 멍청했기 때문이고, 그리고 폐하의 그물(법)의 구멍이 좁아서 그랬습니다."

기독교 성경에 원죄라는 말이 있다. 나는 이 대목에선 자꾸 갸우뚱해진다. 내 스스로 지은 죄가 아니라 태어나기 전부터 가지고 있는 죄란다. 이브라는 최초의 여인이 뱀의 꼬임에 빠져 하나님이 먹지말라는 먹음직스러운 실과를 따먹은 죗값이 원죄란다. 이런 억울한 죗값이 있나.

탐스러운 실과를 달아 놓지를 말든지, 따 먹지 말라는 명령을 하지를 말든지, 전능하신 이의 의중을 피조물인 내가 감히 어떻다 말할 처지는 못 되지만 죄를 짓게 한 원인 제공도 하나님이요, 죄를 준 것도 하나님이라면 모순일 것 같아 하는 투정이다.

어쨌거나, 이번 법정 경험은 죄는 안 짓는 것이 상책이라는 착한 마음을 들게 했으니 크나큰 수확이다.

범법이 당장엔 이익 같으나 마지막 날에 하늘을 우러러 결산해 보면 복리로 불어 눈감기가 힘들 것만 같은 생각, 요즘 한국의 청문회 뉴스를 보면서 더욱 그러하다.

(2010. 9)

팔자타령

- 나(여동원)의 유서

내 나이 80이 눈앞인데 나답잖게 팔자타령이냐. 할 것이나, 오늘 아침 세수하다가 거울에 비친 '나'라는 늙은이가 거울 밖에 서 있는 네(나)가 새삼 신기하게 보여 묻는다.

왜 너는 과거도 미래도 아닌 오늘 이 시대에 태어났는고.

왜 너는 개도 닭도 아닌 사람으로 태어났는고.

왜 너는 영국인도 케냐인도 아닌 한국인으로 태어났는고.

왜 너는 김 씨도 박 씨도 아닌 여(呂)씨로 태어났는고. 그리고 하필 왜 너(나)는 여(女)자가 아닌 남(男)자로 태어났는고.

라는 당연히 답이 없을 물음을 애꿎게 거울 속의 내가 거울을 보고 있는 나를 향해 바보처럼 묻고 있다.

이 모든 게 하늘의 점지인지, 내 팔자인지. 그도 아니면 물 흐르듯, 구름에 달 가듯 이 장소에 이 모양으로 자연의 흐름 과정에 우연히 참여하게 된 한 가닥의 세포적 역할인지.

만약 나라는 이 한 생(生)이 미리 정해진 예정이었다면 수용 외에 도리 없는 팔자지만, 그러나 내게 주어진 삶이라는 모양새가 시간 속에서 만나는 모든 조건에 적응하는 과정에서 내 의지가 감당하는 행위로 결과 지여지는 그 무언가가 있다면 내 의지라는 자존심의 운전 솜씨에 따른 삶의 모양새는 순전히 내 책임이니 주위에 끼칠 의무감의 무게가 없지 않을 터.

그렇다면 허술히 살 일이 아니었다. 아니, 아니잖은가. 주어진 운명(필연)적 내 삶이 일회적이기 때문에도 더욱 그러하다. 표정 하나하나, 말 한 마디 한 마디가 내 자존심이었는데, 예삿일이 아니잖은가. 생각하면 할수록 살얼음판 걷듯 하루들 살아낼 것 같지가 않았을 텐데.

이렇게 80년 긴 세월 거만을 피우며 살고 있었다는 게 신기방통이다.

그런데 어떤가. 천지만물이 티끌 걸 같은 내 이 한 생을 위한 조건에 딱 걸맞게 정확히 운행되고 있었다는 사실이 마치 천하가 나를 위한, 내 것인 양 제 잘난 맛으로 거들먹거리며 산 이 뻔뻔함은 무언가.

아니다. 이 당당함이 내 삶의 활력일 순 있어도 오만으로 살았다면 이웃과 하늘의 눈치가 이상했을 것 같다는 생각이 드니 찔끔해진다.

저 하늘과 이 사회가 만들어 놓은 신호등(양심, 윤리, 법질서)을 지키며 내 삶의 운전대를 잡고 일생의 골목길을 우회전(x) 좌회전(y) 조심 또 조심하며 나를 운전해야만 했을 걸.

비뚤비뚤 이리저리 난폭 운전한 후회는 이제 늦었지만. 물론 (Z)방향이라는 3차원의 삶도, 그리도 시간(T)을 넘은 4차원(F)의 삶도 있을 터인데, 내 삶의 운전대에 달린 우(X)향 좌(Y)향 2 차선 두 방향감박이만으로도 못 간 데 없이 휘젓고 다녔다.

하지만 내게 주어진 이 모든 삶의 조건들이 하늘 예정이든 내 팔자이든 자연과 이웃 없인 나라고 하는 존재 자체가 불가능한 인연적 관계의 존재인데, 너무도 허술히 산 것 같아 이웃과 하늘 보기에 심히 민망할 뿐이다. 더욱이 내 독립적 시작(A)와 끝(Ω)은 영원(무한) 속의 물리적 값은 얼마짜리일까.

계속해서 거울 속의 내가 거울 밖의 나를 보고 묻는다.

"어제도 오늘도 그리고 본시부터 있는 변하지 않은 진짜 너(나)는 누구냐?"고.

물론 나도 모른다.

그러나 이것만은 안다.

흙이라는 돌아갈 집이 있다는 걸.

해서 나의 마지막 바람은

흙이고 싶다

그냥 흙이고 싶다.

흙을 먹다 왔으니 그냥 그렇게 흙이고 싶다.

천당 지옥 비교가 없는 영육이 몽땅 그대로

본시부터 있었던 그냥 그렇게 자연(흙)이고 싶다.

(2015)

건망증 유감

건망증이 심한 것이 치매라 보면 나는 그 초기증상임이 분명하다.

19세기 독일 음악가 바그너(Wagner) 의 건망증은 그의 이름만큼이나 유명했다. 그는 외출할 때는 문에다 '지금 바거너 외출 중, 몇 시에 돌아옴.'이라는 팻말을 달아놓는데, 어느 날 외출했다 돌아와 자기 집 문에 달린 그 팻말을 보고는 '허! 이 친구 또 외출했군.' 했다니 아무래도 나보다 한 수 위인 건 확실하다.

약간의 건망증이야 삶의 양념 같은 애교일 수 있지만 잦아지게 되면 삶에 막대한 지장을 주고, 도가 지나치면 일단은 병이 아닌가 의심해 보아야 한다.

시시콜콜 모조리 기억하는 총기 좋은 사람이나 기차시간표처럼 정확한 사람보다는 약간의 건망증과 좀은 어눌한 푼수끼는 삶의 여유일 수 있다고 봐줄 수 있을지 모르지만 당사자에겐 심각한 고민거리일 수가 있다.

"안녕하세요." 한국식품점에서 만난 한 어여쁜 젊은 여인으로부터 받은 인사였는데, "네! 그런데 누구시더라" 이쯤 되면 나의 실수는 엎질러진 물이다.

"저 모르세요. 미세스 H예요"

"아이고! 오늘따라 너무 젊어 보여 처녀 줄 알고 그만!!"

묘하게 둘러대긴 했지만 나의 건망증은 도를 넘어서고 있었다. 자주 만나는 친구 부인이었으니 말이다.

이렇게 사람을 몰라보는 실수도 실수지만, 이름 외우기는 정말로 난감한 지경이다. 10년지기 친구 이름이 떠오르지 않아 곤혹스러울 때가 어디 한두 번이더냐.

서양 사람들은 남 이름 외우기 천재들이다. 우리 가게에 들어오는 손님들과 통성명을 하면 서양인 백 명이면 백 명이 내 이름을 기억해 주는데 나는 백 명 중 단 한 명의 이름도 거짓말처럼 기억해 내지지가 않는다.

한번은 문우인 시인 J씨의 성을 다른 성으로 잘못 불렀다가 '여형, 아직도 내 성을 모르오.' 아! 그때의 난감함, 무안함, 미안함, 당혹감을 무어라 변명할까. 조상 탓으로 돌릴 것인가.

초등학교 5학년 때인가. 10리길 학교를 걸어가서 첫 시간 책을 펴려는데 아무리 찾아도 책이 없다. 책보를 안 갖고 온 것이다. 총 없이 전투장으로 뛰어간 병사격이다.

나는 초등학교서부터 대학까지 선생님 중 단 한 분의 이름도 지금 진실로 기억해 내지 못한다. 군대 입대해서 제대할 때까지 만난 훈련소장서부터 소대장까지 그 많은 상관 중에서 기억해 낼 수 있는 이름이 솔직히 단 한 명도 없다.

내가 알고 있는 전화번호는 먹고 살기 위해서인지 우리 가게의 것, 단 하나밖에 없다. 집 전화번호도 깜박깜박 잊어버려 안다고 못한다.

한번은 교통사고로 병원에 실려 갔는데 경찰의 신원조사 중 대답한 가게와 집 전화번호가 나중에 알고 보니 엉터리였다.

지도자의 첫째 조건이 사람 이름을 많이 외우는 일이라 하는데, 만약 내가 목사가 되었다고 가정해 보자. '저 장로 이름이 뭐더라.' 하기 십상인데다 매주 새로 들어오는 교인 이름 외우기는 동해물이 마르는 것만큼이나 어려울 터이니 몇 개월 지탱하다 쫓겨날 것이고, 학교 교사가 되어 60명 학생이름 외우기보다는 고시 시험 치는 편이 쉬울 것이다.

그래서인지 다행히(?)도 나는 일생 단 한 명의 부하를 거느려본 일이 없다. 나는 소설책을 읽으면 마지막 장을 넘기는 순간 주인공의 이름을 하얗게 잊어버린다.

그러면 나는 완전 고장 난 컴퓨터 두뇌의 소유자인가. 성급하게 그렇다고 단정하지는 않는다. 어떤 면에서는 남이 기억 못하는 것을 희한하게도 기억해 낼 때가 있기 때문이다.

학교에서 배운 공부 중에서, 이름까지 잊어버린 책 내용 중에서, 성경 구절 중에서, 그리고 그 많이 읽은 글 중에서, 살아오면서 겪은 그 숱한 사건들 중에서, 이 망각의 창고에 숨어버린 재료들 중에서 글을 쓰는 도중 나도 모르게 생생히 불거져 나와 적절히 인용할 수 있을 때의 즐거움은 필설로는 표현 못한다. 마치 고장 난 컴퓨터의 기억장치가 외부의 어떤 충격에 의해 어쩌다 작동될 때의 신기함이라고나 할까.

물론 내 두뇌의 기억장치는 이처럼 비정상적이기 때문에 실수가 잦고, 그 실수로 인해 대인관계가 원만치 못하여 사교에 막대한 지장을 주는 것이 속상해도, 이는 나의 노력과는 무관한 순 생리적 결함이니 조상 탓, 아니 하늘 탓으로나 돌릴까.

　아니다. 어쩌면 하늘이 준 은총일 수도 있다. 그 많은 이름, 그 많은 사건, 그 많은 이야기, 그 아프고 괴로운 기억들, 그 잡다한 것들 하나하나를 내 작은 두뇌 속에다 모조리 저장했다간 폭발하거나 미치고 말 것 같으니 말이다.

　들어오는 대로 쪽쪽 잊어버리면서도 그 중 중요한 것들이 나도 모르게 두뇌 한쪽에 담겨 있다가 필요 시 써먹을 수 있는 좀은 약삭빠른 묘미, 어찌 신의 은총이라 아니 할 수 있으랴.

나는 난해시를 싫어한다

조물주(하늘)의 배려인지 아니면 자연발생적 특성인지는 알 길 없으나 모든 생물의 본능은 그들이 번성하며 살아갈 바탕 힘임이 분명하다. 특히 이 본능들엔 즐거움이 수반되어 있다는 게 나의 관심을 끈다. 억지로가 아니라 자연스러운 과정의 즐거움에 의해 움직이는 본능의 결과는 생명체 이음에 기여하고 있음을 발견하게 된다.

세상의 모든 과정과 결과엔 이유 없는 것이 없는, 공짜로 주어지는 것이 하나도 없다. 먹지 않으면 죽으니 먹는 즐거움을, 대를 이어야 함으로 성의 말초적 즐거움을, 아이를 키워야 하기에 모성애(부성애도 해당되는지는?)라는 고귀한 사랑의 즐거움을, 수가 많아져 중구난방 혼란을 막기 위한 명예욕(감투욕)이라는 매력을, 그리고 먹고 살기 위해선 일을 해야 하고 물질이 있어야 함으로 일하는 즐거움과 재물욕이라는 욕심을, 일만 하면 건강을 해칠까 해서 쉬고 노는 즐거움을 주었다.

특히 우리 인간들에겐 이 모든 즐거움(본능)들이 즐거움만을 추구해선 세상이 혼탁해질 것 같으니 이 즐거움을 조절할 수 있는 높은 즐거움을 선물로 받았으니, 사고(思考)할 수 있는 지고의 즐거움이다.

이 인간만이 갖고 있다는 (내가 키우는 개도 생각을 하고 있는 것 같은데) 사색이라는 지고의 즐거움을 주었는데, 그 중에서 여기서는 읽고 쓰는 즐거움에 대해서만 이야기해 보기로 하자.

내가 독일에 한 3년 가 있을 때 2달가량 입원한 일이 있었다. 어느 날 친구가 한국 신문(물론 구문) 한 부와 신동아 잡지 한 권을 심심한데 읽으라며 갖다 주었다. 그때 나는 신문 한 장, 잡지 한 권의 맛이 이렇게 달디 단가를 의심하리만큼 읽는다는 맛에 도취했었다. 무엇에 홀렸다는 표현이 솔직한 고백이다. '책만 읽을 수 있다면 감옥생활도 마다 않겠다.'던 늘 손에 책이 들려있는 책에 미친 친구가 이해되었다.

세상에는 책 읽는다는 즐거움의 맛을 모르고 일생을 보내는 사람도 많다. 나의 어머님도 그 중 한 분이시다. 낫을 눈앞에 놓고도 'ㄱ'자인지도 모르는 어머니께서는 이 지고의 즐거움을 맛보지 못하고 사는 불쌍한 분이시구나! 이제 귀국하면 재미있는 책을 많이 읽어드려야지 굳게 다짐했지만 단 한 번의 기회도 실현해보지 못한 채 영원한 불효가 돼버렸다.

그런데 세상엔 재미있는 책이 있고 없는 책이 있다. 이해가 쉬운 책이 있고 없는 책이 있다. 물론 나의 취향과 실력이라는 주관적 잣대이긴 하지만 '난해 시'가 대표적 예다. 이 아리송한 시를 나는 싫어한다. 암호를 풀듯, 수수께끼 풀듯 시달리다 보면 책을 읽는다는 지고의 맛을 도둑맞은 배신감에 배알이 틀린다.

세상 사람들이 나를 무식하다 비웃을지라도 이상의 시 두 줄째를 읽어 내려갈 때부터 인내심이 바닥난다. 제 나라 말을 외국어를 번역하듯 주어 동사 토씨 형용사를 찾아 끼어 맞추다 보면 이해는커녕 지치고 화가 난다. 첩보원이 암호문을 풀 듯, 아이들이 퍼즐(조각그림 맞추기)을 맞추듯 내 문화인적 자존심을 걸고 읽고 또 읽어도 아리송하기만 하니 알듯 모르듯 미소로 대하는 기분 나쁜 사내를 대하듯 그렇게 나는 '난해 시'를 싫어한다.

우리가 말하고 쓰는 일상적 어법, 어순으로는 왜 '시'라는 표현이 불가능한가. 아니면 표현 능력의 문제인가. 윤선도의 〈오우가〉 황진이의 〈동짓달 기나긴 밤〉 같은 시라면 얼마나 좋겠나. 굳이 '난해시'를 고집하는 심리상태가 의심스럽다. 혹 우리말을 잘 못하거나 아니면 알아들을 수 없게 일부러 배배 돌리는 수법이 권위라 착각하고 있는지 모를 일이다. 하느님과의 대화인 기도에 우주인처럼 중얼거리는 방언을 고집하는 열성파 교인처럼 난해 시인의 시어도 따로 있어야 하는지.

침묵의 대화까지도 가능할 것 같은 하느님과의 대화에 굳이 방언을 고집하는 이유가 신앙의 권위 때문이 아닌가도 싶은데, 혹시 영역에도 일상적 언어가 천박해서 언어의 고상함을 위한 권위적 방편으로 난해한 언어장난을 부렸다면 이는 언어의 폭력일 뿐이다.

자신도 이해 못할 난해한 시 한 편을 붙들고 씨름할 때가 있다. 물론 내 수준의 문제일 수도 있지만, 심오한 영감을 글이라는 매체를 빌어 시를 썼을 뿐 읽든 못 읽든 독자의 수준 문제, 아니, 시인의 독단이 더 비약할 수도 있다. 수준 낮은 만인의 독자보다 수준 높은 한 사람의 독자면 족하다면 할 말은 없지만, 이 얼마나 건방진 무능의 소치인가.

공감을 못 얻는 표현력의 부족을 독자의 수준에다 뒤집어씌우는 이 무능한 작가는 손님 입맛을 얻지 못하는 음식을 요리하는 요리사와 무슨 차이가 있는가.

주방에서 요리사가 손님의 입맛을 고려하여 요리하듯 작가는 독자를 의식하여 글을 써야한다고 나는 믿는다. 독자 없는 작품은 손님 없는 식탁과 하등 차이가 없기 때문이다. 자기만이 이해하는 작품을 쓰는 작가는 자기 입맛에만 드는 음식을 만드는 요리사와 같다. 그런 요리사는 식당 주방에서 추방되어 자기 집 부엌에서 자기만을 위해 음식을 만들어 먹으면 되는 것처럼, 자기만이 이해하는 작품을 쓰며, 독자를 외면한 작가는 자신의 일기장에 써서 서랍 속에 넣어두고 가끔 혼자 꺼내 읽고 감상하면 된다.

요리사와 작가는 입안에서 공명을 일으키는 것과 머릿속에서 공명을 일으킨다는 차이일 뿐 즐거움을 제공한다는 데는 차이가 없다. 한쪽이 울리면 다른 쪽이 따라 울리는 공명기처럼, 요리사가 손님 먼저, 작가가 독자 먼저 공명기를 울렸을 뿐이다.

이런 공명작용을 무시해버린 듯한 시가 세상엔 많다. 임어당은 그렇게 쓰는 분들에 대해 말하길 '자기 무능의 캄프라치' 라 했다.

그런데 여기에도 문제가 있다. 너무 독자를 의식하다 보면 자기 색깔을 잃고 천박한 글이 되기가 쉽다. 편식이 건강에 해로운 것처럼 재미만 찾는다면 격이 높은 좋은 작품을 기대할 수는 없다.

아이들이 자랄 때 입맛에 들지 않는 음식도 억지로 먹이고, 때로는 비타민 같은 맛과 상관없는 것도 먹이듯, 만화만 보려는 녀석에게 재미없는 산수도 배우게 하는 것이다.

돈만 벌기 위해 맛과 빛깔을 내려고 유해성 화학물질을 섞는다는 소문을 가끔 듣는다. 그렇다면 더 심각한 문제다. 세상엔 재미만을 위해 짜릿한 단어, 황홀한 언어로 도배하는 글도 많다. 독자의 구미만 맞추다 보면 내용이 빈, 눈요기 글이 되기가 쉽다. 우리가 원하는 이상적인 요리는 먹어서 맛있고, 영양가가 풍부해야 하는 것처럼 이상적인 글은 읽어 재미있고 내면의 세계를 맑고 풍부하게 해주는 것일 것이다.

그래서 나는 난해한 시를 싫어한다.

'한글'이 없었다면

- 한글을 보면 세종대왕이 보인다

한글이 없었다면 이라는 말은 '세종대왕'이 없었다면과 같은 뜻이다.

왕이란 특권층을 위한 권력의 남용이 아니라 온 백성 전체를 위한 통치자임을 스스로 자각한 왕을 동서고금에서 세종대왕에 비길 수 있는가. 특히 바닥 백성을 먼저 챙긴 지도이념은 500년이 흐른 오늘의 민주이념을 넘어서고 있다.

당시 골수 사대주의자 최만리의 주장처럼 사대가 국시로 되어 있는 조선의 임금으로서 감히 상상할 수도 없는 훈민정음(한글)이 기적처럼 창시되지 않았더라면, 상상하건대 오늘쯤은 구한말 선교사나 해방 후 미군정에 의해 같은 처지의 베트남처럼 영어 알파벳 발음기호로 되어있거나 최악의 경우 36년 일제강점기에 일본글 가타카나가 시도되었음 직하다고 생각하니 아찔하고, 그래서도 더욱 세종대왕님이 위대해 보이고 눈물겹도록 고맙다.

만약 우리처럼 한문을 쓰던 같은 처지의 베트남이 알파벳에 앞서 우리의 한글을 먼저 만났더라면 더 쉽고 정확하게 사용되었음 직하다고 생각하니 무척 아쉽다. 그리고 일본이 일본글 가타카나보다 우리 한글을 쓰면 더 완벽하고 간결하며 쉽게 표현이 가능할 것 같은데, 물론 자존심이 문제지만, 그만큼 우리의 한글은 컴퓨터시대인 세계 언어시장(言語市場) 발음기호로서의 가치로도 누가 뭐래도 세계으뜸 글이다.

서울대학교에서 언어학을 전공하는 중국 유학생이 TV방송에 나와서 하는 말을 들었는데, 지금 중국에선 초등학교에 입학하면 1학년에서는 바로 중국 글 한문을 가르치는 것이 아니라 영어 발음기호 a, b, c부터 일 년을 가르치고 2학년서부터 중국 글 한문을 영어발음기호로 토를 달아 배우는데 한국에 와서 한글을 배워보니 영어발음기호보다 한글이 훨씬 쉽고 간결하게 토를 달 수 있어 중국정부당국에 건의하고 싶다고 하는 말을 들었다.

물론 지금은 우리가 한글전용을 쓰고 있기는 하지만 순수우리말은 겨우 40%에 불과하고 60%가 한문에서 온 말이라 하니 한문을 무시할 수는 없는 일이나 새소리 바람소리, 마음의 감정까지 자유자재로 표현 가능한 한글표기는 가히 세계 으뜸글이라 자랑된다.

물론 우리말에는 발음이 안 되는 영어의 R, F, T, H 같은 것은 한글의 탓이 아니라 우리말 자체에 발음이 없는 한국인에게 가장 어려운 발음이다. 그리고 우리 발음에 많이 쓰이는 'ㅓ'와 'ㅕ'도 영어발음에는 없어 '현대'를 'HYNDAI' 나의 성 여(呂)를 'YEU'라 겨우 표기했는데 진작 서양인들 입에선 '현다이' '유'라 발음돼 버린다.

백성의 삶의 질을 높이기 위해선 의식개발교육이 필요한데 특권층에서나 통용되는 한문으로는 불가능하여 '음악' '농사직설' '삼강행실도' 같은 것을 그림책을 만들어 시도해 봤지만 능률이 나지 않아 이

참에 우리말에 맞는 글을 창시 백성의 삶의 질을 높이고자 대왕 자신의 창의와 성균관 학사들의 도움으로 만들어진 것이 한글이다. 그러니 이 한글 하나만으로도 세종대왕의 민주의식은 세계문화사적으로 과히 혁명적이라 할 만큼 위대한 수준이다..

씨알 백성을 우선으로 하는, 군림이 아니라 어여삐 여긴 인본주의 사상이 담긴 한글로 이 글을 쓰고 있는 나는 자긍심을 가득 담아 오늘 한글날에 세종대왕님께 큰절을 올린다.

작음의 미학

시작은, 출발은 작음에서부터이고, 결과의 원인이고 책임이다.

이렇게 시작은 아이처럼, 작음에서 출발하고 그 모습이 탐스럽고 귀여워 아가, 병아리, 강아지, 송아지, 망아지, 보슬비, 가랑비, 싸락눈, 조약돌처럼 우리말 표현 자체가 예쁘고 순진가련 형이다. 쓰다듬고 안아주고 싶은 동정심을 유발시킨다.

그렇게 언제나 시작은 가냘프고 순진하나 천리 길도 한걸음서부터, 가랑비에 옷 젖듯 세월에 시달리며 거칠어지고 강해지다 서서히 쇠락의 모습으로 다시 없었듯 원위치 자연에 되돌려진다.

점에서 출발선이 되고, 선이 모여 면이 되고, 면이 싸여 부피가 되듯 티끌 모아 태산 되어 오랜 세월 시나브로 비에 씻기고 바람에 날려 편지되듯 시작이 있으면 끝이 있기 마련이지만, 시작이 있었다면 시작 전도 있었을 것이고, 그 끝에는 새로운 출발이 기다리고 있을 터이다. 시간과 공간은 끝이 없는 무한이기 때문이다.

그런데 묘한 특징은 언제나 시작은 작고 예쁘다. 모양이 귀엽고 그 말이 예쁘다는 것, 이 신비가 예삿일이 아니다. 이 묘한 신비를 신격화한 것이 종교가 아닌가 싶다.

시작은 미약하나 끝은 장대하다. 티끌 모아 태산이요 천리 길도 한걸음부터다. 방울이 폭포 되고 강물로 흘러 바다가 된다.

작음의 소중함을, 작음의 의미를, 작음의 미학을 아는 자만이 우주를 얻는다. 예수님처럼 세종대왕처럼, 간디처럼.

어떤 흉년에도 농부는 씨앗을 먹지 않는다. 씨앗 없는 미래는 영원한 죽음, 즉 없음(無)되기 때문이다. 그래서 씨앗은 우주만상 운행질서의 비밀을 여는 열쇠다. 그렇게 씨앗은 생명이고 영원성이기 때문이다.

시작은 언제나 씨앗처럼 작은 것으로부터이며, 결과의 이유이고 원인이다. 그래서 작음은 근본이고 주인이다. 시작(알파)이 있으면 물론 끝(오메가)이 있기 마련이다. 해서 알파와 오메가는 필연이다. 하지만 우주에 시작이라는 처음이 있었는가. 그래서 끝이란 게 있는가.

시작이 있었으면 분명 시작 이전이란 게 있었을 터이고, 끝이 있으면 또한 그 후가 분명히 있을 터이니, 해서 현재에서 과거가 영원하듯 미래 또한 영원할 것이다. 그렇게 내 눈엔, 우주는 시작과 끝이 없는 무한으로 보인다. 이 무한으로 연결된 새끼줄 속에 한 가닥의 지푸라기로서의 내 삶에 감사하며 아직은 고집스럽게 숨을 쉬고 있다.

그리고 대물림이라는 영원성의 씨앗을 남기고 언젠가 그날, 나는 흙이라는 본래의 자리로 되돌아 갈 것이다.

동물이 산다는 것

– 영화 〈March of the Penguins〉를 보고

영하 60도 혹한의 남극에서 사는 펭귄의 삶을 다룬 기록영화 (National Geography 제작)를 봤다. 천지간에 온통 하얀 눈과 얼음 그리고 파란 하늘뿐인 단순색상의 화면에 검정과 흰색의 앙상블이 환상적인 곡선으로 배합된 턱시도 예복차림의 펭귄대열의 행진이 끝없이 이어지는 대이동의 장면만으로도 숨이 멎을 것만 같이 아름답다.

그러나 그 아름다움 내면에서 전개되는 펭귄의 삶의 실상을 접하면서 자연은 결코 은총만이 아니라 만만찮은 극복의 대상임을 보게 된다. 짝짓기서부터 알 낳아 부화시키고 그 새끼를 키워내는 숭고한 종자대이음의 과정을 위해 대이동의 장면으로 시작, 남극의 모든 펭귄들이 한 집결지로 모여드는 광경이 화면 가득 장관을 이루며 전개된다.

집결지에서 서로 맞선을 보며 짝을 만들어 애무하며 사랑행위를 하고 있는 모습은 차라리 한 폭의 깨끗한 수채화를 대하고 있는 듯 숭고하고 우아하다. 이 사랑행위로 얻은 엄마의 알 생산이 이루어지

면 곧바로 그 알을 아빠는 발등에 얹고 배 아래쪽 털 속에 감싸 안아 품는다. 엄마들은 다시 먹이를 얻기 위해 먼 해안을 향해 70마일(왕복 250Km) 2개월 대장정을 또 시작한다. 아빠는 알을 발등 위에 품은 채 남극의 설한풍(100m/h)이 몰아치는 허허벌판 눈밭 위에 꼿꼿이 서서 꼬박 2달을 –60C 혹한과 싸우며 버티어 낸다. 뿐만 아니라 알에서 부화된 새끼를 부양하며 엄마를 기다리는 아빠의 모습은 처절하리만큼 힘겹다. 그 두 달 동안 먹이 없이 버틴 아빠의 체중이 40%까지 줄어드는데 새끼는 먹이 달라고 보채는 광경은 투혼과 인내심의 극치다.

한편 엄마는 뒤뚱거리며 걸어서 두 달 만에 뱃속에 먹이를 잔뜩 저장한 채 서둘러 바삐 돌아오는데 그 모습 또한 옷을 여미는 긴장감이 흐른다. 1초를 지체할 수 없는, 배고파 할 아이와 아빠(남편)를 위해 자빠지고 구르며 뒤뚱뒤뚱 돌아와 가족을 상봉하는 장면, 내 눈에는 다 똑같이 생긴 그 많은 무리 속에서 용케 짝을 만나 꾸꾸대며 반기는 가족과의 재회의 모습, 인간의 세계와 무엇이 다를까.

새끼가 아빠에게서 엄마로 인계되자마자 이번에는 아빠가 먹이를 찾아 70마일 밖 먼 해안을 향해 서둘러 떠난다.

흔히들 우리는 생물이 살게끔 자연환경이 알맞게 만들어졌다고들 여기며 그렇게 해주신 하늘에 감사할 일이라고 말하지만 적어도 이 펭귄들에게만은 해당되지 않는다.

생물이 살아가기에는 너무도 열악한 혹독한 환경과의 싸움에서 이겨낸 투쟁의 결과이지 하늘의 은총으로 만들어진 에덴동산은 그들의 입장에서는 결단코 아니다. 선(先) 환경 후(後) 투쟁의 삶이 있을 뿐이다. 이들의 생존은 하늘의 은총이 아니라 스스로의 창조다. 주어진 환경에 적응하여 살아남는 것들만이 자연은 그들의 동무가 된다. 즉 물고기를 위해 물이 있는 것이 아니라 물이 있어 거기서 살만한 것들만 살아남게 되는 것이다.

적어도 수만 년은 그렇게 그 어려운 환경에 길드는 진화의 과정을 거치며 오늘에 살아남은 펭귄의 생생한 삶의 현장을 본 내 마음은 슬프디 슬픈 동정심이었다. 아니다. 극심한 삶의 고통을 살아내는 위대한 성자(聖者)의 모습을 대하고 있는 것 같았다. 삶의 승자(勝者)로 말이다.

불가(佛家)에선 삶이 곧 고통이라 했고, 그리하여 그 고통을 벗는 길은 수행으로 열반에 드는 길밖에 없다고 했던가. 그렇다면 펭귄은 혹독한 삶의 고통을 준 자연에 저항한 것이 아니라 수용한 성자의 모습 그대로다.

경외(敬畏)스럽도다! 산다는 것이.

위대하구나! 살아가는 모든 것들이.

분위기에 산다

삶에 영향을 주는 두 가지 분위기가 있다. 자연환경과 사회환경이다. 지세와 기후는 자연환경이고 풍습과 종교는 사회환경이다. 이는 마치 본능적 유전인자처럼 내 삶의 바탕을 만든다.

육지인가 섬인가에 따라 분위기가 다르고, 온대인가 한대인가에 따라 다르고, 시골 분위기가 있고 도시 분위기가 있다. 무슨 종교 어떤 사상이념의 영향권에 사는가에 따라 다르고, 어떤 무리에 섞여 사는가에 따라 마음흐름이 다르다. 부모와 동무의 영향은 가히 절대적이며, 건강과 용모 또한 삶의 용기에 큰 영향을 준다.

사람들은 제멋에 산다고 큰소리들 치지만 환경 분위기라는 손바닥 위의 꼭두각시임을 모르고 하는 말이다. 남들이 우로 몰려가는데 나홀로 좌로 가기란 여간한 고집 없인 어렵다. 왕따를 각오해야 하고, 외로움을 견디어야 하고, 때로는 손해를 감수해야 한다. 더욱이 사회적 분위기에 누를 끼치는 무뢰한을 자초하면서 내식대로의 길을 가기란 참으로 쉬운 일이 아니다.

그래서 때론 내키지 않는데도 남 따라 하다가 낭패 당하는 일이 어디 한두 번이던가. 남들이 여행 간다, 골프 간다, 쇼핑 간다고 따라 하고, 남이 명품으로 휘감으니 내 옷 입은 태가 초라해 보일까 신경 쓰게 되고, 요즘 다들 80, 90을 거뜬히 사는데 70살이면 단명 같아 억울해 한다.

남이 내가 될 수 없듯이 내가 남일 수 없는데도 남 따라 장에 가듯 따라 하다 보면 내 실존은 실종돼버리는 스스로의 속물성에 혐오감을 느끼면서도 적어도 남만큼은 되고 싶은 비교에 약한 것이 사람이라, 도리어 이것이 삶의 용기일 수도 있겠다 싶으니 어쩌겠는가.

나는 내 그릇 크기만큼으로, 하늘이 준 능력만큼으로, 팔자소관만큼으로만 살게 되어 있음을 잘 알면서도 늘 이 속물성을 넘지 못해 상대적 잣대로 남이 나보다 많은 걸 갖고 있는 것 같아 배 아파한다.

방문 열고 한 발짝만 나가면 보이는 것들 모두가 나의 경쟁상대로 다가와 비교가 되니, 소인배일수록 비교에 민감함을 감안하면 나는 소인배 중의 소인배임이 분명하다. 비교는 내게 분발의 원동력을 주는 긍정적 매체이긴 하나 나를 피곤케 하는 스트레스의 주범인데다 여간한 수양 없이는 피하기가 불가능하니 늘 지고 만다. 특히 한국적 풍토에서 자란 한국 사람이라 더욱 그런지 모른다.

잘 나가다 왜 또 갑자기 엽전타령인가.

우린 사촌이 논을 사면 배 아파 경쟁에 날을 세워 일등, 최고, 출세, 성공이라는 단어를 신주 모시듯 끌어안고 요란한 열정으로 온 강산을 달구어 그 역동성에 휘말려 달린다.

차분하고 고요함을 생소해 하고, 깨끗하고 맑음을 부담스러워 한다. 고려청자, 이조백자를 빚어낸 잔잔한 선비상이 밥 먹여주냐. 성공이라는 목적을 위해선 냄새 나는 수단쯤은 잠시 무시해라! 성공으로 보답하면 된다는 논리가 판을 치면 추한 이기심에 의해 평정심(平靜心)이 뒤로 숨어버리니 탈이다.

치국성공이라는 정치가의 꿈, 목회성장이라는 성직자의 꿈, 기업성공이라는 기업가의 꿈, 그 꿈들이 거창할수록, 그 구상이 화려할수록 주위 사회가 몸살을 앓는 이치를 외면하면서 달린다.

지난 20세기 백년에 인간이 망가뜨린 공해수치가 인간 유사 이래 망가뜨린 수치를 능가한다. 이로 미루어 21세기 슈퍼 컴퓨터시대가 저질러낼 공해수치는 세 살배기가 열손가락으로도 풀 수 있는 뻔한 사실이다.

이런 사회분위기에 왕따 당할까 옆 눈치 비교에 사팔뜨기 신세가 된 채 오늘도 나는 눈뜨자마자 신문, TV, 컴퓨터 보기로 하루가 시작된다.

사물보기

신문에 나오는 내 사진이 너무 젊어 보여 근황 사진으로 바꿀까 하여 그쪽 전문가인 딸에게 부탁해서 여러 장 찍게 했다. 정면으로, 대각으로, 갸웃이, 미소 띤, 무표정, 안경 쓴, 안경 벗은, 정장 차림, 수수한 차림, 더부룩한 머리, 말끔한 머리, 그렇다고 呂서방이 金서방이 되는 것도 아닌데 마치 성형수술을 한 가짜 얼굴 같은, 그 중 실물보다 젊게 찍힌 매력남(?)을 골라 보는데 마음에 드는 것이 없다. 늙은 걸 생각지도 않고.

사진을 찍을 때의 기본은 빛(명암)과 위치(각도)와 그리고 초점인데, 이를 비유로 말하면 빛은 품격이고 각도는 자리이고 초점은 판단력이라 하겠는데, 바른 품격으로 바른 자리에서 바른 판단을 한다면 일단은 바른 사물보기가 된다 하겠다.

사물보기를 바르게 할 수만 있다면 내 삶 자체가 바르게 될 것 같은데 그게 쉽지가 않으니 탈은 늘 여기에 있다. 품격이 비뚤면 사물이 비뚤게 보이고, 위치가 나빠 초점이 흐리면 흐릿하게 보일 것이고, 더욱이 보일 상대가 위장술이 능하다면 제 아무리 밝은 눈도 속수무

책이다. 이렇게 같은 사물, 같은 사건도 보는 사람에 따라 달라 보이고, 같은 눈인데도 때와 장소와 기분에 따라 달리 보이니 세상 물정 보기에 정답이 없다는 말도 맞다.

똑바로 놓고 보고, 거꾸로 뒤집어 보고, 비딱하게 기울여 보고, 멀리 놓고 실눈으로 보고, 상대 입장에서 보고, 술 취한 몽롱한 기분으로 보고, 화났을 때 보고, 기분 좋을 때 보는, 그때마다 같은 사물이 천차만별 달리 보이니 세상사 그래서 재미있는지는 모르지만, 정답은 어디에서 찾을꼬.

세상 사물보기 중 내게 가장 어려운 것이 종교보기와 이념적 가치관이다. 나의 이성을 총동원해 이어령 교수처럼 영성에까지 접근시켜 보려고 해도 고차원(?) 위치에 감추어진 절대자의 모습은 오리무중 잡히지 않고, 안전적 보수의 가치관과 뒤집어 보려는 진보적 가치관 사이에 나는 언제나(젊었을 때나 늙어서나) 보수 쪽에 서 있는 것을 보게 되는데, 그런 내가 줏대 없어 보이는가. 품격이 낮은가. 심성이 비뚠가. 내 자리 환경이 나쁜가. 아니면 내 분별력에 문제가 있는 건가. 그도 아니라면 세상보기 명제들이 사물보기 같은 수단으로는 어림없는 차원인가.

아무튼 내 나름으로 자리매김해 버린 고집으로 버티고 서있는 한, 대상이 선명히 보이지 않을 것임은 분명하다.

성경에 기독교의 하느님께서 만물 만상을 하루하루 만드실 때마다 보시기에 좋았더라 하셨는데, 하늘 절대자에게도 좋음과 나쁨이라는 상대가치 개념이 있다는 게 의아하지만 보기에 좋게 하려는 예술성만은 높이 사고 싶다. 들꽃 한 송이도 모양내며 피는 자연 그 자체가 예술품 전시장이니 말이다.

저 모양들, 저 색상들, 저 소리들, 그 맛깔, 그 표정 하나 하나가 제 멋으로 있는 자연의 자태에 나는 숨이 멈출 듯 반해버리니 말이다.

우리 속담에도 '같은 값이면 다홍치마'라 했다. 짚신 고무신 하나를 만들어도 거기에 모양내기가 보인다. 이렇게 우주 자연이 중용적 보기 좋음의 미학으로 나를 감싸고 있는데 왜 나는 늘 미움과 악에 넘어지고, 옳고 그름의 사리판단에 돌아서서 후회하는, 서툴게 살아가고 있는지.

사물을 동(東)에서 보면 서(西)에 있고 서에서 보면 동에 있는 것, 그래서 내가 서 있는 자리가 중요할 것이나, 서 있는 자리가 어디가 되든 보는 마음은 늘 가운데(중용)를 지킬 수만 있다면 이상적일 텐데 성인(聖人)이 되기 전에는 어려우니 대충 사물보기로 살 수밖에 없나 보다. 보통 사람답게.

한 세상 그저 그렇게 다투고 화해하며 서툴게 사는, 그게 사는 재미려니 허허하며 살아지는 걸.

사이의 실종

- 다름의 미학

60살 늦은 나이에 어렵게 배운 나의 애창가 〈사철가〉 몇 소절 한번 들어보소.

이 산 저 산 꽃이 피니 산림풍경 너른들, 만자천홍 그린 병풍 앵가접무 좋은 풍류, 세월 간 줄을 모르게 되니 분명코 봄이로구나, 봄아 왔다가 가려거든 가거라. 네가 가도 여름이 되면 녹음방초 승화시라, 여름이 가고 가을이 된들 또한 경계 없을 소냐, 한로상풍은 요란해도 제 절개를 굽히잖는 황국단풍은 어떠하며, 가을이 가고 겨울이 되면 낙목한천 찬바람에 백설이 펄펄 휘날리어 월백설백 천지백 하니 모두가 백발의 벗일레라

사철을 노래한 이 창소리 가사처럼 이곳 내가 사는 캐나다 토론토도 사계절이 비교적 분명했었다. 그런데 근년 들어 겨울이 겨울 같지 않고 봄이 봄 같지가 않다.

모든 생물들이 기후환경에 민감하게 길들어 살아가고 있는데, 예

측이 어긋난 기후 적응에의 혼돈은 심히 난감한 일이고, 먹을거리 수급에서부터 차질이 불가피하고 생활관습 등으로 받을 긴장(스트레스) 또한 보통 문제가 아니다.

계절(季節)의 혼돈도 혼돈이지만, 지역(東西), 장유(長幼), 남녀(男女)의 구별이 슬그머니 구렁이 담 넘듯 지워지면서 사이, 차이, 구별의 선이 흐려지니 괜히 공해에 이유를 붙여 말세의 징조라 말들을 한다. 아이가 어른 같고 어른이 아이 같은, 처녀가 총각 같고 총각이 처녀 같은, 아내가 남편 같고 남편이 아내 같은, 총각김치, 다꾸왕(단무지), 피클(오이지)이 함께 나란히 밥상에 오르는 세상, 과연 멋진 세상일까.

인간이 꿈꾼 지상낙원이 바로 이런 걸까. 절대로 아닐 것이다. 음양이 만나 불꽃이 튀고, 다름이 있어 그 삶의 풍요가 감칠맛이고 멋인데. 그러고 보니 장유유서(長幼有序) 부부유별(夫婦有別)이 고리짝 신세 된 지 오래고, 우주적 음양질서가 뒤죽박죽 생산 질서의 종말론적 혼돈의 징조가 하 수상하고, 지역, 인종, 계급구별 또한 평준화 수순을 밟고 있고, 클래식의 도도함이 대중화에 밀리어 고상함과 평범함의 사이가 애매모호 따지는 것 자체가 촌스럽다.

남은 건 하늘과 땅 사이, 삶과 죽음 사이이라는 궁극분별만이 숙제로 버티어 있다 할까. 아니다 이마저도 과학이 넘보고 있고, 그리고 이 모든 자리에 가진 자와 못 가진 자와의 사이가 옛날 계급서열보다도 더 짙게 갑(甲), 을(乙)질 차별화로 파이고 있다.

이제 5대주 6대양이 한나절 거리로 축지되어 백인 흑인 황인이 뒤섞여 10대, 100대, 1000대로 흐르는 동안 인종의 구별이 사라질 것이고, 언어 또한 아마도 한 언어가 세계통용어로 사용되고 각 민족어는

지방 사투리로 소통이 되어질 것이다.

음식문화와 종교문화가 그 독특한 고집으로 좀은 오래 버틸 것 같으나, 이 또한 세월에 장사 없을 것이다.

이렇게 좁아져 버린 지구촌의 지리, 기후, 인종, 성별, 언어, 풍습, 종교 같은 분별 색이 희미해져 버리면 후대 사람들은 무슨 재미로 살아갈까.

손가락으로 IT폰을 눌러 1초면 지구 반대쪽 어느 집 숟가락 숫자까지 아는, 시시콜콜 모르는 것이 없는 정보화시대에 토론토 집에서 아침을, 파리 사촌 집에서 점심을, 서울 외갓집에서 저녁을, 베이징 삼촌이 운영하는 호텔에서 밤을 보내고, 모스크바로 날아가 상담을 하는, 국경선은 지도상의 선일 뿐이요, 인종, 언어, 풍습, 음식, 옷, 음악, 춤, 주거환경 어느 것 하나 낯설지 않는, 구별이, 사이가, 차별이, 분별이, 다름이, 낯섦이 없는 싱거운 지구촌 현주소를 보면 겨우 지난 100년에 이룩해 낸 인간재능이 참으로 대단하다 싶은데, 찬사 대신 장송곡을 부르고 싶으니 어이한담.

사이가 분명하고 다양함이 화합으로 있는 세상, 다름이 이웃사촌으로 있는 세상, 차이가 차별이 아닌 세상, 만 가지 꽃이 제멋으로 어우르는 화단 같은 세상,

빨주노초파남보 일곱 색이 각기 제 색으로 함께 어울러 곡선을 그리며 하늘에 걸려있는 무지개 같은 세상, 너 따로 나 따로인 채 함께 있음이 행복으로 있는 세상, 그런 모자이크 같은 세상이기를, 그렇게 나는 꿈꾸며 사는데….

어울림의 미학

나는 경상도 사투리를 쓴다. 감칠맛 없고 투박하나 내 용모가 내 선택이 아니듯 환경버릇(DNA)인 걸 어쩌겠는가. 이왕이면 다홍치마라고 서울말을 쓰면 좋은데 그게 쉬운가.

부모 자식도 그렇다. 비록 내 선택이 아닌 천륜적 만남이지만 잘나고 못나고 상관없이 누구와도 바꿀 수 없는 인연으로 하늘에 감사하며 살고 있다.

우주는 다름의 전시장이다. 그 모든 것이 다르기에 만물(萬物)이라 하고 그 상(象)이 만 가지라 만상(萬象)이라 하는데 그 만물만상이 변할 줄 모르고 오늘이 어제 같고 내일이 오늘 같다면 세상 무슨 맛으로 살아질까.

더욱이 만상이 한 가지로 닮아 있다면 보는 것만으로도 질식할 것 같고, 지옥이 바로 그런 곳이지 싶다.

내가 가장 싫어하는 수작이 무언고 하니 닮은꼴로 획일하자는 꼬드김이다. 다름이 다름의 값어치로 있는 다양성의 묘미, 양귀비가 예쁘다고 죄다 양귀비 붕어빵으로 닮아버리면 살맛 날까. 이제 맞춤

형 성형미인들이 판을 칠 듯하니 아찔하다.

　나는 그때 군 병영생활에 힘들어 했었다. 같은 옷 같은 신발에 같은 밥을 같은 양으로 먹고, 같은 시간에 자고 일어나 같은 노래를 부르고, 같이 뛰어야 하는 게 고역이었다.

　내가 나일 수 있는 이유는 남과 다르기 때문이고, 이 개성은 남이 대신할 수 없는 하늘이 준 절대 몫(DNA)이라 그 어떤 이유로도 흠집 낼 수 없는 나만의 존엄성이다. 그러함에도 그 모든 것들과 더불어 함께 어울림으로써만이 기능적 존재가 된다는 조건이 있다. 이것이 내가 말하고자 하는 다름의 미학이며 어울림의 미학이다. 그래서 혼자 살 수 없어 사람인(人) 자라 했다.

　천지만상엔 똑같은 것이 단 하나도 없다는 것, 그 형상, 그 색상, 그 소리, 그 맛깔이 다르다는 것, 이 얼마나 살맛 나고 신나는 일인가. 그러면서도 이들 개체들이 홀로 각기 따로 있지 않고 서로 어울려 있을 때가 더 좋게 보이고 값져 보인다는 것, 화단은 다양한 꽃의 어울림이며, 오케스트라는 다양한 소리의 조화가 아닌가.

　무지개 또한 3원색이 만들어내는 색의 파노라마이고, 우리가 즐겨 먹는 비빔밥은 각개 나물이 버물려 어우러져 나오는 맛의 향연이다.

　한 가지로 획일하자 함은 우주본질을 거역하자 함이며, 다름이, 비교가 없는 곳엔 새로움(탄생)이 숨어버린다.

　심지어 생물과 무생물이 쓸모의 다양성으로 존재, 서로 먹이사슬로 얽혀 있다는 사실, 이를 자연생태계라 이름하는데, 어지간한 생태계의 상처는 자연치유가 되나 지나치면 치유불능 공해에 찌들어 생명체의 멸종(씨앗의 죽음)으로 이어질까 인간들은 지금 떨고 있다.

　'좋다'를 한자로 쓰면 好다. 처녀(女) 총각(子)이 함께 나란히 걸어

가고 있는 모습, 보기만으로도 좋다. 둘이 있어 좋고, 이웃이 있어 좋다. 이게 바로 하늘 뜻이다

우리는 종종 차이를 차별로 인식할 때가 있다. 자기 것에 애정을 가질수록 그 징후는 심하다. 사람이 덜될수록 제 새끼만 감싸고 돈다. 다름을 차이로 보지 않고 차별의 눈으로 보는 데서 세상의 비극이 시작된다. 흑과 백의 차이, 길고 짧음의 차이, 높고 낮음의 차이, 차이가 없는 것은 이 우주엔 없다. 다만 우리는 그 차이 사이를 헤엄치듯 살아갈 뿐이다.

만물을 비추는 저 하늘햇살이, 만물을 적시는 저 하늘빗물이, 만물을 숨 쉬게 하는 저 하늘공기가 차별이 있는가. 하늘은 만물의 근원이며 만물의 어버이시다.

만물을 운행하는 저 바탕하늘이 나만을 택했다는 선민의식이 되면 남은 이방인이 되고, 남의 하늘은 우상이 돼버린다. 참으로 웃기는 난감한 수작이다. 그리하여 '내 것'만 이라는 아집(ego)에 의해 전쟁도 불사, 살상을 춤추듯 천하에 바보짓거리를 밥 먹듯이 벌여 지구촌이 쑥대밭이 되고 있다.

세상 종교들이 순화라는 본뜻을 버리고 제국주의적 대결로 흐르면 할 짓은 전쟁밖에 없다. 하늘 뜻은 절대선이고 전쟁은 절대악인데 말이다. 하늘 뜻을 따르는 선의의 경쟁은 긍정이지만 하늘 뜻을 빙자한 어떤 전쟁도 그래서 모순이다.

다름을 미움으로 보면 시기가 되어 싸움을 낳고, 사랑으로 보면 설렘이 된다. 그래서 지구촌의 평화는 서로가 다름을 인정할 때만이 가능하다. 아니 인정하고 말고 할 것도 없다. 모든 것이 본질적으로 똑같지 않으니 너도 살고 나도 사는 길은 서로가 그냥 다름인 채로

두는 것이다.

나는 하늘이 두 쪽이 나도 네가 될 수는 없으나 오순도순 함께 살아갈 수는 있는 것이다. 아니 네가 있어 함께 사는 재미가 더 쏠쏠하니 얼마나 복 받은 인연들인가.

엄밀히 따져 내가 중심이 되어서 보면 모든 것이 이단으로 보인다. 남의 것이 이단이면 내 것은 남의 이단이 되는 이치로 보면 서로는 상생의 조건이지 까부술 상대가 절대로 아닌데 말이다.

다름에 우열의 의미를 둘 때 서로에게 상처를 주지만, 보완적 부분이라 여기면 축복으로 돌아온다. 단풍의 어울림이 그것이고, 각개 나물이 버물어내는 비빔밥이 그것이고, 화단의 어울림이 그것이다. 내가 오케스트라에 감동하는 이유는 그 합주가 만들어 내는 멜로디의 아름다움에만 있지 않고 각 악기의 최상의 소리들이 상처 하나 받지 않고 함께 어울려서 더 큰 화음의 아름다움이 좋아서이다. 내가 화단에 매료되는 이유는 한 송이 꽃만으로도 충분한 아름다움인데 그 만 가지 기화요초들이 돌과 나무와 개울물과 어울려 각기 제멋으로 흐드러져 더 큰 아름다움을 내는 모양새에 반해서이다.

초등학교 미술 시간에 선생님은 칠판 가득 무지개를 그려놓고 색에는 더 이상 분리할 수 없는 빨강, 파랑, 노랑 이렇게 3원색이 있다고 가르치셨다.

빨강만으로도, 파랑만으로도, 노랑만으로도 충분한 아름다움인데 그 3원색이 어울려내는 일곱 색의 조화미, 원색으로는 도저히 불가능한 아름다움의 극치를 만들어 내고 있다.

적외선, 자외선이라는 인간가시권을 넘은 색(파장)도 있다지만, 하늘이 그런 초월적 한계를 숨겨두는 심술 또한 삶의 재미를 위한 배려인지 모른다. 살짝 초월을 엿보는 재미, 혹 이것이 도(道)의 경지가 아닐는지.

산 정상(진리)에 오르는 길은 여러 갈래가 있다. 동, 서, 남, 북 어느 쪽에서 오르든 정상(목적)에 오르는 길(과정)만 다를 뿐이다. 이것이 다원론의 이론이다. 이렇게 다원주의는 남의 길을 인정은 하되 자기 길이라는 독립성의 이기적 싸늘함으로 남과 더불어 살라는 화합의 어울림이 보이지 않으나, 비빔밥, 화단, 무지개, 오케스트라는 완벽한 각 독립적 개성을 지닌 개체들의 조화가 어울려 만들어 내는, 개체만으로는 어림없는 더 보기 좋음으로 창조된 미학이다. 이것이 내가 말하는 다름의 미학이다. 보라! 다름이 화합으로 어우러지면 올림픽이 되고 감정으로 대립하면 전쟁이 되는 이유를.

창조는 다름의 산물이며 진화의 근원이다. 그래서 창조는 더 보기 좋다라는 쪽으로 마무리된다. 성경 창세기에 "보시기에 좋았더라"라는 말은 진화적 상태로 본 상대비교어(相對比較語)이다.

콩 심은 데 콩 나게 하고 팥 심은 데 팥 나게 한 생명체 유전공학이라는 창조방식도 경이이지만 어느 것 하나 정지된 같음이 없다는 것, 그래서 시시각각이라는 시간의 흐름에 의해 나의 이력이 만들어지는 진화의 과정, 참으로 묘하지 않은가. 해서 종이 다르고 성질, 모양이 다른 생명체중 인간이란 동물로 태어나 말이 다르고 피부색이 다르고, 풍습 종교가 다르나 우주 본성 대로 화합으로 살아, 보기 좋은 아름다운 화단이 되고 멋진 오케스트라 화음의 소리되어 천상에 울려 퍼지면 하늘이 감동을 받으리라 나는 그렇게 여기며 산다.

이게 목적이니 과정이니 하는 군더더기가 없는, 있는 그대로의 미학이다. 네가 있어 내가 있는, 너 좋고 나 좋은, 누이 좋고 매부 좋은,

두루 좋은 미학이다.

　팔도 사투리가 있어 한국 드라마 보기가 감칠맛을 더하듯, 문화의 다양성, 이게 삶의 활력이고 생명력인 걸!

통키의 효심
-우리 집 개

65살에 모든 것을 정리하고 시니어 삶을 시작했을 때 처제가 퇴직 선물이라며 쒸쥬종 강아지를 선물로 사주었다. 개를 처음 키워보는 일이라 달가운 선물은 아닌 것 같아 키우다 정 안 되면 되돌려 주기로 하고 우선 받기는 했다.

그렇게 시작을 어렵게 한식구가 된 통키는 15년을 식구로 살았는데 아내가 간 지 7개월 후 갑자기 3일을 앓다가 아내 뒤를 따라가 버렸다. 아마 15년을 같이한 정을 못 이겼던가 싶다.

이제 나는 함께라는 무리 개념이 없어져 버린 쓸쓸함에, 아니 조용함에 낯설어 아내 잔소리마저 그리움이 되고, 통키 돌봄(시다바리)까지 추억으로 그리워하고 있다.

오늘은 50년 함께 산 아내 이야기는 왠지 쑥스러워 피하고, 15년 통키 돌봄 이야기에서 결코 일방통행만이 있었던 것이 아니라 통키가 내게 준 큰 선물에 대해 비록 짐승이지만 그 고마움을 몇 자 남기고 싶어졌다. 그건 통키의 효심이다. 그렇다 효심으로 설명할 수밖에 없는 일편단심이다.

나는 통키와 둘이서 아침저녁 30분씩 2번을 생리적 해결 겸 산책을 나가곤 했다. 마침 우리집이 미시사가 크래디트강변이어서 산책으로는 천혜의 코스다. 눈이 오나 비가 오나, 추우나 더우나 15년 365일을 한 번도 결근 못하고 가야 하는 하늘이 준 운명적 보약 은총이었다.

다른 집 개들은 뒤뜰이나 집안에서도 쉽게 눈다는데, 우리 통키는 뒤뜰에서 몇 번 시도해 봤으나 뱅글뱅글 돌기만 할 뿐 성공하지 못하여 결국 귀찮고 번거로우나 강변으로 갈 수밖에 없는 처지였다. 그때는 통키가 얼마나 미웠는지.

그런데 이제 와 보니 이런 효자가 세상에 없다는 생각이다. 계획성이 없고, 이랬다저랬다 뭐 한 가지 지속성이 없는 내게 만약 통키가 없었다면 지금쯤 내 건강이 어떠했을까.

365일 15년을 통키 따라 세상이 거꾸로 돌지 않는 이상 적어도 하루에 아침저녁 30분씩 한 시간을 끌고 다닌(?) 보약적 효성, 만 번도 더 고마워해야 될 은혜다.

걷기가 최상의 운동이란 걸 모르는 이가 없다. 그러나 이 상식적 기본운동을 실천하기란 밥을 굶는 것보다 어렵다. 안 먹고 안 자면 못 사는 걸 알면서도, 걷기도 그에 못지않게 중요하다는 걸 아는 이는 많지 않다. 그런데 지금에 와 생각해 보니, 하루에 아침저녁 30분씩 2번을 내가 개를 끌고 다녔다기보다 개가 나를 끌고 다닌 산책은 통키의 배려였음을 지금에야 실감하고 있다.

왜냐하면 하루에 1시간 걷기는 건강법 기본 1조란 걸 모르는 이가 없을 만큼 상식인데도 계획성이 엉망인 내가 과연 15년을 한결같이 산책을 할 수 있었을까. 15년을 한결같이 끌고 다닌, 다니게 한 통키의 효심, 그렇다. 효심이다. 다른 집들 개처럼 집을 나가자마자 누지 않고 꼭 30분 걸어 멀리 가서야 누는 심사가 당시엔 그렇게도 밉살스러웠는데, 그게 모두 나에 대한 배려였음을 지금에야 깨닫고 무한 감동하고 있는 것이다.

나는 어려서부터 병조마니였다. 먹성 하나는 좋아 배부름에 상관없이 먹는 것만 보면 걸귀신마냥 먹어대는 '먹돌이'가 내 별명이었고, 일생 6번을 전신마취 대수술을 받은 종합병원이었다. 10년 전 위암 수술을 받았을 때 담당의사에게 나는 "이번에 배를 열 때는 아예 지퍼를 달게 해버리는 게 다음을 위해 좋겠네요." 라 농담을 했었다.

그렇게 병과 동무처럼 더불어 살고 있는 나는 그래도 복이 있어 통키 같은 효자를 얻어 이렇게 80 장수로 살고 있다는 게 얼마나 고마운 기적인가 말이다. 내가 너를 키운 것이 아니라 통키 네가 나를 보살핀 덕이다

이제 너를 보낸 지 7개월에야 너의 효심을 깨달은 게 미안하지만 먼저 간 네 엄마(아내)와 함께 잘 있으리라 믿는다.

(2016. 가을)

右회전 左회전

'우왕좌왕' 이라는 말이 있다. 갈팡질팡 동분서주 허둥대는 모습을 보고 하는 말인데 지금의 내 모습이 똑 닮았다.

먹고 살기 위해 도매상으로 차를 몰다 우연히 자동차의 깜빡이가 우(右)와 좌(左) 단 두 방향만을 알리고 있다는 사실을 발견하고 마치 신대륙발견이라도 한 듯 내가 지금 우왕좌왕 허둥대는 삶을 살고 있다는 생각이 들었고, 더욱이 단 두 방향만을 알리는데도 세상 못 가는 데가 없다는 사실이 신기했다.

그렇다면 제3, 제4의 방향 깜박이는 왜 없는 걸까. 아니 분명히 있다고 고등학교 수학시간에 들은 기억이 난다. 직선상을 달리는 기차를 1차원이라 한다면, 어디고 갈 수 있는 자동차는 2차원이 되겠고 좌 우 두 방향만을 알려서는 못 가는 곳이 있는데 3차원이 되는 공간을 날아가는 비행기를 두고 하는 말 같은데, 그렇다면 확인은 못해봤지만 비행기는 오르고 내리는 방향을 알리는 깜박이가 분명히 있지 않나 싶다. 그리고 여기에 시간이 개입되면 4차원이 되겠고, 고차원의 세계가 존재한다면 아마 시공(時空)이 끊긴 상태, 무한(∞) 또는 무아지경(0), 아니면 창조와 완성이라는 알파와 오메가의 세계가 아닐까란 추측은 되지만 그런 세계는 내 경험의식 밖이라 아리송할 뿐이다.

하기야 유한, 무한, 있다, 없다라는 양의 개념으로는 짐작도 되지 않는 별 개똥철학에 매달려 우왕좌왕하며 차를 몰고 있는 지금의 내가 진짜로 고차원의 세계(천당)를 가려고 작정하고 있는 것 같아 피식 웃음이 난다.

나는 지금 이민이라는 새로운 땅에 새 뿌리를 내리는 현장을 우회전 좌회전 두 방향만을 알리는 저차원(低次元)의 세계를 부지런히 살고 있는 터다. 기차처럼 직선상을 달리는 편안한 직업은 그림의 떡이다. 온갖 잡일, 동분서주, 좁은 골목길 그 2차원의 세계를 우회전 좌회전하며 달려야 한다.

탄탄대로 하이웨이가 저기 저렇게 보이는데도 그 훤히 뚫린 길을 시원하게 달리는 상쾌함은 내 이민 후대들의 몫으로 기대하고 그 밑거름을 자초하며 그저 좁은 골목길을 골라 동분서주 우왕좌왕 갈팡질팡 허둥대며 달린다. 나의 이 소박한 바람이 희망사항으로 끝나지 말아야지라는 꿈(3, 4차원)을 꾸며 손발에 힘을 주어 랄랄라 달린다.

우회전, 좌회전 하며 계속 앞으로 갈 수 있다는 것만으로도 행운이 아니냐. 때로는 시행착오로 뒤로 갈 때도 있었고, 아무것도 할 수 없는 정지된 절망에 빠져 허우적거릴 때도 있었고, 용케 막힌 골목길을 빠져 나와 용기백배 각오를 다지며 달릴 때도 있었다.

삶은 일회적이라, 해서 주어진 일생동안 원하는 모든 것 다해 볼 수는 없는 것, 비록 지금의 내가 좌우 2차원의 고달픈 삶을 내 분수려니 하며 살아갈지라도 후대들만은 안일한 저 차원의 삶에 영합 만족해하며 나의 이 고달픈 삶을 물려 닮는다면, 상상만으로도 맥이 풀린다.

아니, 2차 3차원적 삶의 모습을 넘어 4, 5 고차원까지 넘보는 정신세계를 탐구하는 삶을 살아준다면, 너무 꿈이 큰가.

그리하여 '뿌리'의 작가 알렉스를 닮은 7대손 '여아무개'가 뿌리를 거슬러 찾아올라 고조할아버지의 고조할아버지 격이 되는 나 '여 동원'의 이민 정착의 현장을 살펴보고

'아! 차원 낮은 삶에서 무척 고달프게 사셨구나!' 라는 위로를 받을 수 있다면 다행인데, '흥, 나도 그렇게 살고 있는데 뭐 대단한 삶을 사셨다고!' 하며 빈정거리는 후손은 아니 되었으면 하는 바람으로 운전대 잡은 손목에 기운을 넣는다.

(1988.)

유전인자(DNA)의 비밀

　내가 나일 수 있는 이유는 남과 다르기 때문이고, 세상에 똑 같은 것이 없다는 건 나 개체의 독립성을 인정하는 것이며, 이 독립적 개체 하나 하나가 개성을 갖고 존재한다는 뜻이다. 이 개성은 남이 대신할 수 없는 나만의 절대 몫(DNA)이다.

　다름이 있어 만물 만상이고, 우주는 다름의 전시장이다. 창조는 다름의 산물이며 진화의 근원이다. 그래서 창조의 결과는 늘 보기 좋다라는 쪽으로 마무리된다. 보기 좋다라는 말은 달라진 진화적 상태로 본 상대적 비교어이다.

　콩 심은 데 콩 나게 하고 팥 심은 데 팥 나게 한 생명체유전공학이라는 창조도 경이이지만, 어느 것 하나 정지된 같음이 없다는 것, 아버지와 내가 닮은 듯 다르다는 것, 오늘의 내가 비슷하긴 해도 어제의 내가 아니라는 것, 그래서 시시각각이라는 시간의 흐름에 의해 나의 이력이 만들어지는 진화의 과정, 참으로 묘하고 재미있지 않은가.

　한 가지로 획일하자 함은 우주본질을 거역하자 함이며, 다름이 없는데 어찌 새 창조(진화적 탄생)를 바라며, 비교가 없는 같음엔 진화는 숨어버린다.

심지어 생물과 무생물의 다양성이 쓸모의 다양성으로 존재, 서로 먹이사슬로 얽혀 공생하고 있다는 사실, 이를 자연생태계라 하는데 어지간한 생태계의 상처는 자연치유가 되나 지나치면 치유불능상태라는 공해에 찌들어 생명체의 멸종(씨앗의 죽음)으로 이어진다.

하늘은 자신이 창조한 생물을 어여삐 여겨 자연치유 같은 식으로 도우려 노력할 것이나 인간 스스로 오염시켜 자연치유의 한계를 넘기면 하늘 쪽에서 먼저 손을 놓으려 할 것이다.

그리고 종의 이음을 단수에 의하지 않고 굳이 음양의 사랑이라는 유희적 조화에 의해 탄생이라는 창조적 과정을 거치게 한 하늘의 깊은 의도는 만물이 서로 사랑으로 부드럽게 얽혀 살게 하기 위함일진데, 사랑행위가 빠진 기계적 아기탄생은 연속적 사랑인자의 감소로 나타날 유전적 퇴화라는 결함으로 이어져 거칠고 살벌한 미래사회가 될 공산이 클 수밖에 없다. 내 눈엔 그렇게 훤히 보인다.

해서, 종이 다르고, 성질이 다르고, 모양이 다른 생명체 중 인간이란 동물로 태어나 말이 다르고, 민족이 다르고, 피부색이 다르고, 풍습이 다르고, 종교가 다른 다양성의 우주 본성 대로 화합으로 살아 아름다운 화단이 되고, 멋진 오케스트라 화음의 소리 되어 천상에 울려 퍼지면 이 모든 다름을 진두 지휘하시는 하늘(天) 스스로 감동을 받아 은총으로 보답하시리라! 나는 그렇게 굳게 믿는다.

陰陽 그리고 氣

'男 女'라는 글자만을 놓고 봐도 가슴이 설레는, 동성끼리는 밀어 내고 타성끼리는 잡아 단기는 음(-) 양(+)의 기운(氣運), 단성으로는 아무것도 되지 않는, 양성의 힘에 의해 생산이라는 사건을 만들어내는 우주적 상서로운 속성 그 氣가 신묘하다. 이 상서로운 기운이 신의 작품이든 자연의 속성이든 신비엔 변함이 없다.

홍수가 휩쓸고 간 황무지에 얼마의 시간이 자나면 새싹들이 돋으며 새로운 숲이 형성되고 있다. 누가 심은 것도 가꾼 것도 아닌데 새 씨앗들이 음양의 조화에 의해 움을 틔우는 신비, 이 상서로운 씨앗의 시작도 자신의 명(命)이라는 때를 다하면 또 다른 닮은 씨앗(DNA) 알맹이를 땅에 떨구고 흙이 되어 다음에 올 새싹의 밑거름이 된다. 이 알맹이들이 묘하게도 암과 수라는 양성을 동수로 해서 짝 맞춰 생과 사의 관계과정(속성)에 의해 연속 이음으로 존재한다는 원칙이 신비롭고, 이 인연적 관계조화가 내 보기엔 너무 어여쁘다.

씨앗 없이 탄생 없고, 탄생 없이 사망 없는, 씨앗-탄생-사망은 한 몸에서 일어나는 영원성의 3위 기운이다.

개체의 생명이 영원한 것은 하나도 없으나 콩 심은 데 콩 나고 팥 심은 데 팥이 나는 닮은꼴 대물림 질서를 영원성으로 보면 죽음까지도 生命 줄의 기운에 함께하고 있으니 영혼이라는 말이 틀린 말은 아니다.

이 분명한 결론에도 불구하고 음양 기(氣 ,energy)의 운동작용의 근원지는 도대체 어디에 누가(무엇이) 담당하고 있는가. 혹 신인가. 혹 자연인가.

나서 늙고 병들어 죽는 생로병사(生老病死)라는 시종의 비밀해법에 영생이라는 깃발을 들고 종교가 등장한다. 그래 과연 '나'라는 낱개 개체의 영생이 최종 해법인가. 해서, 죽음의 해법엔 영생 외에는 답이 없을 듯하니 진리인 듯 수긍이 되나, 낱개들이 영생해버리면 낳음과 죽음이라는 과정의 절차가 무효화돼 버리는, 이 절대모순은 어떻게 설명될까.

개체(낱개)의 죽음이라는 빈자리에 그들이 남긴(낳은) 씨앗에서 새순이 돋아나 그 자리를 메우는 순환의 영원성으로 이어지는 새끼줄 같은 생명의 질서가 우주의 속성인 듯, 땅(흙)이 있고 물이 있고 태양 기운을 받은 음양(−+, 女男)이라는 생명체 자체가 영원성으로 존재하는, 낱개의 영원성으로서가 아닌, 생명체의 대물림 과정이 내 눈엔 영원성으로 보인다는 것이다.

생명체의 연속성에 참여된 부분(세포적 영혼)으로서의 개체존재는 생(生)과 사(死)라는 단세포적 일생이 전부라 하면 영혼을 갈구하는 각 낱개(개체)들의 욕심엔 성이 차지 않을는지는 모르나 불로초를 찾는 진시황의 부질없는 욕심으로 보면 답이 될 듯싶은데….

자의 반 타의 반

어느 날 나는 하늘과 땅 사이에 스스로 선택한 가짐이 아닌 주어짐으로 와 만물 만상에 얽혀 묻어 살다가 어느 날 없던 걸로 되는, 이를 운명이라 이름한다.

가짐은 내 의지이고 주어짐은 타의 의지이다. 이 자의 반(날줄), 타의 반(씨줄)을 조절하는 나의 운전 솜씨에 의해 일생이라는 내 이력의 길쌈이 짜진다. 언제 어디서 누굴 만나 무슨 일을 할까가 하루의 일과라면 거기엔 자의(가짐)와 타의(주어짐)에 의한 필연과 우연이라는 제 3의 선택이 보태진다.

삶이란 게 내 의지가 주연이 된 선택의 과정인 것 같으나, 지나고 보면 모든 게 필연과 우연에 의해 행불행이 운명을 가르며 진행된 듯 보인다. 분명 내 의지, 내 입맛, 내 취향, 내 버릇으로 선택한 가짐인 것 같으나, 되돌아보면 모든 게 운명적이라는 생각이 드니 묘하다. 이를 확대 해석하면 종교가 된다.

그러고 보면 주어진 것들에 희로애락하며 산 내 삶이란 게 무엇에 조절된 로봇에 불과하다는 생각을 하게 된다. 해서 모든 게 업보라면 나라고 하는 주연은 허깨비에 불과하니 그 어딘가에 머리 숙이게 된다. 실제로 고비 때마다 용케 헤쳐온 내 삶을 되돌아보면 솔직히 내 의지만이 아니었음을 어렴풋이나마 느끼고 있음을 고백하지 않을 수 없다.

우선 탄생이라는 시작에서부터가 내 의지가 빠진 자연생물체 운행질서 과정으로 와서 살다가 어느 날 없던 걸로 돼버리는, 이게 죄다 업보(운명)라 해서 감히 토를 달 수 없다 해도, 허탈감까지 없다면 순 거짓말이겠다.

그렇다면 타의의 조정에 춤을 춘, 내 의지가 빠져버린 나의 삶은 산 것이 아니라 주어졌으니 살아주었을 뿐이라는 이 허탈감은 어쩔 것인가.

거대한 하늘의지에 감히 반항이 아니라 티끌 같은 지극히 작은 내 의지의 타협은 하늘의지에 아첨 그 자체다. 아니다. 피조물은 피조물답게 그저 운명이라 받아들이면 간단한데, 치사하게도 내 의지가 할 수 있는 꿈이라는 무지개가 가슴에 응어리로 움틀거리고 있다는 게 늘 탈이다. 아니다. 이런 꿈도 없다면 내 삶이 너무 싱겁지 않은가. 비록 주어진 운명의 삶이긴 해도 내 생(生)의 주인공이고 싶은 자존감(自尊感) 말이다.

하늘(신) 의지에 감히 도전이 아니라 어쩌면 내 삶에 부여된 하늘이 준 은총일 수도, 그리고 우주 운행질서 과정에 참여된 내 존재이유일 수도 있는, 해서 더 나은, 더 좋은, 더 멋지고 싶은 꿈을 꾸고 노력하는, 해서 어제보다 오늘이 더 보기 좋은 진화적 멋진 삶을 살 수도 있었을 텐데, 어영부영 부스대며 살아온 오늘의 나를, 나도 몰라 하노라!

참새의 세계, 붕(鵬)새의 세계

나는 초인, 기적, 도통(道通)이라는 말에 인색하고, 평범, 보통, 정상이라는 말에 후한 점수를 준다. 그래서 커피는 언제나 레귤러(보통)이다.

세상엔 초인, 기적, 도인 같은 초능력에 의해 변화 발전된다고들 말하지만 그 무지갯빛 뒤편에서 묵묵히 받쳐주고 있는 평범, 보통, 정상이라는 바탕이 튼실해야 알찬 열매가 맺지 않을까 해서다. 해서 물처럼 순수하고, 흰색처럼 깨끗하고, 공기처럼 투명한 바탕이면 우선은 도(道)가 노닐기에 안성맞춤일 것 같아서다.

장자에 '물이 깊지 않으면 큰 배를 띄울 수 없고, 구만 리 창공을 오른 붕새는 큰 바람을 타야 푸른 하늘을 날아 남쪽으로 간다.'(장자, 오강남 교수 해설)고 했다.

붕새의 웅장함이 웅장함이라면 비둘기의 나약함은 나약함일 뿐이다. 붕새의 비상(飛上)은 붕새의 것이고 비둘기의 날갯짓은 비둘기의 것이다.

웅장함은 웅장함이 값어치고 나약함은 나약함이 값어치다. 큰 값어치, 작은 값어치라는 상대적 차이는 있겠으나 절대가치로 따지면 차이는 없다. 큰 몫, 작은 몫이라는 비교를 뺀 몫으로 따지면 같은 몫이다. 비둘기의 몫으로 붕새의 몫을 대신할 수 없듯이 붕새의 몫으로 비둘기의 몫을 절대로 대신할 수 없는 것, 작음은 작음의 값어치고 큼은 큼의 값어칠 뿐 서로 대신할 수는 없는 값어치로는 차이는 있어도 차별은 없다는 말이다.

미장이가 대통령 일을 대신할 수 없듯 대통령은 미장이 일을 대신할 수 없다. 대통령 직업이 세상에 있어야 하듯 미장이 직업도 세상에 있어야 한다. 있어야 한다는 몫으로 따지면 같다는 뜻이다. 우주만상은 각기 제 몫을 지니고 존재하며 그 존재들이 서로에게 영향을 주고받으며 얽혀 운행되고 있는 것이리라.

하루살이에게 참새는 초월이며, 참새에게 붕새는 초월로 보일 뿐이다. 물론 하루살이와 참새와 붕새는 크기가 다른 만큼 날 때 받는 공기부력의 총화는 다르나 단위면적당 받는 부력은 같다. 붕새의 날개가 받는 공기의 총화는 참새가 받는 공기의 총화보다는 물론 많다. 하지만 공기가 많다 해서 공기의 성질이 더 강하다는 뜻은 아니다. 참새를 공중에 날게 하는 공기나 붕새를 공중에 날게 하는 공기나 똑같은 공기인 것이다.

도(道)는 초월적 붕새의 날갯짓에만 있지 않고 참새의 고달픈 삶 속에도 있다는 뜻이다.

크고 작은 나무가 함께 어우러져 숲을 이루듯 인간 숲에서 각기 그릇 크기만큼으로 살아가는 것. 물론 노력 여하에 따라 조금은 변화되지 말란 법은 없겠지만 만물이 자기 분수(그릇)를 알고 처신할 때 우주 질서는 제자리를 찾아 운행되리라 믿는다.

물론 나도 인간능력의 차이는 인정하지만 신(神) 같은 능력은 인정하지 않는다. 해서 초인, 기적, 점괘 따위에 현혹되는 것을 부끄러워하며 일상적 평범, 보통의 삶을 고마워하며 내 몫으로 산다.

그런데도 나는 왜 잘 나가는 사람이 많이 부러울까.

恨으로 읽는 세계정복史

　기원전(BC.334) 정복자 알렉산더는 20살에 왕위에 오르자 정복의 길로 말을 몬다. 12년을 남의 땅따먹기 전쟁만 하다가 그 정복의 길에서 33살 젊은 나이로 요절한다. 후세 사람들은 그를 영웅 대왕이라 칭한다.

　그 정복의 길에서 피아간에 희생된 인명이 그 얼마이며, 피해 자산이 또한 그 얼마인가. 누구를 위한 무엇을 위한 정복이며, 그 파괴와 희생의 의미는 도대체 무엇인가. 호랑이 가죽을 남기듯 영웅이란 이름인가. 그렇지, 단지 그것뿐인 것을!

　이 무모한 광란의 극, 어찌 알렉산더뿐이겠는가. 징기스칸이 그러했고, 나폴레옹, 히틀러, 풍신수길이 그러했다. 그런 그들도 한 줌의 흙으로 돌아갔다. 그저 그뿐인 허무의 결과를 위해 그토록 많은 피와 눈물을 강산에 뿌린 것이다. 그저 비극이다. 만약 그들이 그 영리한 머리로 저 한낱 허무뿐인 결과를 위해 정복의 길에 짓밟아 묻어버린 헛되고 헛된 과정의 비극들을 미리 눈여겨 볼 수만 있었던들 인류 역사는 보다 부드럽게 쓰이고 오늘날 지구촌은 순화되어 있을 것을.

그래, 양보해서 정복의 길이 화려했고, 그 결과가 문명발전에 기여했다 치자. 그러나 그 과정이 피눈물로 점철된 악이었으니 결과가 어떠한들 무슨 가치가 있는가. 절대가치인 하늘의 잣대는 결과로써가 아니라 과정만을 볼 것이니, 하늘에 닿은 그 악의 죗값에 내가 믿는 하늘도 치를 떨었을 것이다.

나는 그 절대가치인 하늘에 빈다. 어떤 명분의 전쟁도 죄악이니 지구촌에서 영원히 사라지게 해달라고. 그런데 세상엔 자신들이 믿는 이름의 하늘이 택한 민족(소위 선민)만을 젖과 꿀이 흐르는 땅으로 인도하기 위해 나머지 민족(소위 이방인)을 개미 떼를 짓밟듯 짓뭉개 버리는 전쟁을 진두지휘하고 있다면, 나는 그런 하늘을 어떻게 이해해야 할까.

내 맘속의 하늘은 그런 속 좁고, 옹졸하고, 고집불통일 순 없다. 우주만상의 근본이며, 그 질서를 주관하는 행위는 바름이고 옮음이니, 그래서 우러러 그 하늘을 보고 나는 나의 삶의 지침으로 삼는데 말이다.

모순이다. 내가 믿는 그 하늘에게 만물은 창과 방패 들고 무찌를 상대가 절대 아니라, 보기만으로도 좋은 사랑의 대상이라 여기기 때문이기도 하다.

오늘 이 시간에도 진행형이 되고 있는 중동의 저 비종교적 피비린내를 풍기는 종교전쟁의 모순도 그들의 경전에서 출발하고 있는 이상 누구도 못 말린다. 그들이 믿는 하늘은 상대를 서로가 악의 집단으로 보기 때문이다.

그 연장선상에서 한 손에 경전, 한 손에 총칼을 든 서구인들의 세계 식민지 정복사를 들여다보면 그 오만이 가관이다. 당시 서구인들의 눈에는 그들이 사는 대륙 이외의 땅은 미개척 처녀지요, 인종은 미개인으로 보여 개척, 탐험의 대상이 된다. 그래서 콜럼버스는 영웅적 개척자요, 마젤란은 영웅적 탐험가가 된다. 이런 잘못된 서구 중심적 엉터리 역사를 우리는 수정 없이 달달 외우며 배웠는데 아직도 한국 교과서에서 '아메리카 신대륙 발견'으로 수록되어 있는지 궁금하다. 사람이 살고 있는 대륙이 어찌 신대륙 발견일 수 있는가. 바로 이런 것이 교과서 왜곡이다. 그 과정에서 서구인들이 저질은 아프리카, 아메리카, 호주 등 원주민 학살의 죗값은 하늘에 닿았고, 아시아 또한 무사하지 못했다. 우리의 이웃 일본도 못된 것만 본받아 배워 식민침략의 찌가다비 발톱으로 한반도를 유린하였다.

그 길고 참혹한 식민화 시대도 2차 대전 종식과 함께 막을 내리고 미·소를 정점으로 한 이데올로기 대결로 해체 모여 냉전시대로 접어드는데, 우리나라 같은 약소국은 그 틈바구니 소용돌이에서 허리가 부러지는 몸살을 백년 가까이 진행형이 되고 있는 비극의 땅이 되고 있다.

그 냉전시대도 20세기가 저물 무렵 그 한 축인 공산진영이 힘없이 무너지면서 자유민주주의, 자유경제자본주의라는 용어가 세계화니, 자유무역이니 하는 사탕발림에 편승, 세계는 요사스럽게 서서히 그리고 교묘하게 또 다른 형태의 자본침투, 경제 식민화 정복사가 새로 쓰이게 된다. 아니 무서운 속도로 진행되고 있다.

세계자본이라는 총 없는 정복군은 적과 아군이라는 종래의 전투개념의 침투와는 달리 상대 당사국의 필요에 의해 정중히 초대되어 개발이라는 미명으로 무혈 입성, 경제 식민화를 달성하게 된다. 그 경제 식민들은 죽도록 일해서 국물을 얻어먹는, 재주 부리는 곰 신세가 돼버린다.

무력정복엔 저항이라는 자존심의 굼틀거림이라도 있었지만 자본 침투엔 목구멍이 포도청인 문제라 찍소리 한번 못하고 광 열쇠(경제 권)를 송두리째 내어주는 자본 식민화의 노예를 자초하고 만다.

이제 세계는 자본과 정보 앞에 국경선은 무의미하고, 세계 어디에서나 통하는 세계자본이 발행하는 신용카드라는 괴력으로부터 지구촌 시민은 자유로울 수가 없다. 세계자본의 노예문서격인 지구촌 주민등록번호(개인 카드번호)는 정보그물망에 등록되어 나의 일거수일투족이 감시 당하고 있다.

이렇게 세계정복사는 땅 따먹기 무력정복으로 시작, 종교정복, 식민화 정복, 이데올로기 정복을 거쳐 자본정복 시대로 접어들었다.

그렇다면 다음 정복세력은 무엇이 될까. 아마 컴퓨터 정복시대가 아닐까 상상된다. 이는 인간성 상실의 시대를 의미하며 인간역사의 종말을 의미한다. 아니 어쩌면 인간은 운명적으로 무엇인가에 정복의 노예상태로 살아가게 마련인가. 영원한 자유인이고 싶으면서도 말이다.

바름[眞]과 사랑[愛]

바름[眞]은 모순과 의심과 오류라는 부정의 벽과 다름과 이의(異意)라는 반대의 벽을 거쳐 스스로 밝혀지는 과정의 미학이고, 사랑[愛]은 만물이 영원한 날까지 함께 어울러 살아갈 힘이다. 해서 그 부정적 그물망들은 적(악)이 아니라 도리어 진리의 길에서 만나 함께 동행하는 비교의 벗이랄 수 있고, 그름에 의해 옳음이 드러나고 모순에 의해 바름이 가늠되는 절대이치가 왜 겉돌아야 하는지 안타깝다.

민주주의는 독재의 경험에서 탄생되고, 행복은 불행의 요소에 의해 드러나고, 아름다움은 추함에 의해 빛이 발하는 동반자적 동무라는 말이 헛말이 아니다.

음(陰) 없이 양(陽)이 없고, 꼴찌 없이 일등이 없는 앞뒤 양면성은 진리를 밝혀내는 상대거울이고 저울이다. 굶어봐야 음식의 귀함을, 아파 봐야 건강의 고마움을, 늙어봐야 젊음의 싱그러움을, 큰은 작음에 의해 드러나듯 삶의 절대가치는 죽음에 의해 드러난다. 즉 탄생(삶)과 죽음은 궁극적으로 종교적일 수밖에 없는 내 의지 밖에 있다.

부처님은 보리수 밑 수행을 통해서, 예수님은 40일 광야의 고행을 통해서 절대 경지를 얻었다 함은 바름이 하늘에서 뚝 떨어진 공짜가 아니란 뜻이다. 이 경지가 되면 적과 미움과 반대와 오류와 모순이 통일적 한 묶음으로 여겨질 듯한데, 그게 엿장수 맘대로 호락호락하지는 않지만 살맛일 것 같으니 희한하다. 내 눈과 마음과 기분은 절대중립이 불가능한 내 쪽으로 많이 기울고 있기 때문으로도 더욱 그러하다.

절대 성자들의 절대 옳음의 말씀들이 세상 속에 들어오면 각 개인들의 속성에 의해 파벌화되어 전쟁까지도 불사하는 모순에서 인간 지성의 한계가 드러난다. 적어도 성자들의 말씀은 하늘 닮은 말씀들일 것 같은데도 그러하니, 어쩌면 그 말씀들이 진리(옳음) 그 자체가 아닐는지.

인간들이 언제쯤이면 이 지구상에서 종교전쟁이라는 모순의 수렁에서 깨어나 평화스럽게 살 수 있을까. 종교전쟁이라니. 말도 안 된다. 참으로 안타깝다. 종교는 진리이고 사랑인데 말이다.

그러한데 보라! 저쪽을, 이 순간에도 종교라는 이름에 의해 자신들이 믿는 절대자(신)를 위한 살상과 순교로 지구촌이 피눈물로 물들고 있는 모순을. 하긴 구약성경 자체도 사람 살리는 사랑이야기보다 사람 죽이는 전쟁이야기가 더 많으니 헷갈려도 보통 헷갈리는 게 아니다.

어떤 종교든 종교는 사랑이 주체다. 첫째도 둘째도 사랑이다. 아니 사랑이어야 한다. 해서 종교와 전쟁은 최악의 궁합이다. 어떤 경우에도 사랑만을 말해야 한다. 사랑만을 실천해야 한다. 창 들고 방패 들고 싸우자는 찬송가 그 노랫말은 그래서 적어도 종교적이기에는 모순이다. 겉옷을 달라하면 속옷까지 벗어주라 하신 말씀을 상기해서도 그러하다.

　충분히 피하실 수도 있으신 능력의 예수님이 스스로 십자가에 못 박혀 죽으심을 감당하신 그 깊은 뜻을 나는 헤아릴 길 아득하나 스스로 감당하신 그 크신 고통의 의미가 어렴풋이 보인다.

　사랑이다. 아니 사랑만일까. 사랑을 넘어 용서까지.

표정

　얼굴에만 표정이 있는 것이 아니다. 어깨의 균형에서도 뒷모습에서도 표정을 읽을 수 있고, 전화 목소리만으로도 상대의 회로애락을 점칠 수 있고, 나이까지도 감지할 수 있다.

　골목길 돌아오는 아이의 발자국 소리만으로도 풀이 죽어있는지 기가 살아있는지 엄마는 안다. 휘파람 소리라도 들리면 표정은 밝을 터이다. 사람뿐이겠는가. 창가에 화초도, 키우는 강아지도 주인의 손길 따라 표정을 달리한다. 그뿐이겠는가. 자연에도 표정이 있다. 바람의 표정, 구름의 표정, 해님 달님 별님의 표정, 그 표정들에 내 마음 갈대처럼 흔들리며 산다. 소나기 내린 후의 햇살 받은 산골짝의 상큼한 표정과 공해로 찌든 도심의 하늘 표정은 하늘만큼 땅만큼 다르다.

　이렇게 우주만상엔 표정이 있어 우리 인간은 물론 동식물이 영향을 받아 회로애락의 표정을 만들며 산다. 아프리카인의 표정이 다르고, 동 서양인의 표정이 다르다. 경찰, 도둑의 표정이 다르고, 정치가의 표정이 있고, 성직자의 표정이 있다. 증오의 표정은 먹구름처럼 매섭고 어두운데, 착한 표정은 햇살처럼 맑고 화사하다. 초식동물은 선한 눈빛인데, 육식동물의 눈매는 매섭다. 살인자의 눈빛은 충혈되어 있고, 아이의 눈빛은 티 없이 맑다. 뇌성번개 치는 하늘표정은 지옥의 표정인데, 진달래 만개한 뒷동산의 표정은 극락의 표정이다.

하늘은 어이하여 이처럼 삼라만상에 표정의 그림을 그리고, 그 달리한 표정으로 서로 간에 정서의 교감을 하게 했을까. 분명 하늘 뜻이 있을 터인데. 삼라만상에 표정이 있다는 건, 서로 간에 얽힌 인연에 의한 자연의 대화인즉 이것이우주가 살아있음의 증거가 아니겠는가.

그런데 이 표정들은 삼각지의 순이처럼 헤프게 변하는 것이 아니라 오랜 삶의 경륜을 거쳐 서서히 굳어진다는 것이다.

악의 표정은 그 소리가 거칠고, 선의 표정은 그 소리가 부드러운데 오랜 관습과 환경에 영향 받아 표정은 굳어진다. 그 굳어진 표정은 곧 마음의 거울로 자신을 대신하는 상(image)이 되는 것이니 평소 내 맘 곱게 다스려 사슴의 표정처럼 맑은 표정이고 싶다.

한데도, 어쩌겠는가. 이제 회 칠한 무덤처럼 감추려 해도 100년 묵은 교활한 여우의 표정을 숨길 수 없으니, 하늘에 한 점 부끄러움 없이 살지 못한 죗값인 걸, 기독교에서 말하는 원죄 값이 아니라는 뜻이다.

요즘 TV 뉴스만 틀면 매서운 표정들을 만나게 된다. 서울 불바다 소리를 예사로 말하는 북한 아나운서의 매서운 표정과 중동 쪽 종교 지도자들의 표정들에 등골이 오싹해진다.

정치의 궁극 목적은 인민이 골고루 잘 살자 함에 있고, 종교의 목적 또한 하늘에 한 점 부끄러움 없는 깨끗한 삶을 살자 함에 있을 터인데, 그 표정들에 살기와 음모가 있다면 정치고 종교고 물 건너 갔다는 뜻이고 순화에 실패하고 있다는 증거이다.

만약에 정치를 잘하고 있다면 인민의 표정은 밝을 터이고, 종교가 하늘 뜻에 따르고 있다면 믿는 자의 표정은 맑을 수밖에 없다.

세상의 정치와 종교들이 제자리 찾아 지구촌 표정이 밝고 맑아지면 제일 먼저 우리 반기문 UN사무총장의 주름진 표정이 펴지실 텐데!

아자! 아자! 힘내세요 반 총장님!

(2016.)

관광명소 감상법

소문대로 이태리는 관광명소를 그득 담고 기다리고 있었다. 특히 피사의 사탑을 보지 못한 이태리 관광은 '앙꼬 빠진 찐빵 맛'이라는 친구 말대로 피사탑 구경은 명물답게 별미였다.

사람들은 심심하면 심심풀이를 찾는다. 그 심심풀이는 일상에서의 일탈일수록 맛을 더한다.

정상적 평범함이, 맑고 고요함이, 바르고 반듯함이 최적의 삶의 바탕임을 잘 알면서도 엉뚱하고, 괴상한 것에서 재미를 붙여 울고 웃으며 삶의 균형을 잡는다. 그래서 실컷 웃거나 맘껏 울고 나면 속이 후련하다. 참으로 희한한 것이 마음이다.

개가 사람을 무는 것보다 사람이 개를 물어야 뉴스가 되듯 세계명 작이란 것도 대개가 불륜으로 삐딱하게 이야기를 풀어서 독자의 흥미를 끌고 있다. 관광명소란 것도 그렇다. 비정상적일수록 명물이 되고, 파격적이고 괴짜일수록 눈길을 끈다.

그래서 나의 관광품목엔 별나고, 오래고, 멀수록 좋다는 3가지 조건이 붙는다. 우등생같이 반듯한 것은 일단 제외된다. 피사의 탑은 이런 조건을 죄다 갖춘 일등 관광명품으로 나를 맞이해 주고 있었다. 어쩌다 삐딱하게 서버린 8층 종탑건물 하나를 보려고 지구촌 사람들이 구름처럼 와글와글 몰려와 피사 시민을 먹여 살려주고 있으니 이런 효자상품이 또 어디 있나. 내 보기로는 분명 설계상의 하자라 허물었어야 할 부실건물인데도 바로 그 이유 때문에 세계적 명물이 될 줄을 설계 당사자는 물론 피사시 건물 안전 감독관인들 예측이나 했겠는가.

'못생겨 미안하다.'가 아니라 '부실로 만들어 고맙다.'가 돼버렸으니 전화위복치곤 이쯤이면 대박이다.

어차피 관광은 비일상적 심심풀이니 보는 이들도 멍청해질수록 신나고 관광 사업은 번성한다.

피사의 탑 옆에는 덩실한 큰 교회당 건물이 두 개나 있는데도 그 멀쩡한 교회당에 비해 넘어질 듯 기우듬히 서버린 초라한 이 사탑에만 몰려 붐비고 있는, 이 진풍경 자체가 내겐 또 다른 볼품 관광이었다. 아니 만화를 보는 기분이라고나 할까. 아니다. 내 자신이 만화 주인공이 되어 있었다.

70살 노인이 그 비싼 비용을 마다 않고 날아와 삐딱하게 서버린 실패작(?) 돌탑을 등지고 탑처럼 기우듬히 서서 세상에서 제일 행복한 웃음을 하고 사진을 박고 있는 내 모습이 만화 주인공 되기에 충분하지 않은가.

여기 또 다른 명물 베니스 구경이 또 나를 웃겼다. 분명 건물들은 땅 위에 세워져 있는데 걸어 다녀야 할 길은 땅이 아니라 일부러 물길을 만들어 배를 타고 다니는 불편을 감수하고 있었다. 집이 땅 위에 있으니 길 또한 땅 위에 있어야 마땅한 상식을 뒤엎어 애써 물길을 만들어버린 베니스 괴짜 양반들이 정말로 재미있는 사람들이다. 관광자원이라는 경제학적 투자로 보면 백년대계가 아니라 천리안적 안목이라 감탄 또 감탄할 뿐이다.

베니스 섬 중앙을 S자 큰 운하로 뚫고, 골목은 콘도라라는 3~4인용 보트가 다닐 정도의 좁은 운하 골목길들이 그 S자 큰 운하에 연결, 도시 전체가 물길로 되어 있어 바퀴 달린 운반 수단은 쓸모가 없는 시쳇말로 무공해 웰빙(wellbeing) 도시(?)가 되어 있었다. 아무튼 불편하기 그지없는데도 관광객이 구름처럼 몰려와 문전성시를 이루고 있으니 이 또한 관광상품치곤 대박이다.

바티칸 구경은 또 어떤가. 나는 가톨릭 신자가 아니니 성지순례는 물론 아닐 터이고 유명하다는 소문 듣고 왔으니 어차피 내겐 관광 대상일 수밖에 없었다 해도 성지다운 성스러움의 품격이라고나 할까, 품위 같은 것을 은근히 기대를 했는데 그 어디에서도 그런 분위기를 느낄 수가 없었다. 우선 입장하는 데서부터 그랬다. 여느 성곽보다도 더 높은 돌담이 섬뜩했고, 그 돌담을 끼고 수백 미터 길게 늘어선 줄에 끼어 4시간여를 기다려 당도한 출입구는 어느 대갓집 대문쯤의 크기인데 밀려온 인파에 비해 턱없이 작아 보였고, 그 대문이란 것도 중세 성곽에서나 볼 수 있는 철문으로 되어 있는데 마치 교도소 철문을 연상시키고 있었다.

입장료를 지불하고 들어가니 출퇴근시간의 바쁜 지하철역을 방불케 하고 있었고 보완감시 장치 또한 비행장처럼 철저했다. 관람객들에 끼어 밀려가다 보니 방방에 세계적 유물들이 가득하다. 이집트,

그리스, 이태리 역사 유물들이 넘치도록 잘 전시되어 있었다. 어째서 이 유물들이 제 나라에 있지 못하고 이렇게 엉뚱한 남의 나라 교회당에 갇혀 사람들에게 시달리고 있는가 싶었다.

아니다. 세계 유명박물관이라는 데는 정상적 수집품보다 완력과 금력으로 약탈하고 매수된 것들이 더 많다. 뒤늦게 당사국들이 돌려달라 아우성이지만 마이동풍이다. 아니다. 어차피 관광차 온 지금의 내겐 관광상품 대상이면 족하다.

세계 지구촌 관광상품치고 진짜 감탄할 위대한(인류에게) 값진 진품이 몇 개나 있는가. 금강산이나 나이아가라 같은 자연물을 빼고는 말이다. 이집트의 피라미드, 중국 만리장성, 그리스의 신전들에서처럼 권력(權力)과 금력(金力)과 신력(神力)을 위해 불쌍한 힘없는 민초 백성들의 피와 땀과 목숨으로 쌓은 무덤으로 보이는 것들이 얼마나 많은가. 정상적인 사람의 마음이라면 이 같은 관광 상품 앞에서는 저 무지막지한 바위 돌에 깔려죽은 영혼들을 위해 옷깃을 여미며 묵상해야 맞다. 아니다, 적당히 멍청해야 관광이 된다.

그런데 나는 멍청하기를 넘어 천치처럼 이렇게 히죽거리고 있었으니 아무래도 나는 관광나들이보다는 안온한 내 집 안방지킴이가 더 어울리나 보다. 주머니 굳어 좋고 편하니 말이다.

눈치 9단

저도 한식구인 줄로 아는 우리 집 개 '통키' 놈은 눈치로 9단이다.
말 못하는 제 놈이 살길은 하늘같은 주인을 맴돌며 눈치로 대처할
도리밖에 없으니 제 스스로 터득한 9단 눈치로 나와 아내의 몸짓,
목소리, 표정 등에 대처하는 모습을 보면 귀엽고, 안쓰럽고, 때론 미
안한 생각도 든다.

이렇게 세 식구가 미운 정 고운 정 들며 부스대며 살다 보니 발소
리, 숨소리만으로도 서로의 분위기를 아는 사이라, 실제 말이란 게
그렇게 필요치가 않다. 서로가 뭘 원하는지 기분은 어떤지 9단 눈치
로 사는, 여기에 정(情)이라는 희한한 요소까지 끼어들어 분위기는
부드러운 솜털이 된다.

물리학적 표현을 빌리면 사랑은 접촉 거리로 말하고 정은 접촉 시
간으로 말하는, 그래서 사랑은 한다 하고 정은 든다 말한다. 사랑은
현재형이고 정은 진행형이라는 뜻이다. 사랑은 전기에 감전되듯 순
간적으로도 가능하나 정은 은은히 스며드는 달빛 같은 것, 오래될수
록 깊이 드는 묘한 감정인데 우주적 질서가 바로 이거지 싶다.

이 같은 감성을 종교에서는 에로스니 아가페니 구별하지만 정에는 이게 함께 함축되어 있는 듯 보이고, 더하여 미운 정까지 포함되어 있으니 기막힌 감성이다.

젊어서는 사랑으로 살고 늙어서는 정으로 산다는 말을 곱씹어 보면 이해가 될 것이다. 이 정의 법칙이 우리집 3식구에 의해 증명되고 있다는 게 참말로 신기하다.

문제는 눈치의 본질이다. 나 같은 둔한 인간이 신경 쓰이는, 모든 신경성 질환의 원인일 듯한 이 절차가 사회생활의 중심 역할을 담당하고 있다는 게 때론 짐인 듯 부담스럽다.

눈치를 어떻게 활용하며 사는가에 의해 삶의 질과 모양새가 달라지니 소홀히 할 수도 없다. 모르긴 해도 정신의학의 중심과제가 이 눈치일 성 싶고, 속앓이(스트레스)의 원흉이 또한 바로 이거지 싶다.

부부간의 눈치 이웃눈치 하늘눈치, 눈치는 삶의 슬기이며 짐이다. 혼자일 때 눈치의 역할은 무용이 되는, 상대와의 관계에서만 활용되는 기능이라 푹 쉬고 싶을 때는 혼자가 좋다.

그런데 묘한 것은 정신질환은 혼자일 때 접근해오고, 고집불통은 혼자 사는 노인일수록 심하고, 독재자의 특징은 눈치를 약자의 무기인 듯 눈치 없이 제멋대로인 것을 보면 눈치는 부드러운 사회를 만드는 윤활유적(배려, 미소, 눈물) 요소가 아닌가도 싶으니 아이러니다.

대가족제도에서의 제일의 덕목이 참을 인(忍)이라 했다. 이는 더불어 사는 눈치의 극대화다. 찬물도 위아래가 있고, 모든 것은 차례와 순서가 있다는, 눈치 없이 독불장군 혼자 설치면 주위가 피곤해진다는 눈치의 극치, 그래서 인(忍)의 수련은 인(仁)의 수련만큼 고되다.

참 지도자의 덕목은 백성을 하늘 대하듯 눈치의 긴장을 놓지 않는 건데, 독재자의 특징은 인민은 안중에도 없다. 자신의 영화(榮華)에만 관심이다. 역사적 명군(名君)을 보면 백성 눈치 보기를 자기 몸 돌보듯 했음이 기록되어 있다. 우리의 세종대왕께서 그러하셨다.

충견이란 말은 무조건적 주인 섬김이란 뜻이다. 통키가 우리 부부에게 꼬리치며 따르는 행위가 과연 일방통행적 이런 섬김일까. 아니다. 눈치 9단 통키는 안다. 주고받음의 거래라는 걸. 예뻐해 주는 상대와 미워해 주는 상대를 알아, 미워해주는 상대에겐 절대로 꼬리치지 않는다. 지금은 통키가 나를 따르는 건지 내가 통키를 따르는 건지, 그래서 충견(忠犬)인지 충인(忠人)인지 모르겠다.

통키와 나 사이에 언어소통 없이 눈치로 용케 살듯 나도 하늘을 우러러 눈치 보며 살고 있다고 해도 된다. 생존의 무기인 개(통키)의 본능적 눈치는 그 자체에 사회질서를 위한 이성까지 내재해 있어 아주 진실하고 선하다. 인간의 사랑을 받기에 한 점 모자람이 없다. 해서 생각나는 것이 인간에게 자연을 다스리게 했다는 구약의 하늘 약속이 과연 옳은 선택이었을까라고 무엄하게 토를 달게 된다. 자연을 함부로 다루고 있는 인간의 오만을 간과한 하늘의 실수는 돌이킬 수 없는 지경이 돼버린 듯하다. 아마도 자연을 인간에게 맡긴 실수를 하늘 스스로 백 번도 더 후회하고 있을 터이다.

하늘을 우러러 자기를 보는 마음, 이것이 종교라면 종교는 하늘과 나 사이의 눈치학의 극치다. 해서 하늘을 우러러 한 점 부끄러움이 없나 조심 또 조심하며 살게 된다. 마치 우리의 통키가 9단 눈치로 나를 대하듯이.

걷는 재미

동(東)트기 전 새벽에 걸어서 20분 가게길 10여 년에 씻은 듯 없어져버린 허리 고질병은 물론, 공원길에서 만나는 이름 모를 꽃들과 나무들과 다람쥐와 별들을 벗하며 걷는 맛은 그 유명한 칸트의 산책길이 부럽지 않다.

비가 억수 같이 쏟아지거나 눈보라가 심하게 휘몰아칠 때에는 아내와 아이들이 차를 몰고 가라고 성화지만 어렵게 맘먹고 시작한 걷기출퇴근길을 말리지 말라며 눈비까지 벗으로 5년 걷기를 고집했다.

운동 삼아 걸을 요량으로 일부러 가게와 걸어서 20분 거리에 집을 사서 이사 왔는데, 처음 결심이 얼마 가겠냐며 야무진 데가 없는 내 성미에 반신반의했던 식구들도 의외의 내 끈기에 감복, 귀막이에 장갑, 목도리 등 차를 몰고 다닐 때는 필요 없던 장신구들을 선물로 사주기까지 했다.

가게를 시작하면서 집은 잠 자는 둥지에 불과하고 가게라는 일터에서 뭉개는 신세에 비애감까지는 아니지만 허전함이 있었고, 그래도 이만큼이나마 살 수 있게 해준 하늘에 늘 감사하며 살고 있는 터였다.

내가 내일 죽을 확률보다 더 어렵다는 복권 당첨이라는 기적이 일어나지 않는 한 이 일터가 내 생업의 천직이니 스스로 재미와 보람을 개발할 수밖에 없는 처지, 아마 이런 이유로 주위의 비슷한 직업의 동료들은 골프라는 고급운동(?)을 택한 분들도 있는데, 나도 시도를 해봤으나 내 취향이 아니어서인지 그도 별로라 다른 방도를 찾은 것이 가게 출퇴근을 걸어서 하는 일이었다.

어둑어둑한 맑은 공기의 새벽 길, 그리고 소음이 잠이 든 늦은 밤길, 골목을 빠져 나와 넓은 전차길옆 공원을 끼고 걷다 보면 도달하는 길지 않은 20분 출퇴근길, 처음엔 건강을 위한답시고 숨이 찰 정도로 걸었었는데, 목적도 중요하나 그에 못지않게 과정도 중요한 것, 합격이라는 목적 때문에 독서라는 즐거움을 잃어버린 수험생처럼 걷는 재미가 없어 약간은 지루하다고 느끼고 있었는데 언제부터인가 나도 모르게 걷는 운동이 아닌 걷는 그 자체에 낭만을 느끼고 있었다.

그런데 이게 웬 떡인가. 아침저녁 6년 걷기 효험치가 산삼 100뿌리가 이보다 용할까. 그 후 노후 30년, 80이 된 오늘까지 고질 허리병으로 허리에 손을 대본 일이 없다.

소심예찬(小心禮讚)

나는 내가 소심하고, 겁 많고, 배포 적음에 늘 속상해 하며 살았다. 돈 놓고 돈 먹기식 놀음을 싫어했고, 큰일을 저질러 주위를 놀라게 해본 기억이 없으며, 늘 분수를 따져 고급스러움을 거북해 하며 피했고, 음식 맛은 값에 있지 않고 '시장이 반찬'이라며 비싼 음식을 못 사먹는 궁상기 흐른 매력 0점, 소문난 짠돌이로 유명(?)하다.

그런데 80을 넘어 산 지금에 와 보니 소심이 자랑일 것까지는 못 돼도 그렇게 속상해 할 일만은 아닐 것 같다는 생각이 들기도 한다.

우리는 간 큰 사내를 대장부라 하고, 배포 큰 사내를 사내답다 선호한다. 근육질 좋은 사내 혼자 열 명 좋게 돌려차기로 해치우는 터프가이(tough guy)가 영화 TV에서 영웅 대접 받고, 신출귀몰 탈옥수가 의적으로 박수갈채를 받는다. 정치는 9단만의 무대인 듯 3김, 아니 4김(북한 포함)이 반도 정치를 40년을 보스로 주무르는 것이 가능한, 아니 아직도 진행형인, 큰것이 선호되는 사회다.

교회는 세웠다 하면 세계 제일이어야 목회(牧會) 성공으로 여기고, 대통령들은 천억 단위로 사과상자로 해먹는 것을 관례라면서 큰소리다. 배포가 남산만하고 배짱이 하늘만큼 두둑하다.

촌지가 부끄러움이고, 새치기가 실례이고, 불로소득이 거북함이고, 빚을 겁내고, 높은 자리를 부담으로 여기는, 여리고 소심하고 착함이 불이익을 받지 않는 사회면 얼마나 좋을까. 적은 받음에 크게 감사하고, 작은 거짓에 많이 부끄러워하고, 작은 잘못에 크게 미안해하는, 작은 심성의 사람들이 우대 받는 사회면 얼마나 좋을까. 물론 큰것을 선호하는 우리식 분위기와는 사뭇 다르니 비실 소리 듣기 딱이지만 본래의 우리의 심성은 가늘고 작은 것을 선호한 것으로 보인다.

선(線)의 미학이 한국미의 특성이라 배웠다. 선(線)은 면적도 부피도 없는, 그래서 가늘수록 본성에 접근한다. 가는 것은 보기에도 가련하다. 그래서 한국인의 특성인 한(恨)의 미학으로선 선이 제격이다. 그리고 선에는 색이 없다. 그래서 우리를 백의민족(白衣民族)이라 하는 것도 썩 어울린다.

궁궐, 무당, 기방, 신방에서는 그래도 색이 보였으나 일반 민가에서는 색 보기가 귀했다. 보릿고개 찌든 가난과 권력의 눌림에 의한 한(恨)은 백색과 선의 예술로 승화되어 구구절절 풀어낸다.

가락으로, 춤사위로, 옷섶에서, 처마 끝에서, 청자의 선에서, 슬프디 슬픈 한의 예술로 표출 형상화 된다. 그래서일까. 이제 살 만해지자 과거 한풀이 삶이 지겨워 상대적 오기가 발동해서인지 크고, 높고, 화려하고, 풍족함의 풍년가가 먼 이곳까지 들린다.

지금은 우리의 살림살이가 넉넉해져 그 욕구충족이 가능해졌다 치자. 그러나 부풀린 풍선처럼 내용이 빈 과대포장으로는 알찬 미래는 없다.

가지런히 보기 좋게 잘사는 나라를 보면 소심한 보통 사람들이 소외되지 않고 인간 대접을 받는 모습이 부럽고, 부정을 부끄러워하며 검소함이 생활화된 사회가 특징이다. 담배꽁초를 튕기듯 날리는 건방이 사나이다움이 아니라, 작은 종이쪽지 하나를 봐도 안 줍고는 불안한 사람들이다.

나는 도둑놈도 밉고, 사기꾼도 밉지만 더 미운 쪽은 깡패 집단이다. 그들은 간이 하늘만큼 부어있다. 죽고 사는 경계를 모르는 생명의 존엄을 모른다. 의리가 정의이고 보스는 하늘이다. 그들에겐 이성적 판단에 의한 사회정의는 웃기는 짓이다.

우리의 정치풍토가 바로 이 깡패집단을 빼닮았다는데 비극이 있다. 밑으로부터 올라오는 민주의식이 아니라 가신을 거느린 보스에 의한 정치, 그 보스들의 눈도장으로 정치가 요리되는 사회, 이런 정치에는 이성적 판단에 의한 사회정의는 기대할 수 없고, 추한 이기심의 감정이 정의의 이름을 빌어 포장되기 쉽다. 작은 것이 아름답고 작은 마음이 하늘을 얻는다는 철학이 우리사회에서는 왜 외면당해야 할까.

'Be Ambitious!' 고등학교 때 영어선생이 칠판 가득 힘차게 갈겨쓴 영어 경구다. '야망을 가져라!' 젊은이들에게 이 얼마나 가슴 찡한 경구인가.

또 있다. 졸업식 때의 교장선생님의 훈시다.

"세상엔 있어 해가 되는 인간, 있으나 마나 한 인간, 그리고 있어야 할 인간이 있느니라. 너희들은 사회가 필요로 하는 있어야 할 인간이 되어라!" 이 말 또한 어린 우리의 가슴을 뜨겁게 달구었다. 그랬다. 야망과 일등주의, 이는 어린 우리에게 바이블이었고 분발의 원동력이었다. 그러나 그 뒷면에 도사리고 있는 함정의 비극성을 감지하기에는 아직은 어린 나이였다.

야망과 일등주의는 속살이 꽉 찬 자에게는 약진이라는 순기능의 불씨가 될지는 모르겠으나, 과시라는 부정적 역기능이 사람 마음을 강박하게 하여 사회를 병들게 한다.

김치냄새와 이웃

우리 솔직히 말해 보자. 김치를 세계 어디에서나 마음대로 끓여먹을 수 있는가를. 과연 세계에서 가장 맛있는 음식(이곳 태생인 우리 딸애의 고백)인 김치찌개를 이곳 아파트에서 배짱 좋게 끓여 먹을 수 있을까. 외국에 살고 있으면서 김치 없인 못 사는 나 같은 한국인이라면 이웃에 신경 쓰며 김치를 먹고 있을 것이고, 그래서 답은 쉽게 '아니올시다.' 가 된다.

'한국인' 하면 김치부터 떠올리는 식성에도 불구하고 한국 여객기 기내음식에서 김치메뉴를 볼 수 없는 이유를 그래서 우리는 잘 알고 있다.

어느 흑인신부가 '우리의 피부를 검정 색으로 칠한 것만은 신의 실수였다'고 탄식했다는 글을 읽은 일이 있는데 '우리 조상의 특허품인 김치의 그 냄새만은(맛이 아니라) 실패작이다.' 라고 이민 와 살고 있는 입장에서 나도 백 번도 더 말하고 싶다. 내 눈을 아무리 객관화시킨다 해도 흑인의 검정색만은 신의 실패작임을 인정할 수밖에 없고, 내 후각을 아무리 주체사상으로 무장시켜 봐도 김치냄새만은 세계화의 식품대열에 당당하게 내놓을 배짱이 없다. 그러나 나는 내일 삼수갑산을 갈망정 오늘 김치를 먹어야 산다.

세계 여러 민족이 몰려와 살고 있는 잡탕나라 이곳 캐나다는 각 민족의 식품점이 만국기처럼 있는데 그 중에서도 인도식품점과 한국 식품점이 냄새로 따지자면 금메달을 겨룰 만하다.

우리는 많은 음식을 발효시켜 먹는다. 된장, 고추장, 간장이 그렇고 그 많은 김치류, 젓갈류, 장아찌류 어느 것 하나 싱싱하게 먹는 것이 별로 없다. 상추 정도라 할까. 이곳 음식에도 발효시켜 먹는 음식이 없는 건 아니나 그렇게 냄새가 지독하지는 않다. 이웃 일본도 같은 음식문화권이라서인지 간장, 된장, 청국장, 무짠지(다꾸완)란 게 있는데 맛은 약간 다르지만 냄새도 우리와 달리 진하지 않다.

이민 초창기 때의 김치로 인한 이웃에게 미안한 한 토막 이야기가 있다.

우리는 이민 3년 만에 어렵게 은행융자 내어 이웃이 벽으로 붙어있는 연립주택(Town House)을 구입했다. 그 해 가을 아파트에서 못해 먹던 김장을 우리집이라 맘 놓고 갖은 양념에 생선까지 넣고 배추김치, 총각김치, 파김치를 동이동이(플라스틱통) 담아서 차고에 저장했다.

며칠이 지난 어느 날 오후 초인종 소리가 나서 나가보니 그동안 말 한마디 않고 지내온 무뚝뚝하기가 마른 나무토막 같은 유럽 태생 이웃집 남자가 서 있었다. 이제 이웃이 되었으니 인사를 트자는 줄로 알았는데, 아니었다.

"당신 집 차고에 생선 같은 것 혹시 넣어 두었습니까."

"왜 그러십니까. 혹시 냄새라도…."

"냄새 정도가 아니지요. 우리는 집안에 있을 수가 없군요. 온 집안을 뒤져봤지만 냄새의 진원지를 찾지 못하여 이렇게 실례인 줄 알면서 찾아왔습니다. 아무래도 당신 차고에서 나오는 것 같아서…."

어디까지나 추측으로 하는 말이라 미안해하는 표정이다.

'죄송합니다. 우리나라 음식인데 곧 처분하겠습니다.'

그분의 말은 무리가 아니었다. 차고 문을 열어보니 한국인인 내 코에도 생선과 무가 함께 익고 있는 김치냄새는 지독했다. 이 세계 챔피언 김치냄새가 우리집 차고와 이웃집 차고 사이의 벽돌 틈으로 스며들어가 그 집 차고를 거쳐 방방으로 스며든 것이다. 그래서 냄새의 근원지를 찾아 온 집안을 뒤졌고, 그 결과 그의 예민한 후각은 그 근원지가 얼마 전에 이사를 온 이웃 차이니스(동양인) 집이라 결론을 내리고 긴가민가 고민하다가 우리집 문을 두드렸을 심정이 짐작이 갔다.

나는 당장 그것들을 모조리 비닐봉지에 담아 쓰레기장에 갖다 버린 후 차고 안을 물로 말끔히 몇 번이나 씻어내고 차고 문을 며칠간 활짝 열어두었다. 그러구러 몇 주가 지난 어느 날 이웃 양반이 또 왔다. 고맙다고 인사차 온 줄 알았는데 그것이 아니었다.

'처분하신다는 그 음식 아직 그대로 있습니까. 아직도 냄새가 스며들고 있는데요.'

이젠 거의 울상이다. 처음 왔을 때는 나도 미안해서 고분고분 했지만 이번에는 귀한 것 못 먹고 고스란히 버린 것이 아깝던 참이라 나도 모르게 퉁명스럽게 나왔다.

"아니 당장 버렸는데요…."

하며 자신 있게 차고 문을 보란 듯 열어 보였더니 텅 비어있는 차고

안을 기웃해보고는 인사도 없이 가버린다. 그런데 실은 미안하게도 그 지독한 냄새는 아직도 차고 안에 머물고 있었던 것이다.

그러고서 며칠이 지난 후 '집 팝니다(For Sale)' 팻말이 이웃집 앞에 나붙더니 얼마 후 말없이 이사 떠나버렸다. 급하게 팔린 것으로 봐 손해보고 팔았을 터이니 지금도 미안하다.

그런 사건 후에도 조금씩 김장을 해서 뒤뜰에 파묻어 두고 먹는데, 김치 없이 밥이 넘어가지 않으니 어쩌겠는가. 이민의 애로가 김치 같은 것에도 도사리고 있을 줄이야.

내 음식 내가 먹는데 무슨 상관이냐, 저들은 제 나라 음식 안 먹나. 그러나 우리는 공동생활을 하는 사회적 동물이다. 너무 이웃을 괴롭히거나 방해되는 짓은 삼가고 조심하는 것이 사는 도리다.

우리의 김치냄새만은(맛이 아니라) 이곳 공동생활에 문제가 많은 음식임을 우리는 눈물을 머금고 인정해야 하고, 인정할 수밖에 없다. 그러나 나는 먹어야 산다. 그 대신 나는 조심 또 조심해서 먹는다.

만국기

우리의 김연아 선수가 피겨 금메달이라는 신화를 창출한 동계 올림픽 밴쿠버 겨울 하늘에 만국기가 펄럭입니다.

내가 국민(초등)학교 다닐 때는 운동회라는 것이 있었고, 그 운동회에도 운동장을 가로질러 가을 하늘에 만국기가 펄럭였습니다. 올림픽에 만국기가 펄럭이어야 하듯 우리의 운동회도 만국기가 펄럭여야만 분위기를 냈습니다. 설날에 색동옷 입듯 운동회 날에 만국기가 온 운동장을 가로질러 왜 휘날려야만 하는지 한 번도 의문을 가져본 일이 없었는데, 밴쿠버 올림픽을 보면서 '아! 저 만국기' 그랬었구나! 가히 70년만의 깨달음입니다.

나라마다 깃발들이 있습니다. 그 자존심의 심벌들, 그 어디에서나 당당하고 싶은 애국(愛國)의 깃발들이 함께 모여 나란히 손에 손 잡고 춤을 추듯 바람에 펄럭이고 있는, 참으로 지구촌의 축제, 저 올림픽 정신을 닮고 싶은 바로 그 운동회로구나! 하고 말입니다.

내 깃발이 나의 자존심이듯 남의 깃발의 자존심을 동렬로 보듬어 안아주고 있는 열린 마음들입니다.

하나의 깃발만이 고집하면 그 깃발은 정복자의 깃발이 됩니다. 그리하여 정복자의 침략의 깃발 앞엔 남의 깃발은 시기, 미움, 원수(악)로 보여 짓밟아 버립니다.

　오늘도 이쪽에선 만국기를 펄럭이며 박수 함성의 올림픽 한 마당이 펼쳐지고 있는데 지구촌 저쪽에선 정복의 깃발을 고지에 꽂기 위해 피바다 전쟁이 한창입니다. 전쟁과 평화 그 상극의 숙제가 같은 지구촌에서 같은 사람들에 의해 같은 시간에 꼬여지고 있는 이 모순, 어쩌면 됩니까.

　보십시오! 저쪽의 전쟁에선 피와 눈물과 시체로 쌓아올린 고지에 정복자의 깃발 하나만이 정의라는 이름으로 펄럭이는데, 이쪽 올림픽에선 오대양 육대주를 손에 손잡고 돌아온 성화를 높이 밝혀놓고 만국기를 나부끼며 땀과 웃음과 박수함성이 울려 퍼지고 있습니다. 어느 쪽이 참이고 어느 쪽이 거짓인지. 무엇이 선이고 무엇이 악인지. 세 살 배기 아이도 다 아는 이 이치를, 참으로 모순입니다.

　그렇습니다. 전쟁은 내 깃발만이 정의라 상대(다름)가 악으로 보이고, 평화는 상대(다름)가 형제로 보여 만국기로 정의가 됩니다.

　미움은 다름이 시기로 보이고, 사랑은 다름이 설레임으로 보입니다.

　올림픽에서의 시상대에서 승자(금)의 깃발에 모두가 축하의 박수를 보냄은 모든 우열(優劣), 모든 다름을 우주질서의 가닥으로 보기 때문이 아니겠습니까.

　희고 검음, 높고 낮음, 느리고 빠름의 그 다름의 차이를 우주적 질서로 받아들이는 아량의 화합, 이것이 올림픽 정신이라 생각합니다.

이번 1만 미터 스피드경기에서 금(金), 은(銀), 동(銅) 3명의 선수들이 시상대에 올랐을 때의 장면입니다. 시상식이 끝나자마자 갑자기 양쪽의 은, 동메달 선수 둘이서 가운데 금메달 선수를 무등을 태우고 빙글빙글 돌며 춤을 추고 있습니다. 금, 은, 동 그 색깔의 우열이 시기 미움의 대상이 아니라 축하의 대상으로 함께 함박 웃고 있습니다. 나는 올림픽 만국기 정신을 확인하면서 눈물 나도록 감동했습니다.

이처럼 민족주의가 국수주의적 감정으로 대립하면 피눈물이 소용돌이치는 전쟁이 되지만 너 있으니 나 있는 이치로 겨루면 땀과 웃음과 박수가 어우러져 내는 올림픽이 됩니다.

내 용모, 네 용모가 다르듯 내 사상이념이 있다면 남도 사상이념이 있을 터, 같을 수 없는 이 절대이치가 왜 겉돌아야 하는지 이해할 수가 없습니다.

제국적 정복의 깃발, 내 의지만이 정의라는 아집의 깃발의 발톱이 언제쯤 이 지구촌에서 사라질까요. 내 깃발이 정의이면 남의 깃발도 정의가 되는 올림픽 정신으로 보면 쉽게 풀리는 이 이치가 왜 겉돌아야 하는 걸까요. 너 있으니 나 있는 상생의 이치로 보면 손잡을 상대이지 까부술 상대가 절대 아닌데, 왜 자꾸 나의 색깔로 남의 색깔에 덧칠을 하려고 덤비는가요. 팔도 사투리가 있어 드라마 보기가 더 감칠맛이 나듯, 네 생각 내 생각 따로이면 어때서 왜 자꾸 한가지로 획일하려 드나요. 양귀비가 예쁘다고 죄다 양귀비로 성형해버리면 그래 살맛 날까요. 그럴까요. 문화의 다양성, 이것이 지구촌의 활력이고 생명인데……

—2010년 2월 밴쿠버 겨울 올림픽을 보면서—

조센징(朝鮮人)

1937년 일제강점기에 일본 동경에서 소위 조센징(朝鮮人)이란 꼬리표를 달고 태어난 나는 이 저주스러운 운명적 딱지가 그때는 죽기보다 더 싫었다. 용모만으로는 일본아이들과 차별이 없는 나는 조선말 악센트만 피하면 완벽한 일본인이 될 수 있다는 걸 8살 아이가 영특하게 알아 아빠와 목욕탕에 가는 것조차 피했었다.

아가 동동 내 새끼야 젖 먹고 자거라
네 아버지 돈 벌려고 북간도 갔단다
아리아리 알라리요 아리랑 고개를 넘어간다

아가 동동 내 새끼야 젖 먹고 자거라
네 아버지 돈 벌려고 연락선 탔단다
아리아리 알라리요 아리랑고개를 넘어간다.

그렇게 당시 조선인 노동자들은 만주로 일본으로 일자리를 찾아

떠났다.

그런 암울한 때(1937년)에 나는 일본 동경에서 소위 조센징으로 태어났을 뿐인데도 이 조센징이란 꼬리표가 죽기로 싫었다.

8살에 조국 해방이 되었으니 반일감정이 뼈에 사무친 한으로 남을 일이 있을 것 같지 않은데도 초등학교 2학년(해방 되던 해) 때 당한 일화 한 토막이 울분으로 80살 지금에도 골수에 박혀 있다.

일본 도쿄(동경) 하라고구민각고(국민학교) 2학년 때다. 우리 학교에는 늑대라는 별명이 붙은 무서운 늙은 여선생이 있었는데, 우리끼리 대화 도중에 소위 식민지 조센징 아이인 내 입에서 '늙은 늑대'라 했다고 한 반 아이가 고자질을 해버렸다.

그 늑대 여선생은 어린 내 멱살을 쥐고 운동장 구석 모래씨름판으로 끌고 가 밟고 때리고 죽사발을 내는 통에 8살 어린 조센징인 나는 생똥에 오줌을 싸며 반죽음이 되었는데 구경꾼만 있을 뿐 말리는 이가 하나도 없다. 소문을 듣고 달려온 6학년 내 형은 분을 참지 못했지만 할 수 있는 방도는 아무것도 없었다.

나는 8살 어린 조센징이었고 그 기억을 뼛속 깊이 간직한 채 해방된 조국으로 귀향하여 살다가 28살에 캐나다로 이민 와 50년 이민을 살고 있는 내가 과거 케케묵은 조센징 이야기 자체가 도리어 구차할 수도 있다.

캐나다로 이민을 와 딸 둘을 낳고 살았는데, 내 머리 속에 박힌 이 조센징이란 의식이 되살아나 혹이나 우리 딸들이 이곳 아이들에게 일본에서의 나처럼 돌림 당하지나 않을까 심히 염려스러웠다.

우리 둘째 딸이 유치원 때다. 아이들이 올 때쯤 나가보니까 십자로에서 안내하시는 깃발을 드신 할아버지께서 "얘가 당신 딸이냐."고

묻기에 그렇다고 하니까

"야무진 딸 하나 두었구려."하시면서 "백인 서양 머슴아가 너의 딸 보고 '찡끼(중국인)' 라며 놀리니까 네 딸이 두 손을 양 허리에 딱 붙이고 '찡키. 소 왓' 이라며 대드니까 사내 녀석이 홍당무가 되어 달아나 버리던데."라고 했다. 그때 이후 난 걱정 놓고 캐나다에 살고 있다.

하지만 3·1절만 되면 나는 나도 모르게 핏대가 선다. 그 조센징이란 소리가 내 귀에 웅웅거려서다.

일본 당신들은 좀 힘깨나 쓰고 살만할 때면 가장 가까운 이웃 한반도가 심심풀이 땅콩으로 보일 수밖에 없는지 시도 때도 없이 바다를 건너와 살상에 도둑질을 했으면서, 그래도 사람이면 잘못했노라 그들 특유인 사이게이레(큰절)를 할만도 한데!

26년을 한국에서 산 한 일본인이 한국이 잘사는 나라가 되었으면 하는 바람으로 썼다는 책 〈한국 한국인〉을 당시 국무총리(김종필)가 전 공무원에게 필독을 권하며 선전해 주고 팔아주었다. 그런 식으로 인기가 높아 30만부가 팔려나간 베스트셀러가 되었는데 호기심 많은 나도 뒤늦게 책을 읽게 되었다.

저자 이케하라 씨는 사무라이 후손답게 죽음까지 각오하고 썼다는데 한국인은 당신들이 생각하는 그런 조센징이 아니다. 15살 어린 신민지 처녀아이들을 강제로 끌어다가 찌가다비 훈도시 병졸들의 성 노예를 시킨 세계유사 이래로 없는 만행을 입이 10개 있으면 말해보라! 그게 사람이 할 짓이냐.

너희들이 말하는 조센징이 아직도 그 조센징으로 보이느냐. 한데도, 요즘 나는 그럴 수도 있겠다 싶은 것이 해방된지 75년에 오늘의 한반도의 모습을 보면 일본인들의 비아냥적 미소(비웃음)가 엿보여,

도리어 우리 모습이 부끄러워진다.

보라 한반도를, 해방된 지 75년에 우리끼리 남북으로 갈라 핵무기로 죽느냐 죽이느냐 피 말리며 대치하고 있는 모습을, 조센징, 조센징이 부끄러워 얼굴을 들 수가 없다.

세종대왕과 이순신장군께서 광화문대로에서 피눈물을 흘리시며 우리에게 타이르신다.

아직도 일본인들이 붙여준 못난 조센징으로 살 거냐.

언제까지 남북으로 갈려 서로 죽일 원수로 살 거냐.

아니다. 절대로 아니다.

이제 잠에서 깨어난 위대한

통일한국 만만세! 만만세….

21세기 종교학의 숙제

　흔히들 인간은 생로병사(生老病死)의 고통이 있는 한 종교인일 수밖에 없다고 한다. 무속, 샤먼에서부터 고급 종교라 하는 힌두교, 불교, 유교, 기독교, 이슬람교 등 많은 종교가 생겨났다. 이를 연구하는 학문을 일러 종교학이라 하고, 종교 학자들은 종교인들과는 달리 객관적 입장에서 이들 종교들의 참 이해와 인류의 화해를 모색해 온 걸로 알고 있다.

　그러나 21세기로 넘어온 오늘의 눈으로 바라본 미래의 종교는 이해와 화해를 넘은 제3의 방향이 요구되어야겠다는 생각이 든다.

　끝 간 데를 보이고 있는 종교적 오만과 폭력성이라는 불행한 악성 종양은 그 말기를 보이고 있으니, 더 이상 종교이해라는 치료법에만 의존할 수 없다는 생각이 들어서다. 아니 종교학 문턱에도 가본 일이 없는 내가, 이런 생각을 한다는 자체가 건방을 더한 오만일 수 있다.

　납득이라는 객관적 이해가 송두리째 빠진, 느낌이라는 가슴에만 의존하는 종교의 속성상 어떤 특효약(종교이해)도 무효하다는 걸 잘 보여주고 있기 때문으로 그러하다.

적어도 머리로 종교를 이해하려고 하는 종교학자들이라면 어떤 제3의 치료법을 제시해야 될 시점이 아닌가 여겨져서다.

그것은 종교가 왜 생기며, 생길 수밖에 없는가를 연구대상으로 삼는 지금까지의 방법에서 벗어난 혁신에서 출발할 수밖에 없다는 생각이 들어서다.

종교가 인간에게 필연성이라는 지금까지의 명제 그 자체가 허구인가, 아니면 실제적인 것인가를 따지는, 종교 그 자체를 뒤집어 보자는 것이다. 다시 말해 종교라는 것이 인간의 기대감을 충족시키기 위한 인간욕심이 만든 상상의 창조물인지. 아니면 밥을 먹듯, 성교를 하듯 지각 이전에 되는 자연법칙의 진리 그 자체인가를 물어야겠다는 것이다.

인간의 기대감에서였다면 인성이겠고, 하늘의 섭리라면 신성이 되는 것인데, 전자라면 창작물이 되고, 후자라면 인간은 피할 수 없는 종교적 동물일 수밖에 없다는, 이런 근본을 따져 물어야 현 종교 악성종양의 치료법을 찾을 수 있지 않을까 해서다.

종교학이 종교의 존재를 기정사실로 한 학문이 아니라, 종교 그 자체의 진의여부를 따지는 학문이 되어야겠다는 것이다. 삶이 생로병사라는 고(苦)를 피할 수 없기에 종교인일 수밖에 없다는 묵은 이론에서 탈피해보자는 것이다.

생물은 성장과 종족보존이라는 두 가지 명제에 모든 삶의 이유가 매달려 있으니 식욕과 성욕은 분명 자연적 하늘의 뜻이듯, 종교 또한 그에 버금가는 하늘의 뜻인가 하는 것이다.

만약 그렇다고 한다면 다음 단계는 현 지구촌 종교들이 이런 하늘 뜻에 충실하고 있는가를 물어야 하고, 만약 그렇지 않다면, 인류는 종교 사기극에 세뇌, 농락 당하고 있는 꼴이 된다.

더 따져보자. 그래도 종교가 있는 것이 좋은가, 없는 것이 좋은가. 종교가 있어 해를 보고 있는가, 없어 해를 보고 있는가. 아니 종교가 이해득실의 대상인가 아닌가에서부터 먼저 물어야 될 것 같다.

인간의 순화도(純化度)를 지수(指數)로 따져 소위 고급종교 탄생 전의 순화도와 후의 순화도에서 어느 쪽이 선(善)했을까. 소위 '축(軸)의 시대(時代)'라 일컬어지는 성현들 출현 이전의 사람들과 그 후의 요즘 사람들의 심성에서 어느 쪽이 더 착할까. 양보해서 같다면, 종교는 하늘 뜻이 아니었음을 증명해 보이고 있는 셈이고, 만약 종교가 하늘의 뜻이었다면 보다 나은 방향으로 진화되어 오늘쯤은 높은 순화도(純化道)를 보이고 있어야 한다.

그런 이유로 이제 21세기 새 천년을 살아가야 할 종교학은 종교를 기정사실로 한 종교 따지기에서 벗어난, 제3의 길을 모색할 때가 되었지 않나 싶다.

우선 종교를 뒤집어 보자는 것이다.

종교가 인간 기대(욕심)가 만들어 낸 조작극이라 선언하든지, 아니면 종교는 하늘 뜻에서 나온 피할 수 없는 필연적 은총으로 받아드려야 하든지, 어떤 원본적 연구가 필요하다는 생각을 감히 해보자는 것이다.

종교학 문턱에도 가본 일이 없는 내가 죽이고 죽는 종교전쟁을 밥 먹듯이 하는 오늘의 지구촌의 종교현실에 식상하여 감히 하늘 뜻을 들먹이는 자체가 오만불손이지만….

기도

기도는 하늘에 나를 낮추는 겸손에서 출발하고, 나의 연약함을 인정하는 순종의 고백이다.

아무리 초능력적 어떤 것도 믿으려 하지 않는 나 같은 건방진 자도 행복해지기를 바라는 마음이야 있을 터이니 그 '바라는 마음'이 곧 기도의 제목이지 싶다. 단지 어떻게 기도하느냐에 따라 사는 의미가 다를 뿐, 누구나가 무엇을 갈구하는 마음이 있을 터이니 그게 곧 기도제목이지 싶다.

싸움터에 나갈 때 한 번 기도, 바다에 나갈 때 2번 기도, 결혼할 때 3번 기도, 출산할 때 4번 기도를 한다는 러시아 격언이 있다는데, 바닷바람이 찬 한산섬 달 밝은 밤에 수루에 홀로 앉아 나라 구할 시름으로 잠 못 드신 충무공의 하늘에 사무친 피눈물의 기도제목을 상상하며 나는 옷깃을 여민다.

예수님께서 제자들에게 처음으로 가르치신 기도문은 죽은 후의 하늘나라가 아니라, 반대쪽 반듯한 '하늘나라가 이 땅에 이루어지이다' 이다.

구름 잡는 허상이 아니라 손에 잡히는 실상이다. 죽음 저쪽이 아니라 삶이라는 이쪽이다. 상대가 떨어져야 내 자식이 합격하는 기도, 내 주먹으로 상대를 꺼꾸러지게 해달라는 이기심이의 에고(ego)가 아니라, 사랑과 평화가 가득한 평화스러운 꽃동산 같은 하늘나라가 '이 땅에 이루어지다.' 이다. 더불어 부드럽게 함께 사는 사랑이 가득한 지상의 낙원이다.

물론 나도 연약하고 흔들리는 갈대의 마음이라 그 많은 갈구의 간절함이 굴뚝같아도 하늘에 단 한 번도 입 밖으로 기도란 걸 해본 일이 없다. 하늘에 사기 치는 기분이 들어서다.

기도는 바람이니 그 바람을 감당할 마음의 준비가 되어 있는 자에게는 기도제목이 하늘에 닿을 것이나, 그냥 무조건 달라는 기도는 기도가 아니라 투정이고 떼씀이고 얌체짓이다.

어떤 전장터 골짜기에 낙오병으로 두 병사가 서로 적으로 만나 총을 겨루고 서있다. 서로가 자신이 믿는 신에게 "주여! 저를 살려주시어 사랑하는 토끼 같은 처자식을 만나게 하여 주시옵소서" 라는 피 말리는 똑같은 기도를 하고 있다. 신은 누구의 손을, 기도를 들어주실 것인가.

어머니께서는 자식들이 멀리 출타할 때나 집안에 대소사가 있을 때는 새벽 일찍 일어나 장독대에 냉수사발을 올려놓고 목욕재계하고 간절히 비시는 그 염원은 하늘에 닿을 듯 엄숙하다.

나는 기도를 해 본 일이 없다. 아니 있긴 있다. 상대가 없는 기도, 그런 기도도 기도일까. 너무도 긴박한 마음에 준비되지 못한 어떤 상대에게 엎드려 절실하고도 간절한 기도를 한 일이 있다. 그리고 내 기도의 보답인지. 말끔히 보답 받은 일이 있다. 아니, 그런 일이 어디 한 두 번이더냐.

나는 지극히 약한 자다. 갈대처럼 흔들리고 물거품처럼 없어질 존재임을 잘 알면서도 우주만상을 주관하시는 그 하늘에 간절한 기도가 왜 되지 않는 걸까.

하늘이시여! 비오니 가르쳐 주옵소서!

눈물의 언어학

조물주는 왜 웃음과 울음이라는 양면성의 감성을 선물로 주었을까. 그렇다. 선물이다. 웃음이야 반가운 선물이라 쳐도 울음은 천만에 사양하고 싶은데, 슬플 때 눈물로 풀어낼 수 있다는 건 역시 고마운 선물이다. 그렇게 눈물은 말을 숨긴 감성의 폭포수다.

실험실에서 유전인자(DNA)를 아무리 분석해 봐도 웃음이 만들어내는 얼굴근육 주름 한 가닥의 그 물리적 움직임과 눈물 한 방울의 그 화학적 반응을 밝혀낼 수 있는가.

전자현미경으로 겨우 보인다는 작은 난·정자 DNA 속에 웃음과 눈물이라는 감성까지 포함된 신비에 감탄하며 이 글을 쓴다.

눈이 마음의 창이라면 눈물은 그 창에 비친 마음의 언어이다. 그래서 눈물의 빛깔로 슬픈 눈물인지 기쁜 눈물인지 아니면 거짓 눈물인지를 읽을 수가 있다.

사내가 시도 때도 없이 킬킬대고 질질거린다는 건 아무래도 거시기 하지만, 옛말에도 사내대장부는 웃음이 헤퍼도 뭐 하지만 눈물은 부모가 돌아가셨을 때와 나라가 망했을 때면 족하다 했다.

아이와 여자는 눈물이 많다. 아이의 눈물은 부모 관심 끌기 무기이고, 여자의 눈물은 상대의 관심 끌기 무기인 듯 남자는 여자의 눈물에 약하여 단번에 안아주고 싶어지니 사랑 끌기 충분조건을 완벽하게 갖춘 수단임이 분명하다. 어느 영화를 봐도 눈물 흘리는 쪽은 여자이고 남자는 안절부절 눈물에 굴복 당하고 있다.

종교집회에 가보면 눈물은 아이와 여자의 전유물이 아니라 사내도 똑같이 줄줄 흘리고 있다. 기도하며 울고, 간증 듣다 울고, 기뻐서 울고, 슬퍼서 울고, 회개하며 울고, 가히 눈물바다다. 울 수 있다는 것만으로 성령 충만 은총이라며 운다.

미치고 환장할 지경에 통곡으로 토해낼 수 있다면 얼마나 시원하겠느냐만 응어리가 속으로 엉키어 들면 병이 된다. 이 속앓이를 X-ray로 보면 아마 까만 뭉치로 보이지 싶다. 이 속앓이는 요즘 유행어로 스트레스다. 마음을 풀어내지 못한 답답증이다. 살풀이 춤사위로 한바탕 풀어버리면 몽땅 빠져나갈 것만 같은데, 술 담배도 못하고, 남과의 어울림도 서투니 응어리가 가슴앓이로 뭉칠까 겁이 안 나는 건 아니나 숨을 쉬고 있다는 것만으로도 충분히 값지다며 살고 있는 터다.

한데도 그 사이 나도 모르게 속앓이가 가슴이 아닌 머리로 뭉쳤는지 4, 50대 10여 년간 두통에 시달려 매일 '타이레놀'을 복용할 정도여서 의사를 찾았더니 너무 틀어박혀 있어 그러니 남과 어울려 바깥 생활도 좀 즐기며 살라고 충고한다.

그러던 어느 날 거짓말 같은 한 사건을 만나게 된다. 이유도, 조건도 없이 그냥 분위기에 말려 몸 속의 물기란 물기를 모조리 퍼올릴 것만 같은, 내 생애에 전무후무한 울음을, 아예 통곡을 한나절을, 또 그 다음날 한나절을 펑펑 울었다. 술이 술을 마시듯 통곡이 통곡을 부르고, 눈물이 눈물을 퍼올려 마구 쏟아냈다. 그렇게 먹지도 자지도 않고 울고 나니 내 자신이 낯선 듯 멍해져 있었다. 머리가 횅하니 비고 내장이 텅 빈 듯 심신이 그렇게도 맑고 가벼울 수가 없다. 모든 것이 예뻐 보이고 용서되고 지난 잘못들이 부끄러웠다.

그날 이후 30여 년 오늘까지 '타이레놀' 한 알을 거짓말처럼 찾지 않았으니 그 약값만도 얼마겠는가. 주위에선 성령 받았다 종교적 해석을 성급히 내리는 이도 있으나 종교(믿음)가 없는 나는 우선 약을 복용 안하는 것만으로도 감사하고 있다. 엄청난 눈물을 쏟아내는 동안 스트레스 응어리인들 삭지 않고 견딜 수 있었으랴, 나의 주치의도 동의해 주었다.

머리가 아파야 할 이유가 분명히 있었을 터이고 통곡이라는 수단에 의해 말끔히 풀어낼 수 있었다면 이 또한 이유가 있을 터, 그 이유를 알 수는 없으나 많이 울거나, 많이 웃거나, 많이 땀을 흘리거나, 많이 똥오줌을 싸면 심신이 후련해지고 기분이 가뿐해지는 이런 경험으로 진단해보면 어떤 이치가 분명 있을 터이다. 넣기(입력)와 내보내기(출력)의 균형질서라는 우주적 자연본질(습성)이 그 해답이 아닌가 짐작을 해본다.

넘나드는 이치, 차면 넘치는 이치, 먹고 싸는 이치, 피고 지는 이치, 결국엔 낳고 죽는 이치의 경지, 이를 자연 신진대사라 해두자. 그런데 이 신진대사를 눈 여겨 보면 또 재미있는 형상을 발견하게 된다. 들어갈 때와 나올 때, 낳을 때와 죽을 때의 그 시작과 마무리 때의 형상이 달라도 너무 달라 있다는 것이다.

음식과 똥, 아이와 노인, 새싹과 낙엽 등, 먼저 것은 신선하고 나중

것은 추하게 보인다는 것이다.

왜 그럴까. 우주만상에 이유 없이 있는 것이 있는가. 분명 거기엔 까닭이 있을 터이다. 예쁘면 예쁜 이유, 추하면 추한 이유, 조물주(우주본성)의 주도면밀한 의도가 내 좁은 소견에도 살짝 보인다. 돌고 돈다는 뜻이다. 헌것은 새것을 위해 제물이 되라는 뜻이다. 헌것은 미련 없이 썩어 사라지라는 뜻이다. 썩어 냄새 풍겨 미련 없이 정 떼어 땅에 묻혀 새싹의 밑거름이 되라는 뜻이다. 돌고 돌아 제자리 찾아 원위치질서라는 새 출발의 밑거름이 되라는 뜻이다.

이것이 자연의 신진대사다. 그 과정의 한 요소에 눈물의 역할이 담당했을 뿐이다. 해서 웃고 싶을 때 웃고, 울고 싶을 때 실컷 울어라! 내 경험처럼!

대칭미학으로 본 하늘의 설계도

그림 한 점쯤 걸려있어야 응접실 구실을 하듯, 의사 진찰실엔 인체 해부도 한두 장쯤 벽에 붙어있어야 격을 살린다.

어느 날 나는 진찰실에서 무료하게 의사선생님을 기다리며 벽에 걸려 있는 이 해부도에 눈길을 보내다가 새삼 흥미로운 사실을 발견하였다. 인체의 겉모습은 멀쩡하게 완벽한 대칭미학으로 멋을 냈으면서도 내장들은 기능별로 적소에 효율적으로 배치시킨 조물주의 솜씨가 인간이 설계한 자동차의 구도와 그렇게 닮아 있다는 사실이 너무도 신기했다.

자동차 엔진 쪽 뚜껑을 열어보면 각 부품들이 기능에 따라 어지럽게 배치되어 있으면서도 외모만은 완벽한 대칭미학으로 멋을 내어 우리의 눈길을 끈다.

겉모습은 나무랄 데 없는 미학적 분위기로 멋을 낸 정서적인데 반해 속은 제한된 공간에 그 많은 부품들을 기능적으로 배치시켜 놓은 공학적 솜씨, 자동차야 분명 인간이 설계했지만 이 기막힌 인체의 설계자는 과연 누구의 솜씨인가.

절대자 하늘의 작품일까. 아니면 스스로 된 진화의 산물인가. 그도 아니라면 조물주의 본래의도가 스스로 진화되도록 창조한 것일까.

　나의 의문, 호기심은 꼬리를 문다. 나의 관심은 모든 사물과 우주로까지 확대된다. 거기에도 어김없이 정서와 공학이 같은 비중으로 내재되어 있음을 발견하고 또 한 번 까무러치게 놀란다.

　우주만물 만상의 존재와 운행질서가 과학적 법칙에만 의존되어 있지 않고 정서라는 형이상학적 미학이 내재되어 있다는 사실의 발견, 까무러칠 충격으로 와 닿는다.

　하늘의 별자리를 한번 보자. 저것들이 과학적 완벽한 운동으로 운행되면서도 아름다움의 극치로 수놓고 있다는 사실, 그리고 눈을 돌려 아래를 보니 아무렇게나 피어있는 들꽃 한 송이가 한 치 어긋남 없는 기하학적 구도로 신비로운 색의 조화로 수놓으며 더할 수 없는 아름다움으로 우주의 한켠을 장식하고 있다는 사실에 두려움마저 느끼게 된다.

　우리가 균형 잡힌 안전감의 아름다움을 대했을 때 마음이 편해진다는 심리학이 고려된 이 대칭미학의 우주적 설계도, 참으로 신비로움이 아닌가. 어느 동물 어느 식물을 살펴봐도 대칭적 구도로 모양되어 있다. 우리 인체의 겉모습을 놓고 보자. 하나짜리는 어김없이 가운데에 박혀있고 두개짜리는 양쪽으로 하나씩 갈라져 있는 이 완벽한 대칭 균형미, 이것은 모든 것에 정서적 안정감을 주기 위한 하늘의 치밀한 배려임이 확실하다.

　나는 이민 초기 기계 고치는 일을 했었다. 인간이 만든 기계를 인간인 내가 고치는 것은 가능했다. 고치다 안 되면 설계도를 들여다보면 된다. 인간의 설계도는 인간 이해 안에 있기에 그 지식을 알면

고칠 수가 있다. 그러나 설계도를 하늘이 가지고 있는 인체(人體)를 고치는 의사는 얼마나 난감할까. 혹 설계도를 찾았다 해도 인간이해 밖의 천기(天機)이기 때문이다.

의학의 발전을 자랑하고, 복제를 만든다 법석을 떨지만 슬플 때의 눈물 한 방울, 기쁠 때 웃는 얼굴 근육의 그 신비를 무슨 수로 안단 말인가. 어린 생명 하나가 죽어 가는데 속수무책, 가능하다면 하늘의 설계도를 훔쳐내서라도 살려내고 싶은 의사의 고충, 어떠하실까.

언젠가 '당신의 건강은 제가 책임지겠습니다.'라는 어떤 한의사의 신문광고란을 봤을 때 나는 반가움에 앞서 섬뜩했다. 건강(생명)을 책임진다니. 그 광고 문구는 '최선을 다해 당신의 건강을 보살펴 드리겠습니다.' 라고 했어야 좋았을 걸.

나는 어릴 때부터 병도 많이 앓고, 의사도 많이 찾아다니고, 약도 많이 먹은 걸어 다니는 종합병원이라고 했는데 병은 낫지 않고, 더욱 아프고, 그때마다 '의사는 면허 있는 도둑놈'이라는 게 헛말이 아니구나 원망도 많이 했었다. 그러나 지금은 인술(仁術)에 종사하시는 그분들의 노고에 머리 숙여 감사드리고 존경한다.

기계는 잘못 고치면 다시 고치면 되고, 영 망가지면 버리고 다시 사면된다. 그러나 인간의 생명은 일회성이다. 잘못이 허용되지 않는다. 아니 다시니 한번 더니 하는 시험의 대상이 아닌, 오진이나 실수는 생명과 직결되어 있다. 얼마나 긴장되고 스트레스를 받을까? 그래서 더욱 인술이라는 무거운 책임감으로 환자를 돌보는 손길에 늘 감사하고 있다.

그런데 흥미로운 것은 대부분의 기계가 제어(brake)장치를 갖고 있는 것처럼 인간도 양심이라는 제어기능을 갖고 태어난다는 사실이다. 예외가 있다면 시계는 하늘을 닮아 영원성을 지녔기 때문에 제어 장치가 필요 없다. 그렇다. 하늘은 본성 그 자체가 선(善)이며 영원히 스스로 존재하기 때문에 양심이라는 제어가 필요 없다. 그런데 가끔 인간이 하늘의 권위를 흉내 내어 제어(양심)를 떼어내려다 자신은 물론 인류역사에 불행을 가져온 예를 우리는 알고 있다. 소위 영웅이라 자칭하는 독재자들이 그들이다.

양심이 없을 것 같은 동물들도 자연 질서(자연제어장치) 속에서 더불어 살아간다. 이렇게 더불어 살아가는 자연생태계의 묘한 질서의 모습, 서로 이웃사촌으로 살아가게 한 하늘의 섬세한 설계의 솜씨에 감복, 또 감복할 뿐….

보시기에 좋았더라

자고 나면 쌓이는 눈 치우느라 지겹던 금년의 긴 겨울도 언제였나 싶게 봄이 성큼 문밖에 와있다. 이제 봄이 꽃치장으로 한껏 멋을 내면 나는 봄맞이에 설레어 '보기 좋구나!' 감탄할 것이다.

하늘도 자신이 스스로 지으신 모든 것을 보시고 '참 좋았다.'(창 1-31) 하셨다니 내 마음도 이때만은 하늘마음 닮았는가 싶어 흐뭇해할 것이다. 그런데 그 하늘마음에도 내 맘처럼 '좋다' '나쁘다'란 상대성이 있다는 게 참 신기하다. 하늘은 스스로 좋은 절대성일 터인데 말이다.

편견과 아집 덩어리인 내 눈에도 우주는 나무랄 데 없이 완벽하고 보기 좋은, 그 자체가 절대치가 되기에 충분한 조건이거늘 하늘이 보시기에 견줄 무엇이 있겠는가?

절대치 하늘은 스스로 참이고, 착함이고, 고움이지만 상대적 가치에 늘 옳고 그름에 흔들리는 내 눈에도 무슨 꽃이건 꽃은 웃는 아이처럼 곱다. 더 감탄할 일은 봄이라는 계절이 더불어 꽃이라는 화사함으로 사철의 시작을 만물에게, 아니 나에게까지 선물하고 있다는 것,

하늘 의도가 담긴 배려의 선물임이 분명하다. 종교에선 이를 은총이라 한다던가.

나는 이웃들 없인 잠시도 못 산다. 하늘과 땅이, 물과 공기가 있어야 하고, 뿌리 열매 짐승들이 있어야 산다. 해서 나는 그 이웃들과 동무로 친해지고 서로 사랑해야 산다. 그렇게 사랑하라고 하늘은 만물을 스스로 보시기에 좋게 만들었는가 싶다.

내 눈엔 우주의 어떤 형상에도 뜻 없이 존재하지 않는 것이 없으며, 그 나름의 이유를 갖고 서로 인연적 관계로 얽혀 앞의 형상이 뒤에 올 형상에 영향을 주는 인과율(因果律)로 존재하고 있다고 보인다.

길가 꽃 한 송이도 청순한 고움으로 피는 이유는 스스로 아름다움으로 상대의 마음을 뺏고 즐거움을 선사하는 주고받음이라는 사랑의 표본으로 보인다. 사랑은 만물이 서로 부드러움의 관계로 존재하라는 하늘의 메시지이며, 만상의 존재 이유이고, 우주가 살아있음의 증거이며, 우주 운행질서를 관장하는 기(氣)의 본체가 아닌가 싶다.

삼라만상이 구체적 성질로 그 기(氣)를 증명하고 있음은 서로 피부로 느끼라는 하늘 의도가 분명하다.

꽃이 아름답게 보임은 색이 있음이요, 그 향기에 취함은 냄새가 있음이며, 그 태가 보기 좋음은 모양이 있기 때문이다. 이런 것들이 '좋다' '안 좋다'라는 비교치를 갖는다는 것 자체가 아름다움을 돋보이게 할 의도임이 분명하고, 그래서 좋음은 좋음의 가치로 안 좋음은 안 좋음의 가치로, 그 가치로는 하등의 차이가 없다.

천당은 지옥이 있기 때문이며, 선은 악이 있기 때문이다. 백은 흑이 있기 때문이요, 높음은 낮음이 있기 때문이다. 천당과 지옥, 선과 악, 높음과 낮음은 비유적 차이이지 차별일 수는 없다.

내 맘 비록 바람 따라 흔들리는 갈대 같아도 하늘 맘 닮아져 보는 것들이 보기에 좋아 사랑으로 대하게 되리라는 희망, 위선일지라도 버리고 싶진 않다.

나는 뭔가를 만들기를 즐긴다. 어떤 것은 구상한 대로 안 되어 실망하기도 하고, 어떤 것은 잘되어 '보기 좋구나!' 하기도 한다.

창세기에 하늘이 스스로 구상한 기대치 이상으로 삼라만상이 만들어져 '보시기에 참 좋았더라.' 하셨다는 만족의 의미는 만상이 사랑스럽다는 뜻 아닌가.

춘삼월 봄이라 만물이 잠 깨어 움트고 꽃 피우니 내 보기에도 하늘 맘 닮아 '참 좋구나!'

살상의 죗값

내 마음은 무겁다. 나는 죄인이다. 나 때문에 80만 꽃다운 젊은이들이 이슬로 사라졌다. 그들의 어머니 형제 자매 그리고 아내와 자녀들이 울고 있다. 이 때문에 나와 하나님과의 사이를 가로막고 있다. 아무에게도 나는 행복을 주지 못했다. - 비스마르크

생물은 운명(본능)적으로 자기의 삶(生)을 자기가 지키며 살 책임을 지고 태어난다. 이 운명적 자기의 삶이 타의에 의해 중단 당할 위기가 닥치면 사력을 다해 저항 방어한다. 그러함에도 당했을 때의 원통함, 그때의 그 타의의 죗값은 하늘이 담당하리라 나는 그렇게 믿는다.

방바닥에 조그마한 벌레 한 마리가 기어간다. 내가 손으로 잡으려는 순간 갑자기 속도가 빨라져 놓치고 만다. 이것이 본능의 힘이다.

지구상의 모든 생물은 씨앗으로부터 태어난다. 그리고 먹고 자라며 살다가 그 자기 씨앗을 남기고 어느 날 죽어 흙으로 돌아간다. 이 본능적 전 과정은 과연 어디로부터 오는 무엇인가. 자연적 질서인

가. 아니면 종교적 절대자의 의지인가.

지상의 모든 생물은 살기 위해 삶의 질이 더 좋은 쪽으로 이동하는 버릇이 있다. 식물은 햇살과 물기 있는 쪽으로 뿌리와 줄기를 뻗으며, 동물은 물과 먹잇감이 있고 안전한 곳을 찾아 터를 잡는다.

이렇게 살기 위해 먹어야 하는 먹잇감이 문제인데, 초식동물일 경우는 살생과는 무관하니 오늘 의제 밖으로 밀어두고 살생을 할 수밖에 없는 육식동물이 오늘 나의 관심 의제다.

시골에서 살았던 어린 시절 닭, 돼지, 개를 잡아먹는 장면을 수도 없이 봤다. 처음 봤을 때는 섬뜩했으나 자주 보게 되다 보니 면역이 되어 예삿일이 되어버렸다.

닭고기, 돼지고기, 쇠고기, 생선을 먹으면서 그 고귀한 생명 하나하나를 생각하면서 먹는 사람이 있을까. 단호히 말해 없다. 생각하면 먹을 수 없기 때문이다. 그래서 스님들은 안 먹는다고 들었다.

나는 옛날 한국에서 개고기를 잘 먹었지만 지금은 안 먹는다. 아니 못 먹는다. 내가 난생 처음으로 키우고 있는 우리 집 식구가 된 통키(개)의 눈이 아롱거려 도저히 먹을 수가 없다. 내가 키우는 동물도 그러할진대 사람이 사람을 살상하는 마음은 어디에서 오는 무엇일까. 참으로 궁금하다.

지금 이 시간에도 세계 곳곳에서 전쟁이라는 이름으로, 사상이념이란 이름으로, 종교라는 이름으로 살상이 자행되고 있다. 심지어 순교라는 이름으로 자기 자신까지 살상하고 있다.

사람을 죽이는 전쟁으로 일대기를 보낸 소위 영웅전을 마치 위대한 인물인 양 읽었을 때 그들이 너무 잔인하다는 생각을 기이하게도 나는 해본 기억이 없는데 요즘 들어 자꾸만 그런 생각이 든다. 알렉산더는, 칭기즈칸은, 나폴레옹은, 히틀러는 왜 그렇게 그 많은 땅을 점령하고 살상하고 약탈을 해야만 했을까.

이들의 영웅심에 묻는다. 그 살상의 대가로 얻은 영웅이라는 호칭이 그렇게도 위대하다고 스스로 생각하는가. 그리고 하늘에 묻는다. 그 살상에 눈감은 하늘 당신의 책임은 없는가.

살상만은 멈추어야 한다. 그래서 전쟁부터 멈추어야 한다. 지금 조국 한반도에선 인간이 개발한 최악의 무기인 핵폭탄을 인민을 굶겨 죽이면서까지 만들고 있는 북한 정권에 의해 반도가 떨고 있다. 아니 세계가 분노하고 있다.

'불바다'라는 무시무시한 말을 어린이 장난감 주무르듯 예사로 말하는 이들에게 묻고 그리고 빈다. 동족상잔의 부끄러운 6·25사변을 일으킨 죗값만으로도 모자라는가. 손잡는 평화통일의 길이 내 눈에는 훤히 보이는데 왜 시궁창의 길로만 가려 하는가.

젊은 지도자 김정은에게 두 손 모아 그래도 기대를 걸어 애걸해 본다. 할아버지도, 아버지도 닮지 않는 그가 스위스에서 보고 배운 민주의식으로 정치를 해주리라 믿을 수도 있기 때문이다. 우리는 5천 년 역사를 이어온 배달민족이다, 갈라야 할, 싸워야 할, 죽여야 할, 원수될 조건이라고는 하나도 없는, 분단해야 할 이유가 없는, 만나 서로 돕고 잘 살 수 있는데, 그래서 이제쯤이라도 살상이 아니라 상생의 화합으로 가는 꿈을 꾸어도 되지 않은가. 왜냐하면 우리는 결코 우매하지 않은 슬기 있는 배달의 민족이니까!

生 卽 苦

－ 생로병사의 비밀

불가에선 생로병사(生老病死)의 피할 수 없는 중생의 삶(生) 고(苦)라 정의하고 있다. 이 고(苦)를 극복하기 위해선 열반(해탈)의 길이 있다고 가르친다. 물론 고(苦)라 정의한다면 정답 같긴 한데, 내 경험으로 감히 말하면 생이 몽땅 고(苦)라고만은 생각되지 않는다. 물론 피하고 싶긴 해도 오히려 삶이라는 과정에서 함께 걸어가야 할 동무로 여겨지니 그렇게 미워지지가 않는다.

태어남(生)이 내 의지가 아니듯이 늙고 병들고 죽음(死) 또한 내 의지로 피할 수 없는 삶의 과정이지 몽땅 도매금으로 고(苦)라는 생각이 아니 든다는 것이다.

生(생) 즉 태어남은 저주가 아니라 축복이며,

老(노) 즉 늙음은 추함이 아니라 자연의 순리이며,

病(병) 즉 아픔은 귀신(악마)의 장난이 아니라 삶의 일부이며,

死(사) 즉 죽음은 죗값이 아니라 엄숙한 우주적 순환질서라 여겨진다.

이것들은 어떤 값으로도 결코 내려놓을 수도, 피할 수도 없는 삶의 과정(짐)인데 고(苦)라 생각하면 무거워 오리도 못 가서 쓰러질 것이다.

나는 죽어가는 사람을 대할 때마다 내가 죽음을 맞을 때의 마음은 어떨까. 궁금했다. 그런데 이번에 죽음에 가깝게 가본, 물론 80살 내 나이의 영향도 감안해서, 내 마음은 이랬다.

약간 두렵다는 생각이 들긴 했으나 그렇다 해서 사(死)가 곧 고(苦)라는 생각은 들지 않았다. 이제 내 순서가 왔구나. 내가 산 80해에 남을 위해 한 것 없이 많은 죄(세상에서 말하는)만 짓고 가는구나. 그러나 내 딴에는 최선의 길을 갈망하며 살려는 마음도 없지 않았나 싶은, 좀은 치사한 마음까지 들긴 했다.

영혼이니, 천당이니, 지옥이니, 심판이니 하는 죽음 문턱 저 너머에 있다는 저 세상이 전혀 실감되지 않았다. 대신 이제 흙으로 돌아가는구나. 이 얼마나 깨끗하고 분명한가. 그렇게만 되었으면 하는 마음이 들었다. 사랑하는 사람들을 다시 못 본다는 생각에 눈물 나도록 슬픈 마음이야 떨칠 수는 없었지만. 순서에 따라 가야 하는 이 길은 내가 산 삶의 이유만큼이나 분명한 우주적 질서가 아니냐 말이다.

나도 물론 죽어 지옥은 싫다. 그렇지만 상대적 가치를 모르는, 가치가 없는 절대 좋음만 있다는 천당도 그런 이유로 해서 매력을 못 느끼니 다시 태어남도 그래서 다시 죽음도 없는, 그냥 죽음 이대로 흙이 되는, 아무것도 없음(無)이 되는 것이 너무도 깨끗하다는 생각이 들었다고 하면 사람들은 건방 떨고 있네 할까.

희로애락(喜怒哀樂)이 있어 80해 삶이 살만했던 것처럼 또 태어나 살고 싶기야 마다 할 내 아니지만 내 몫을 다 챙겨먹고 가는 복에 다시 태어나 산다는 건 남의 몫의 복을 빼서 먹는 날강도짓이라 여겨 진다.

내가 비워준 빈자리가 있어 세대에서 세대로 닮은꼴로 이어지는 생명체군(生命體群)의 질서, 이 우주질서에 기여하는 길도 되고. 뭐 그렇게 거창할 것도 없는 한 번 와서 가는 것만으로 깨끗이 모든 상황 이 마무리 되었으면 싶다.

내 삶의 드라마가 끝난 막 내린 무대에 무슨 미련이 있어 전생, 현생, 내생, 천당, 지옥이 어떻다 매달리는 모습, 아무래도 구차하다 는 생각밖에 안 든다.

생명체 그리고 나

다른 별에도 생명체가 존재할까. 이 물음은 천체생물학자들의 최대 관심사다. 그들은 우주 어디에서나 지구상에서처럼 물과 온도 등 유사한 환경만 주어진다면 생명체의 출현이 가능하다는 가정을 설정한다.

2002년 봄 러시아 생물연구소 학자들과 미 우주국 천체생물학 연구소 학자들이 화성 운석에서 발견한 화석화된 6억 년 전의 '나나박테리아'는 현 지구상의 박테리아와 놀라울 정도로 닮았다면서 이는 생명체의 가능성을 입증하는 것이라며 흥분했다고 한다.

이 기사를 읽으며 나는 여기서 앞 과학자들과는 달리 외계생명체의 유무보다 '생명체'라는 단어의 의미에 더 관심을 갖게 된다. 과학자들의 관심사인 생명체라고 하는 존재 안에 있을 '나'라는 독립생명체는 어떤 가치로 존재하고 있는가가 더 궁금해진 것이다. 과학자들의 현미경 속의 생명체에는 분명 '나'라고 하는 개체생명의 인격은 포함되어 있을 것 같지 않고, 그저 생명체의 연속성을 지탱해 주는 과정에 참여한 세포적 기능으로서의 역할 이상도 이하도 아닐 것이라는 생각이 드니 좀은 허전하다.

한 인격체인 나의 탄생과 죽음이라는 엄숙한 과정도 결국 전체 생명체군의 세포적 생멸에 잠시(시간) 참여된 세포적 역할일 뿐이라는 것은 허무 그 자체다.

그러나 종교라는 눈은 그 허무를 거부한다. 종교적 의미로 보면 인간 개체는 생명체 속의 세포적 기능 이전에 한 개체로서의 존엄성을 지닌 당당한 인격체라 선언한다. 개체의 인격을 내세우는 기독교나 인간뿐만 아니라 어떤 개체의 생명도 존엄성에서 같다는 불교나 한목소리로 개체의 실존을 우선시하고 있다는 것이 참으로 다행한 일이다.

그런데 여기서 나는 만약 다른 별에도 생명체가 존재한다고 가정했을 때 우리 지구촌 생명체와 어떤 상관관계가 있으며 그것들도 지구촌의 종교와 연대적 관계로 설명이 가능할까라는 의문을 하게 된다. 물론 우리의 종교들이 우주적 의미를 지니고 있는 한 그들도 같은 종교적 설명이 가능해야 한다. 분명 그들은 우리와 사촌지간일 터이니까.

그렇다 해도 우주 속에서 보면 좁쌀만도 못한 지구촌의 한 마을을 성지라는 이름을 붙여 전쟁으로 지새우며 피로 물들이는 등신짓거리에 내 종교 네 종교로 나뉘어 다투는 유치함을 어떻게 설명해야 할까.

하지만 분명한 것은 나라고 하는 존재는 우주 속 시민(생명체)의 일원이고, 생명체군의 연속성을 지탱케 하는 모든 조건과 속성들까지 포함되어 있다는 사실이다. 즉 태양, 물, 흙, 공기. 운동법칙(시간, 공간, 에너지) 등이 생명체의 부속물이 아니라 생명체 그 자체이며 주체라는 뜻이다. 그렇게 땅을 딛고 하늘 보니 나를 포함한 우주 자체가 살아 있는 거대한 생명체 덩어리로 보인다.

'산은 산이오. 물은 물이로다.'라는 선문답이 안개 속에서 그 모습을 드러내 보이는 듯하다.

성지 그리고 우상

　지구상에 성지라는 곳이 있다. 하늘(神)이 임한 성스러운 땅이란 의미를 가진 곳이란다. 그런 곳이 도리어 종교의 이름으로 피의 시궁창이 되고 있다면 스스로 비종교적 모순에 빠져있는 꼴이다. 아니 이미 종교임을 포기한 곳이다. 내가 이해하는 하늘님(절대가치, 궁극실재)은 그런 곳에 머물지 않는다. 진즉에 떠나셨다.

　광활한 우주 천지에 하필이면 지구촌 한 곳이 3종교의 성지가 된 것부터가 비극이지만, 종교의 열린 마음들이라면 충분히 함께 가꾸며 공유할 수 있을 텐데 참으로 안타까운 일이다.

　우리 주위에는 우상 타파라는 이유를 내세워 자신의 역사와 문화를 거부(파괴)하는 덜된 사람들도 있다. 우리의 시조인 단군과 우리 문화 유물인 장승을 자꾸만 한 종교의 대립적 우상으로 보려고만 할까.

　내가 이해하는 종교는 신심(信心)이 깊어질수록 마음은 열리고 시야는 밝아져 편협에서 벗어나 만물만사를 포괄적으로 보는 평정심(平正心)일 텐데 참으로 안타까운 일이다. 나는 어느 목사의 자서전을 읽다가 '부처상을 불태웠다.'라는 대목에서 책을 덮어버린 일이 있다. 그때 나는 많은 관심을 가지고 기독교에 접근하려고 할 때이고, 불교를 믿는 입장도 아니었는데도 그 편협성에 아연했다.

종교마다 사랑을 말한다. 그러나 그 사랑이 자신의 종교 울타리 안에서만 효력을 내는 편협성에 갇혀있다면 사랑이 아니라 집착이다. 아니 그 집착의 포로가 되어있다는 것을 모른다는 사실이 나를 더욱 안타깝게 한다.

나 있으니 너 또한 있는, 모든 것이 더불어 함께 있는 쉬운 이치가 어떤 교리에 빠지면 왜 부정이 되어야 할까. 아니 왜 부정이 돼버릴까. 감람나무뿐이겠는가. 보리수도, 소나무도 있는 것. 백합만이 피는가. 연꽃도, 진달래꽃도 핀다는 사실을. 그리고 꽃이 좋다고 세상 온통 꽃으로만 뒤덮을 수는 없다. 나무도 풀도 자라야 하고, 짐승들도 함께 더불어 살아야 한다. 예쁜 자식도 자라야 하고, 미운 자식도 자라야 한다.

나는 조국을 사랑한다. 그렇다고 세상에 한국이란 나라만이 달랑 있다고 치자. 애국할 마음이 나겠는가. 열국이 있기에 상대가치로 내 나라가 귀해 보이는 것. 다양함 속의 조화, 이것이 우주의 섭리이고, 질서이며, 아름다움이 아니겠는가.

단군시조는 기독교의 하느님과 맞서는 우상이 아니라 우리 역사를 받쳐주는 뿌리이며, 장승은 금송아지 같은 우상이 아니라 우리민족의 삶 속에서 함께 한 전통예술문화 유물인 것을.

선민, 이방인, 우상이니 하는 용어들은 일상 우리말에서는 생소한, 여호와라는 입김에서 온 차별화의 중동산(中東産) 용어들인데, 종교의 용어치고는 독선적이고, 배타적인 감을 주긴 해도 종교치고 남의 종교를 곱게 보는 종교가 세상에 있는가. 이런 용어들로 무장된 종교인들이 비종교적 투쟁 일변도로 가는 것은 어쩌면 너무도 당연할는지 모른다.

5천년 문화로 굳어진 우리적일 수밖에 없는 많은 것들이 비기독교적이라 해서 파괴되어야 할 우상이라면 문화 전체가 상처 받을 수밖에 없게 된다. 왜냐하면 고대로부터 오늘에 이르는 우리문화가 샤머니즘과 무관하다 할 수 없기 때문이기도 하지만, 신형종교의 교리에 의해 전통문화 전부가 부정(깨부술)되어야 한다면 이보다 더 잔인한 모순은 없다.

전통문화란 건 논리를 뛰어넘은, 비합리가 합리가 되는, 있는 그대로의 모든 것이 우리(민족)의 자산이며, 지혜이고, 가치관이기 때문이다.

참 종교인이라면 이건 되고 저건 안 된다는 편가르기식 옹졸한 속단에 앞서 원수까지도 이해로 보듬는 종교적 고민의 과정이 필수라 여겨져서도 그러하다. 우주만상은 서로가 배타적 맞섬으로 있는 것이 아니라 각개가 제 몫으로 있으면서 서로에게 영향을 끼치는 보완적 관계로 얽혀 있는 오케스트라, 모자이크 같은 통일적 개념으로 바라보면 풀 한 포기, 개미 한 마리, 돌멩이 하나가 예사로 보이지 않을 것 같아서 더욱 그러하다. 적어도 내 눈에는 그렇게 보이는데, 혹 얄궂은 삐딱한 시각인가.

신전

　내가 만약 오늘 백만 불 6/49 복권이 당첨되면 나는 내일 당장 세계일주 관광 길에 오를 것이다. 물론 그 첫 목적지로는 이집트가 기다리고 있다. 피라미드와 스핑크스, 그리고 그 많은 신전 답사는 나의 지적 호기심을 채워주기에 충분하리만큼 가슴 설레는 일생의 꿈이었으니까. 그리고 곧바로 그리스로 건너가 돌기둥만 남은 신전들을 구경한 후 로마로 갈 것이다. 거기서 원형극장과 바티칸을 찾을 것이고, 그 다음으로 유럽대륙에 숱하게 산재되어 있는 중세 고성들과 크고 화려한 교회당 건물들을 둘러보고 인도로 넘어가 그 유명한 타지마할 사원을 꼭 보게 될 것이다.

　거기로부터 쭉 동남아를 거치면서 그 많은 불상과 사원을 구경하고 중국으로 직행, 그 스케일에 압도당한다는 웅장한 고궁들을 두루 구경하고 만리장성에 올라본 후 훌쩍 남미로 날아가 신비에 휩싸인 잉카와 마야문명의 유적지를 답사할 것이다. 이 모든 유적들은 세계 몇 대 불가사의라는 타이틀 소유답게 엄청나게 크고 웅장하고 화려한 위용으로 나를 위압할 것이다.

아니다. 나는 가지 않을 것이다. 갈 가치도 이유도 없다. 안 가는 이유는 간단하다. 착취와 수탈, 억압과 힘없는 민초들의 땀과 피와 목숨으로 이룩된 곳이기 때문이다. 피라미드와 만리장성의 돌 하나 하나는 끌려온 힘없는 민초들의 목숨을 묻은 피와 땀인 것을. 참으로 아이러니는 구경꾼들이 장송곡이 부르는 것이 아니라 행복해 하고 있다는 데 있다.

만약 이 지구상에 이 같은 신의 이름으로 만들어진 신전이라는 유물들과 권력이라는 권위로 남겨진 유산들이 없었다면 세계 관광객들의 발길이 얼마나 허전해 할까.

참으로 웃기는 만화다.

한데도, 이 유물들이 인류문화유산으로서의 값어치보다 돈벌이 관광자원으로 활용 각광 받고 있다는 모순에 나는 허탈해 한다. 아니, 이 허전한 마음은 다른 깊은 이유에 기인하고 있다. 그 유물들에 얽혀있는 만들어진 동기와 과정의 전설 같은 이야기들을 종합해 보면 하나같이 인류의 삶의 가치(행복)를 높이기 위해서라기보다 신의 권위, 혹은 권력의 권위를 위해 힘없는 민초(바닥 백성)들을 동원하여 채찍으로 쥐어짜낸 피와 땀과 눈물과 목숨(죽음)으로 쌓아 올린 한의 구조물들이라고 하는데 이르면 나는 어떤 배신감 같은 분노에 치를 떨게 된다. 비틀린 시각일까. 과연 그럴까.

이 유물들이 고대라는 시대에 마련된 흘러간 역사의 가치관으로 간주하여 이제쯤은 위대한 역사물로 봐 넘길 수도 있는 문제라 해두자, 하지만 오늘에도 권력과 신력의 관행적 버릇으로 복사판으로 진행되고 있다면 21세기 문명사회라는 말은 허울에 불과하다. 아니 달라진 것은 한 가지도(아무것도) 없지 않은가.

모든 것은 민초로부터 나오는 오늘의 가치관으로 보면 권력의 권위는 물론, 하늘의 권위도 민초의 권위 위에 있지 않으며, 어떤 권력의 이름으로도, 신의 이름으로도, 조직의 이름으로도 개인(민초)의 의사가 침해되어질 수 없다는 의미에서 그러하다.

　현대라는 오늘 이 시대에 한 권력자의 권위가 신의 자리에까지 끌어올려져 혹은 동상으로 혹은 기념물로 높고 크고 화려하게 만드느라 허기진 민초의 사역이 강요되고 있다면 컴퓨터가 판을 치는 현대 문명사회라는 이름이 도둑맞고 있는 꼴이다.

　아무리 신의 이름 아래 크리스탈 유리로, 온갖 사치함의 극치로 크고 웅장하게 지어 꽃단장으로 치장한들 인간의 욕심에 불과하며 자기 자신에게 스스로 상을 내리는 상징물은 될지언정 낮은 데로 임하시는 신의 집은 분명 아닐 터이다.

　그러나 이런 비문명적 구조물들도 또 몇 백 년 후에는 좋은 관광 상품으로 둔갑, 외화벌이 역군이 되어줄지 모르긴 하다. 마치 신권, 왕권이라는 이름으로 채찍에 몰려 사역 당한 결과물들인 저 무덤 같은 신전이나 만리장성, 피라미드 같은 유물들이 오늘날 경의와 감탄으로 구경되듯이.

　한없이 자애롭고, 한없이 부드러워야 할 어머니 같은 신은, 그리고 백성의 안녕과 행복을 책임질 권력자는 옛날이나 오늘이나, 서양이나 동양이나 왜 이처럼 이기주의적 무자비성에서 한 발짝의 양보 없이 그렇게도 닮았는가.

　내가 상상하는 오늘 이 시대의 하늘은, 그리고 바른 지도자는 결단코 그렇게 하지 않을 것으로 믿고 싶은데…. 그래서 춥고, 배고프고, 고통 받는 편에 서서 그들의 무거운 짐을 대신 짊어지는 하늘 닮은

분이라 여겨, 절대로 그런 요구를 하지도 않을 뿐만 아니라 도리어
헐어버릴 것이라 희망하고 싶은데, 우리의 세종대왕처럼.

오늘 이 시대의 신전(교회당)들도 어김없이 왜 그렇게 크고 화려해
야만 하는가. 동상이 왜 그렇게도 많아야 하는가. 바벨탑을 아무리
높인들 하늘 아래 탑인 것을….

한산섬 달 밝은 밤에 수루에 홀로 앉아
큰칼 옆에 차고 깊은 시름 하는 적에
어디서 일성호가는 나의 애를 끊나니

하늘에 닿을 크신 충무공의 심경은 어느 한 병사의 퉁소소리, 그
민초의 아픔에 잠 못 들어 하셨고, 예수님의 하늘 소리는 산상수훈에
서 선포되셨다.

썩어야 산다

뒤뜰 거름통에다 쓸모없는 잡초, 낙엽, 음식찌꺼기들을 담아 일 년을 썩혀 거름(퇴비)을 만들어 텃밭농사에 대비한다. 거름을 안 준 농사는 지으나마나 헛농사다. 농사엔 흙과 씨, 거름과 그리고 정성 (땀)을 절대적으로 필요로 한다.

만상에 이유 없이 존재하는 것이 있는가. 가을에 낙엽이 지는 것은 다음에 올 생명을 위해 썩어주기 위해서이다.

밀알 하나가 죽어야 몇 배 열매를 맺는다고 성경에도 쓰여 있듯, 모든 것은 죽어서 썩어야 새싹이 산다. 죽되 철저히 썩어야 땅이 살 아 다음 생명체에 죽음 값을 다한다. 죽되 썩지 않으면 그대로 있을 뿐이다. 그냥 그대로 있을 뿐이라는 그것 자체가 토양을 오염시키는 주범이 되어 죽음 값을 다하지 못하니 원죄는 이를 두고 하는 말인가 싶다.

이브가 사과를 따먹은 죗값으로 죽음이 있게 되었다고 하니 나의 이론대로라면 도리어 이브의 행위로 말미암아 원죄가 속죄되었다는 말이 된다. 궤변으로 들릴지 모르지만 내 눈엔 모든 것은 죽어 썩되 철저히 썩어주어야 하는 이유가 진리로 보이기 때문이다. 세상에 죽음이 없다면. 그리고 썩지 않는다면. 끔찍하다.

금, 은, 동, 다이아몬드는 썩지 않아 우리 인간 쪽 세계에서는 값나가는 귀하신 몸일는지 모르지만 자연 쪽에서 보면 플라스틱이나 핵 찌꺼기처럼 골치 아픈 웬수덩어리가 된다.

썩는다 함은 박테리아가 있기 때문이고 박테리아가 기생한다 함은 물이 있기 때문인데 생물을 살리는 것도 박테리아가 우글거리는 땅과 물이 있기 때문이니 철저히 살리고 철저히 죽이는 요인은 같은 통속이다. 이는 삶과 죽음이 한 통속이요, 사는 것은 죽고 죽어야 산다 함의 증명이다.

물이 생물을 낳고 키우고 그리고 죽은 후 철저히 썩혀 본 위치 흙으로 되돌리고 죽지 않는 씨앗이라는 영원성이 그 흙에서 다시 물을 받아 움을 틔운다. 종교에서 말하는 영성은 영원히 대를 이어 죽지 않아야 할 씨앗을 두고 하는 말 같은데, 아닌가.

물과 씨앗은 생명체 영원성의 본체이고 힘이다. 그 힘이 과학이고 종교다. 그리고 그 영원성이 창조의 연속이며 진화의 근본이다. 그래서 진화 없는 창조는 영원성으로 보면 쓰레기다. 창조는 더 좋게 도리어는 속성에 의해 아름답게 진화된다. 이 창조 미학이 하늘의 근원이라고 나는 감히 생각한다.

생명은 죽음을 담보(전제)로 해서 태어난다. 죽기 위해 태어난다 함이 그래서 틀린 말이 아니다. 그러나 내가 다시 태어나기 위해 죽는다는 것은 아니다. 나 개인은 건강한 자연을 위해 죽어 철저히 썩어줄 뿐이다. 헛되고 헛된 허무라 말하지 않음은 양보(죽음)라는 지극

한 사랑이 있기 때문이다. 죽음까지 받아들이는 맘, 이것이 자기완성이 아닌가 싶다.

그래서 늙는 과정이라는 세포의 퇴화를 거쳐 병을 얻어 죽음에 임하고 땅에 묻혀 철저히 썩어 땅이라는 원위치 성분으로 완전무결하게 환원되어 다음 생명체의 밑거름이 되는 순환의 분명한 이치는 절대 진리다.

그래서 사랑은 치사랑이 아니라 언제나 내리사랑이다. 이 내리사랑은 그 어떤 이유도 명분도 끼어들지 못하는 본성적 순수함이기에 어떤 계명에서도 내리사랑에 대해서는 언급이 빠져있다. 부모를 공경하라는 말은 있어도 자식을 사랑하라는 말은 어색하다. 부모공경은 십계명 명령에 들만큼 윤리 도덕이라는 군더더기 부담감을 필요로 하고 남녀 간의 달콤한 사랑도 이해타산이라는 계산이 끼어들어 늘 티격태격 물베기 마음싸움이 잦지만 자식사랑은 뭍짐승들도 다하는 본능적 자연의 순리여서 말 자체가 군더더기가 된다.

혹 자기 종교만이라는 우상적 꾐에 빠져 제 교주(종교) 섬김이라는 치사랑을 자연만상 사랑이라는 내리사랑으로 착각, 타살이든 자살(순교)이든 죽음을 밥 먹듯이 종교전쟁을 벌이고 있는 분들을 보면 그래서 보기가 참 딱하다. 종교는 억지로 죽이고 죽는 행위에서가 아니라 자연 순환의 순리적 사랑 관계에서만이 그 존재이유가 있다고 생각하기 때문이다.

씨앗이라는 영원성의 존재에 나의 종교성이 함축되어 있다. 새끼줄에서의 한 가닥 지푸라기처럼….

고려대 양형진 물리학 교수의 말씀으로 끝맺음을 하고자 한다.

'태어남과 죽음, 생성과 소멸은 오직 인연의 거대한 그물망 안에서 진행되는 영원한 과정일 뿐이다. 영원히 존재할 수 없다는 바로 그 존재방식이 영원한 삶의 진행을 가능하게 하는 역설의 아름다움이 드러난다. 그래서 무상(無常)은 존재자의 있음을 가능하게 할 뿐만 아니라 존재자의 아름다움을 가능하게 하는 것이기도 하다.'

옷과 종교

옷이 무슨 죄냐. 옷이 종교와 만나면, 특히 여성들에게 더욱 심하게 규제가 엄하고 까다롭다. 인간에게 옷은 기후변화로부터 육체를 보호하기 위한 수단인데 종교 쪽에선 특기 여성에게 기후변화 따윈 상관없이 막무가내로 입힌다. 비인격적이고 형벌적이다.

올 여름은 기록적으로 덥고 길다. 연일 30도를 웃도는 찜통더위에 나무고 사람이고 흐물흐물거린다. 그런데도 젊은 여성들만은 신이 난 듯 가릴 부분만 아슬아슬하게 가리고 휠휠 벗는다. 여성의 육체미에 약한 내 눈엔 좀은 현란하여 현기증이 난다.

이제 현대여성의 패션은 어떻게 멋스럽게 잘 입을까가 아닌 어떻게 멋스럽게 잘 벗을까이다. 하늘의 최고 걸작인 자신의 육체미를 왜 감추느냐는 듯 과시가 좀은 심하다 싶긴 하지만, 남성의 입장에선 싫지 않은 노출의 예술로 인정해 주고 있는 터다.

말이 났으니 말인데, 진작부터 남성은 벗을 권한이 자신들에게만 있는 양 어디서나 잘도 휠휠 벗는데 여성들은 스타킹이다, 브래지어다, 스카프다, 남성에 비해 입는 것이 많고, 복잡하고, 까다로워 벗는 경쟁에서 한참 불리하다. 그러나 여성 스스로 자초, 즐기는 버릇이니 눈치 하나 빠른 남성인 나는 섣불리 말릴 입장이 아니다.

그런데 여기 아예 벗기 경쟁을 포기한 여성들이 있다. 종교와 풍속이라는 멍에에 순종하고 있는 여성들이 그들이다. 방금 라디오에서 오늘 기온이 33도라고 하는데도 머리끝서부터 발끝까지 검정 옷으로 휘감은 어느 지역의 여인들은 시원한 남방차림의 남편과 함께 다정히(?) 걸어간다. 보는 것만으로도 내 숨통이 막힌다.

누구의 명령으로, 무슨 권한으로, 어떤 이유로 이 찜통더위도 아랑곳 않고 저 여인에게 저렇게도 잔인하게 천벌처럼 입고 다니게 하는가. 무엇을 어떻게 얼마나 잘못한 원죄이길래 저리도 가혹하단 말인가.

자기(남편)가 더워 못 견디어 시원한 남방으로 갈아입었으면 아내 역시 어김없이 더울 테니 시원한 옷으로 갈아입게 했어야 했다. 더욱이 사랑하는 아내임에랴.

그러나 문제는 여성 스스로 감수하고 있다는 데 있다. 자유는 쟁취라 하는데 기저귀에서의 해방, 부엌에서의 해방을 외치는 여권주의 (女權主義)자들의 구호가 왜 저 여인들의 두꺼운 검정 옷을 벗기는 데는 무력한지 참으로 알다가도 모를 일이다. 동물애호가 그 정이 철철 넘치는 시민운동가들의 관심 또한 털옷을 벗기는 데만 열을 올렸지 보기만 해도 숨 막히는 친친 감겨진 저 옷을 벗겨주는 데는 어째서 꿀 먹은 벙어리에 눈 뜬 장님이 되고 있는 걸까.

추우면 입고 더우면 벗는 자연의 섭리에 자연스럽게 따르는 것이 세상만물의 이치다. 나무도 짐승들도 껍질로, 털로 조절하며 살아간다. 최초의 원시인들은 짐승들처럼 옷을 입지 않았을 것이다. 지금도 열대 어느 오지에 사는 사람들이 거짓말처럼 발가벗고 맨발로 정글을 누비며 살고 있는 모습을 TV로 본 일이 있다. 나도 어린 시절 산과 들과 강변을 맨발로 뛰어다닌 기억이 난다. 지금은 한 발짝도 어림없는 일이지만.

서울에서 살 때인데, 같은 어미 배의 강아지 한 마리씩을 이웃집과 함께 얻어다 키운 일이 있었다. 이웃집 강아지는 집안에서 옷을 해입히며 애지중지 키웠고, 우리는 개 본성(?)대로 밖에서 개처럼 키웠다. 그런데 희한하게도 우리집 개는 무병 무탈하게 잘 크는데 이웃집 개는 감기다 뭐다 뻔질나게 병원 신세를 지고 있었다.

하루에 한 번은 샤워를 해야 하는 우리 아이들이 들으면 질겁을 거짓말 같은 이야기지만, 내 어릴 때 시골엔 목욕탕이 없어 겨울동안 목욕을 한 기억이 없다.

삼복더위에도 아랑곳없이 검정 옷을 휘감고 다니는 저 여인들의 습관성도 보는 내 눈엔 안쓰러우나 당사자들은 견딜 만한 걸까.

성경을 보면 선악과를 따먹고 부끄러워 나뭇잎으로 가렸다고 쓰여 있는데 그것이 옷의 원조인지는 모르나 이 찜통더위에 휘감은 저 검정 옷의 무게가 결코 그 원죄의 징벌의 상징은 절대로 아닐 것이라는 것이 나의 주장이다.

옷의 역할이 지금은 멋에 99%의 비중을 두지만 원래 목적은 피부를 보호하고 체온을 조절하기 위해 입었을 것이다. 열대인들은 입을 필요성을 못 느껴 벗었을 것이고, 에스키모인들은 추워서 털옷을 입었을 것이다. 추우면 입고 더우면 벗는 자연 순응을 무시하고 추우나 더우나 눈만 빠끔히 남기고 칭칭 휘감게 한 저 올가미는 신의 이름을 도용한 인간(남성)의 횡포이며 폭력이다. 한 치 어긋남 없는 우주운행을 담당하는 신이라면 저런 부당한 명령을 할 리 만무하기 때문이다.

그렇다. 하늘(신)은 결단코 치사하지 않다. 들판에 피는 저 꽃을 봐도, 창공을 나는 저 새를 봐도, 울창한 숲에서 자라는 저 나무 한 그루 한 그루를 봐도 거기에 하늘의 차별이 보이지 않는다. 하늘의 햇빛은 골고루 비추고, 땅속의 물 또한 골고루 준다. 스스로 입고, 스스로 먹고, 스스로 마시게 한 자연(신)의 배려가 있을 뿐이다.

모양이 다른 것만큼 역할이 다를 뿐이다. 그 다름(차이)이 차별의 이유일 순 없다. 여자라 해서, 아이라 해서, 노인이라 해서, 불구자라 해서, 가난하다 해서, 미개하다 해서, 치사하게 차별하는 좀스러운 그런 하늘(신)을 나는 상상도 못한다.

하늘을 보고 그리고 땅을 보면 문화인과 미개인, 귀인과 천인의 간격이 보이지 않을 뿐만이 아니라 신이 어여삐 여겨 선택한 민족도, 신이 저주해서 버린 민족도 보이지 않는다. 인간뿐이겠는가. 만물에 대한 하늘의 평등이 보일 뿐이다.

종교라는 이름으로, 풍습이라는 이름으로 이 한더위에 입힌 저 무거운 수의(囚衣) 같은 검정 옷을 벗길 신이 아닌 인간의 은총은 영영 기대할 수 없는가. 종교가 무엇이건데 저리도 무자비하다 말인가! 하기야 사랑을 말하는 종교의 이름으로 죽고 죽이는 종교전쟁놀이(?)를 밥 먹듯 하고 있는 모순에서 기대를 접은 지는 오래이지만서도

三生(前·今·來) 그리고 明堂

영혼을 즐겨 그린다는 어느 여류화가가 한국의 유명 인사들의 전생을 나열해 놓았다. 그 상상이 그럴 듯하다.

박정희: 신라의 왕/ 최진실: 송나라 옹주/ 차범근: 화랑무예/ 정주영: 중국 거상

그렇다면 나 여동원이는.

이런 전생을 소재로 한 소설이나 영화도 있고, 이런 것으로 먹고사는 점쟁이도 있고, 정신과 의사도 있다 들었다. 그래서인지 많은 분들이 전생 그리고 내생에 대해 관심과 흥미를 갖는다.

전생(前生)이 있으니 금생(今生)이 있고, 금생이 있으니 내생(來生)이 있다는 논리를 펴며, 어디에서 왔다가 어디로 가는가가 종교의 주제가 되고 있다. 과연 그런가. 주제가 너무 거창하다. 우선 의문부호를 붙인 채 생각을 이어보자.

전문가들에 의하면 특수 장치요법에 의해서만 전생을 투여해 볼 수 있다고들 하는데, 이 말을 뒤집으면 우리는 전생을 모른 채 살아간다는 말도 된다. 즉 탄생의 순간을 통과하자마자 전생을 몰라버린

다는 뜻인데, 그렇다면 죽음이라는 사건을 통해 내생으로 가는 순간 금생을 몰라버린다는 말이다. 전생과 금생과 내생은 각기 단절된 독립의 생이라는 논리가 성립된다. 이런 논리라면 금생에서 인연 맺었던 분들을 죽어서 만난다는 것 자체가 허구가 되고, 이승에서의 삶의 성적표로 염라대왕의 심판을 받는다는 것도 허구가 된다.

역설 같지만, 이 허구가 얼마나 다행인가. 미래를 모르고 산다는 것, 죽을 날을 모른다는 것, 죽은 후를 모른다는 것, 어디서 와서 어디로 가는가를 모른다는 것, 도리어 축복일 수 있지 않은가.

현실을 있는 그대로 받아들여 충실히 살아간다는 것, 이 얼마나 정직한 삶인가. 왜 사람들은 논리와 상상의 한계를 넘은 엉뚱한 환상의 세계에 관심을 넘어 몽롱해지기를 원할까. 한 발 앞도 모르면서 천 발 저쪽을 다 안다는 듯 말할까.

현세도 엉기며 살아가야 하면서 전생, 내생을 알아서 무엇을 어쩌겠다는 건가. 어디서 와서 어디로 갈 것인가가 궁금하기야 하겠지만 그리도 중요할까. 어차피 상상의 세계인 걸.

하긴 탄생을 부여 받았으니 질 좋은 삶을 살다 가고 싶기야 하겠지만 글쎄 전·후생을 안다 해서 어떤 도움이 될까.

'삶(生)도 모르는데 어찌 하늘(天)을 말하겠는가.' 라고 고백한 공자야말로 공자답게 정직하다. 내일을 몰라 궁금하고, 궁금하기에 기대가 되고, 그런 희망이 있기에 오늘이 살아지는 것이 아니겠는가.

점괘를 보고 내일을 설계하는 사람들, 묫자리로 미래의 운명을 거는 사람들을 보면 1+1=2가 된다는 초등학교 산수(논리)나 배웠는지 궁금하다. 점괘와 묫자리에 의해 대통령도 되고 국회의원도 된다는 나라가 지구상에 있다고 상상해 보라. 얼마나 만화 같은 진풍경인가.

모든 자리(감투)는 사람됨(그릇)으로 되는 것이지 어찌 점쟁이의 입이나 죽은 조상의 묏자리로 될까.

아인슈타인도 '하느님은 주사위 놀이 따위는 하지 않는다.'고 말했다. 그렇다. 조상이 묻힌 묏자리는 로또복권이 아니라 죽은 시체의 집일 뿐이다. 글쎄, 좌청룡 우백호 구름 잡는 일에 관심이 많은 민족의 미래가 과연 밝은 쪽으로 가질까.

한국의 주간지 신문들을 들춰보면 우리 역대 대통령들의 조상 묏자리에 대해 흥밋거리를 넘은 현실적 영향을 주고 있는 양 취급하고 있는데, 앞으로 될 통일대통령의 조상 묏자리 이야기도 나온다. 새 대통령이 선출되면 우선 조상 묏자리부터 소개하는 것이 약방의 감초가 되었다. 그 중 어느 대통령은 조상의 묘를 옮기자 대통령이 되었단다.

이처럼 대통령 지망생들의 관심이 민심 쪽이 아니라 묏자리라면 대학에 정치학과 대신 풍수지리학과를 신설 명당학(明堂學)을 연구케 함이 어떨는지.

결론은 망자와 산 자는 다른 차원의 세계이며, 서로 간에 어떤 힘의 행사가 미치고 있을 것이라는 상상은 만화다. 죽고 삶은 우주순환 질서에 속할 뿐이며, 다만 콩 심은 데 콩 나고 팥 심은 데 팥 나는 이치대로 부모의 용모, 성격을 닮게 태어나는 것은 조상이 있음으로 내가 있고 내가 있음으로 후손이 있다는 내림관계일 뿐 그 관계에 망자의 역할이 있다는 상상은 일종의 기대심리에 지나지 않는다.

그러면 왜 하늘은 종족 번식을 할 때 쇠사슬(chain)처럼 단순연결 고리로 이어가게 하지 않고 번거롭게 암수라는 짝짓기 사이에서 태어나게 하여 새끼줄 같은 꼬임연결로 이어가게 했을까. 아마 사랑으로 남과 더불어 얽혀 살아가라는 하늘의 메시지가 아닌가 싶다. 이런 이웃과의 꼬임 인연관계는 죽음으로 끝나지 않고 흙이라는 원위치로 환원되면서 자연과의 얽힘에 동참으로 이어지는 것이리라.

즉 나는 엄마 아빠의 사랑행위로 부모와 닮은꼴로 태어나 이웃과 꼬임인연관계로 살다가 부모가 그랬던 것처럼 자손에게 닮은꼴을 전해주고는 흙으로 사라지는 자연순환 질서에 참여된 것만으로 임무수행을 다한 것으로 되어, 전생과 내생은 의미를 상실하게 되고 명당은 한갓 흙일 뿐이리라.

정직하게 말해서 그렇다.

전쟁과 신, 그 악연의 궁합

지구촌 어디선가에서 전쟁이 애국애족이라는 구실을 붙여 애꿎은 신까지 끌어드리며 사람 목숨이 파리 목숨이 되고 있다.

그렇게 전쟁을 밥 먹듯 줄곧 해온 인간의 원죄적 우매함이여!

그랬다. 그때마다 전쟁의 명분은 언제나 악(惡)을 응징하기 위한 선(善)의 성스러운 행위로 치장된다.

더욱 가증스러운 것은 전쟁의 구실을 정당화하기위해 신(神)의 이름을 굳이 앞세운다는 사실이다. 내 보기엔 아이들 땅따먹기 식 장난질 같은 치사한 이기심인데 말이다.

사람을 죽여야 하는 전쟁 그 자체가 악(惡)인데도 선(善)의 본체인 신(神)의 명령이라는 명분으로 고귀한 생명들이 무참히 살상되는 모순에 나는 치를 떨며 그 신을 향하여 묻는다. '하늘 당신은 언제까지 인간의 악행에 동참해야 하는가.'

전쟁은 상대를 죽여야 내가 사는, 살인이라는 악의 선택을 강요당하는 범죄적 모순의 행위다. 설상 상대가 악이고 내가 선일지라도, 살인을 피할 수 없다는 것은 결과론적으로 나는 범죄에 동참하게 된다는 뜻이다. 만약 진실로 신의 이름으로 전쟁을 치르게 된다면 그 신도 악의 편이라는 모순을 피할 수 없다.

종교는 남을 사랑하는 것이고 전쟁은 남을 죽이는 것이니, 해서 종교와 전쟁은 절대적으로 어울릴 수 없는 최악의 궁합이다. 극과 극이고 물과 기름이다.

그런데 어떤가. 종교가 극성을 부리는 곳일수록 전쟁 또한 치열하다는 사실을. 그리고 평화로운 곳에 종교가 끼어들면 전쟁이 일어난다는 절대적 모순을.

더욱이 묘하게도 비참한 것은 보통의 전쟁은 인간끼리의 단순 명료한 싸움이라 어떤 타협점을 찾거나 어느 한쪽의 승리로 끝이 나면 그나마 평화가 오기도 하는데, 종교가 끼어든 전쟁은 보이지 않는 신의 대리전이라서인지 치열하고 잔인하며, 전쟁이 설혹 끝난다 해도 보복의 연속으로 이어지며 영원한 원수관계로 지속되고, 지치면 기다렸다 또 하는 악순환이 반복된다. 이런 모순에서 자유로울 수 없는 지구촌 인간들의 운명이여!

특히 중동산(中東産) 3 종교 경전들을 들여다보면 그 이유가 분명히 드러난다. 신이 개입된 천사와 악마로 가른 신들의 전쟁사(戰爭史)로 기록되어 있기 때문이다. 그것도 잔인하게 몰살 아니면 수장해버린다.

선민, 이방인 어쩌고 핑계되며 끝없이 반복해서 죽이는 전쟁사 기록으로 채워져 있다. 한 손에 경전 한 손에 칼을 든 병사들이 사랑을 입에 바르고 전쟁만이 살길인 냥 원수를 무찌르고 또 무찌르는 모순으로 기록되어 있다.

이런 무자비한 전쟁의 시대는 끝났노라 외치며 나타난 성인이 있어 말씀하시기를, 만인은 평등하며, 왼뺨을 때리거든 오른뺨을 내밀며, 겉옷을 달라거든 속옷까지 벗어주고, 원수를 사랑하라고 피를 토하시며 새 시대가 도래했노라 외치는데도 미련하고 우매한 인간들은 그 진리의 말씀까지도 구시대적 전쟁버릇에 접목 신민지배에 이용하는 천인공로의 죄를 짓고 있으니 못 말릴 인간의 몽매함이여!

당신이 만약 진실로 참 종교를 가졌다면, 그래서 전쟁과 평화 둘 중 하나를 택해야 한다면 명분에 상관없이 평화 쪽에 설 것이라는 게 나의 확신이다. 왜냐하면 전쟁은 죽이는 악이고 평화는 살리는 선이기 때문이다. 나의 확신이 옳다면 소위 성전(Holy war)은 위선이며 존재하지 않는다.

지구상 전쟁터의 모든 총구에서 장미송이가 피어나게 할 방도는 영영 없는 걸까.

진정한 세계평화는 세계의 모든 종교인들이 종교제국주의라는 비종교적 멍에의 이기심에서 벗어나, 만인 만물 만상을 내 몸처럼 아끼고, 하늘(신)의 참뜻이 결코 칼끝, 총구에서는 나오지 않는다는 것을 깨달을 때만이 가능하리라 나는 믿는다.

'개선식(凱旋式)은 상례(喪禮)의 예로 하라'고 말한 노자야말로 진정한 평화주의자이시다.

종교와 과학 그리고 미학

우주만상의 형상과 운행을 보면 그 신비로움과 그 정교함에 옷깃을 여미게 되고, 그 미학에 취한다.

그 신비로움이 종교적이라면, 그 정교함이 과학적이고, 그 미학이 너무도 정서적이다. 그 형상과 운행이 신비 아닌 것이 없으며, 그 정교함의 과학적 기능엔 빈틈이 없고, 들꽃 한 송이에도 그 꽃이 감당해야 할 미학적 분위기로 피어있다는 사실이 무엇을 의미하는가.

이게 바로 만물 만상이 영원한 날까지 서로가 인연적 관계로 얽혀 살아갈 끈끈한 힘(眞善美)이 아니겠는가.

성경 창세기에도 하늘 스스로 자기의 창조물을 날마다 보시고 "보기에 좋구나!"자찬하고 있다. 내 눈에도 만물이 빈틈없는 과학 그 자체로 보이며, 너무도 예술적이다. 하나님께서 그렇게 창조하셨다고 하시니, 창조주는 슈퍼 과학자이시고 예술가이심이 분명하고, 창조론과 진화론은 과학적으로도 의좋은 형제가 된다.

우리 집 앞 크레디트강변 따라 길게 펼쳐져 있는 공원 길을 매일 아침저녁 우리 집 개(통키)와 함께 걷다 보면 별별 동식물들의 생멸의 과정과 의지(意志)가 보인다. 그 과정의 뒷받침엔 과학과 예술이 있고, 그 자연의 의지에선 어떤 힘이 느껴진다.

　모든 동물이 입으로 먹고 밑으로 싸는 모양새가 너무도 과학적이고, 들꽃 한 송이에도 그 미학적 구도와 색상이 그것을 볼 상대 이웃들의 마음까지 읽고 있는 듯한 자연의 정서적 교감이 너무도 신비롭다.

　둥근 해와 달이 하늘에 떠 있고, 일곱 색 곡선으로 무지개가 공중에 수놓아 걸려있으며, 산과 나무들이 완벽한 3각 대칭미학으로 안정감을 주고 있는 이들 신비로움이 종교적이라면 그렇게 될 수밖에 없는 힘의 균형이 과학적이다. 이게 예삿일인가.

　나뭇잎 배열이 한 잎만의 입장이 아닌 전체 입장이 고려된 상생의 배려에 감탄하고, 해바라기 씨의 나열이나 벌집의 구조에서 수학적이고 정서적 지혜가 뚜렷이 보이는, 이 순열적 자연배열(황금분할, 피보나치수열)이 너무도 환상적이다.

　땅이 있고 물이 있고 태양이 있으니 생물이 살기에 알맞고, 그 물은 밑으로만 흐르는 것이 상식인데도 높은 나무 위 끝 잎에까지 공급되는 자연의 힘이 너무도 신비롭다.

　그 나무뿌리는 나무가 자랄수록 굵게 뻗어 나무를 지탱하고 물 공급에 대비시킨 완벽함에 그대는 그래 창조론 진화론이다 따질 생각이 나는가.

　코끼리 다리는 그 덩치를 지탱하리만큼 굵고, 황새의 다리는 날기에 알맞게 가늘고 길게 계산된 과학적 설계실력에 감탄할 뿐이다. 산과 나무들이 대칭삼각구도로 서 있는 자연의 안정감과 인간의 기계적 설계에 의해 만들어진 자동차와 그 차를 몰고 가는 나라고 하는 인간이 똑 같이 대칭미학으로 되어 있다는 까무러칠 사실이 무엇을 의미하는가.

입, 코, 배꼽처럼 하나짜리는 가운데 있고, 눈, 귀, 손발처럼 두 개짜리는 어김없이 대칭미학으로 있는데 반해 내부 내장들은 미학과는 상관없이 기능적으로 위치해 있다는 사실과 사람이 만든 자동차를 살펴보면 겉은 사람처럼 완전 대칭미학인데 반해 속 엔진 부분 뚜껑을 열면 인간 내장처럼 기능적으로 놓여져 있다는 사실이 너무 신기하지 않은가.

이렇듯, 자연의 설계와 인간의 설계가 일치하고 있다는 사실만으로도 그래 창조론이다 진화론이다 다툴 생각이 드는가.

음(女)과 양(男)이 부딪쳐야 생산이 가능하다는 사실과 +, −가 부딪쳐야 열(에너지)이 생긴다는 이치와, 원심력과 구심력의 균형질서가 우주질서의 원동력이 되어 있다는 과학적 상식만으로도 창조론, 진화론이라는 우론(愚論)이 너무도 유치하지 않은가. 논(論)으로 다툴 여력이 있다면 명품 지구촌을 지키는 데다 관심을 돌릴 일이다.

그렇다. 뇌, 눈, 코, 입, 귀, 살갗으로 우주만상(판단, 색깔모양, 냄새, 맛, 소리, 느낌)에 대비시킨 과학적 기능이 완벽한 걸작들을 인간 스스로가 오염시켜 걸레로 만들고 있는 죗값이 더 두렵고 무섭다.

시작이 있었다면 시작 이전이 있었을 터이고 끝이 있으면 끝 이후가 분명히 있을 터인데, 해서 우주는 애초에 그 시작도 없었고 그 끝도 없는 무한 변화의 연속과정이며 그 과정 속에서의 '나'라는 세포 개체는 무한 변화과정에서 영원히 꼬여나갈 인생새끼줄 속의 한 가닥 지푸라기 역할의 존재인 것을.

종교가 과학을 나무라고, 과학이 종교를 나무란다 해서 얻는 것은 아무 것도 없다. 어차피 우주 그 자체가 과학적이며 신비인 것을.

주위 환경여건의 성숙으로 오는 진화는 그 자체가 일종의 자연질서인 데 반해 인위적 변화는 공해의 퇴화로 나타난다.

같은 이치로 종교가 우주 자연질서에 부합 내지 순응할 때는 진리의 길이 되지만 우주적 질서를 무시한 인위적 조작이 되면 인간성 파괴라는 부패의 온상이 될 뿐이라는 내 생각이 유치한가. 당신은 저 사이비 종교들의 시궁창 모습에서 무엇이 보이는가.

해서, 내 보기엔 지금 지구상(주로 중동)에서 종교의 이름으로 벌어지고 있는 모든 전쟁과 살인은 비창조(종교)적이고 비진화(과학)적인 모순의 산물이다.

그렇다. 탄생과 사망은 자연 순환 절대순리이니 여기엔 인간의 어떤 간섭도 범죄적 악이 된다.

종교와 전쟁

인간들은 왜 전쟁을 밥 먹듯 하는가. 더욱이 종교와 전쟁은 너무도 어울리지 않는 어색한 궁합인데 그 쪽에선 보편적 가치이듯 일상의 뉴스 원이 돼버린 듯하다.

물론 지구촌 사람 사는 곳 어디에서나 종교가 있고 그리고 전쟁이 있었다. 그런데 특이하게도 구약시대서부터 오늘에 이르기까지 중동 하면 종교와 전쟁이 겹으로 연상되니 참으로 희한하고 모를 일이다.

성경 구약(중동의 역사)을 읽어보면 중국소설 〈삼국지〉를 닮은 신 (종교)이 개입된 선민과 이방인간의 전쟁사(戰爭史)로 기록되어 있다. 그리고 사랑과 화평을 노래해야 할 〈찬송가〉에 십자가 군병, 군기, 행군나팔소리, 마귀와 싸우자 등 군대 군가 같은 노랫소리가 왜 높은 지.

내가 아는, 상식적 종교의 대의는 사랑과 평화다. 남을 저주하는 일이 아니라 사랑하는 일이다. 그래서 목적이 제 아무리 숭고하다 해도 전쟁(살상)의 수단만은 비종교적일 수밖에 없다는 것이 내 믿음 (생각)이다.

나는 성경구약을 읽다가 창세기 출애굽기에서 여호와의 이름으로 이스라엘인들이 바다를 다 건너자마자 추격하는 애굽군(사람)을 수장, 몰살해버리는 장면에서 몸이 떨려 더 이상 읽을 수가 없어 덮어버렸다. 살상의 전쟁사가 어찌 성경(종교)일 수 있는가라는 의문(분함)에서다. 그들 애굽 병사 하나 하나가 무슨 죄가 있는가. 명령에 죽고 사는 병사들이 무슨 죄인인가.

그래도 내가 기독교에 입문하여 50여 년 겉으로는 신자인 척 교회에 다니고 있는 불가사의 한 이유 중 한 가닥은 예수의 산상수훈에 반해서다. 거기에는 미움이 없고, 살상이 없고, 원수(적)가 없고, 사랑과 용서와 긍휼이 있을 뿐이다. 몇 절을 옮겨보자.

'가난한 자, 애통한 자, 온유한 자, 의에 주리고 목마른 자, 마음이 청결한자, 화평케 하는 자는 복이 있나니 천국이 저희 것임이요.

네 오른편 뺨을 치거든 왼편도 돌려대며, 속옷을 가지고자 하는 자에게 겉옷까지도 벗어주고, 너와 5리를 가자 하면 10리를 동행해주고, 네 원수를 사랑하며 너희를 핍박하는 자를 위하여 기도하라. 너는 구제할 때에 오른손이 하는 행위를 왼손이 모르게 하라.'

더 이상 무엇을 보탤 것인가. 여기서만은 종교와 전쟁이 연결이 되지가 않는다. 끼어들 틈이 없다.

우리가 살고 있는 이 지구촌은 흙과 물과 공기와 생물이 함께 더불어 어울려 살아가는 터전이다. 흙이 없으면, 물이 없으면, 공기가 없으면 생물이 살 수 없고, 식물이 없으면, 동물이 없으면 사람 또한 살 수 없는, 만물 만상이 더불어 함께 살아가는 인연적 관계로 얽힌 공생의 터전이다.

한 생각만을 위한, 한 사람만을 위한, 한 나라만을 위한, 한 족속만을 위한, 한 종교만을 위한, 특히 인간만을 위한 터전은 분명히 아닐 터이다. 선민. 웃기지 마라! 내가 아는, 만상 만물을 다스리는 하늘은 그런 좀생이는 참말로 아니다,

감정의 동물인 사람 사는 곳에 문제는 언제나 어디에서나 있다. 그러해도 그 감정을 추스를 수 있는 슬기 또한 충분히 있다고 나는 믿는다. 이해하고 용서하고 반성하고, 그리고 서로 손 잡고 문제를 풀 수 있는 슬기 말이다. 종교가 있기 때문에도 더욱 그러하다. 종교=사랑이다. 왜 서로 싸우는가. 왜 서로 죽이는가. 서로가 살기 위해서인가. 서로가 죽기 위해서인가.

아니다. 참으로 아니다. 남을 죽이면 나도 죽는다. 모두가 함께 사는 길은, 한 깃발만을 정의라는 이름으로 고지에 꽂는 제국주의적 만용의 옷을 벗고 만국기가 한 높이로 하늘에 나부끼는 숭고한 UN 이념과 올림픽 정신과 적십자정신을 닮은 만인 만국이 함께 손에 손 잡고 사랑의 노래 평화의 노래를 불러야 한다.

지구촌 만만세라고— !!!

우리의 남북통일도 그렇게 곧 오리라 나는 믿는다.

평화를 사랑하는 백의민족답게.

싸우는 세상이 미워요

"싸우는 세상이 미워요."

토론토 한국일보 토요일(2017년 2월 11일)판 8면에 실린 누더기 옷을 걸친 한 시리아 전쟁난민촌 아이의 피눈물의 호소문이다.

임진왜란 때 엄마의 등에 업힌 채 피난민 행렬에 섞여 가다가 왜군 유탄에 맞아 죽은 엄마의 젖가슴을 더듬어 빨고 있는 2살배기 아이의 모습, 도대체 전쟁이라는 이름의 비극의 역사는 왜 피할 수 없는가.

원폭을 맞은 일본 히로시마와 나가사키의 아이들과 그리고 6·25 때 수도 없이 내 눈으로 직접 보았던 참혹한 비극의 장면이 손가락을 빨며 "싸우는 세상이 미워요!"라 내뱉는 난민 아이의 모습이 오버랩 되어 눈물이 고였다.

조선, 중국, 동남아를 휩쓴 군국주의 일본은 겁도 없이 1941년 12월 하와이를 급습 태평양 전쟁을 일으켰다. 4년을 버티다가 히로시마와 나가사키에 세계 최초로 원자탄이 투하 초토화 되었다. 결국 일본 왕의 무조건 항복으로 전쟁은 막을 내렸다. 그러나 히로시마와 나가사키의 8~13세 아이들은 일시에 고아가 되어 일본 전국의 기차역에서 구걸로 연명하는 비참한 거지꼴이 되었던 아이들을 어린 내 눈으로 똑똑히 보았다.

전쟁 막판 일본은 일본 영토 내에서의 백병전을 염두에 두고 국민학교 2-6학년 대도시 학생들을 시골 절간으로 소개시켰는데 당시 동경 태생인 8살인 나도 소개되었다. 1945년 일왕의 무조건 항복으로 종전이 되고, 소개된 아이들이 제집으로 돌아왔으나 나가사키와 히로시마의 원자탄 투하로 집과 부모 형제를 잃은 아이들은 모두 고아가 되었다. 그애들이 기차역에서 구걸로 연명하는 비참한 현장을 나는 선명히 기억하고 있는 것이다. 나는 다행히 집이 동경에 있어서 가족 품으로 돌아갈 수 있었다.

이 무서운 종말 같은 비극을 의미하는 핵폭탄을 한 손에 장난감 주무르듯 틀어잡고 남한 불바다를 외치고 있는 공포의 조국 한반도를 생각하면 잠이 오지 않는다.

원자탄의 위력이 그 정도로까지 무서운 줄을 경험한 세계인들은 그 후 70년 동안, 한국전, 월남전, 중동전 등 수많은 전쟁에서 최첨단 살상무기들이 비디오 게임하듯 사용되고 있으나 원자탄보다 더 위력이 있는, 지구촌을 수만 번도 더 박살 낼 미국 러시아 인도 파키스탄 등 대국들이 수천 개도 더 될 핵폭탄만은 자제하고 있다. 그래서 UN의 결의안 중 가장 강력한 의제가 핵 규제다. 바로 종말을 의미하기 때문이다.

기막힌 것은 자그마한 우리 한반도와 중동 쪽이다. 중동 쪽이야 그들 역사 이래 멈춰본 일이 없는 종교전쟁이지만 우리는 뭐냐 말인가.

사상! 웃기지 마라. 광화문에 동상으로 높이 계시는 세종대왕과 충무공에게 기도하는 마음으로 물으면 단박에 그 해답을 주실 것이다. 아니 나는 듣는다.

씨알 백성들 서로 사랑하고, 나라를 지키라고! 그리고 태극기, 촛불 따로가 아니라 한 손에 태극기, 한 손에 촛불 들고 '통일 한국 만만세' 노래 부르라고….

엄마의 미소

천지간에 으뜸 아름다움이 무엇이냐고 물어오면 나는 스스럼없이 '엄마의 미소'라 대답하리라.

산고의 고통 후 침상에 지쳐 파죽음이 되어 있는 산모에게 간호사로부터 흰 포대기에 싸인 자신의 몸에서 자라 탄생된 아기를 안겨받는 그 첫 상면 때의 엄마의 미소는 천지간에 그 어디에서도 결코 견줄 수 없는, 비유가 불가능한 아름다움이다.

성경 창세기 1장에 "하느님은 태초 6일에 걸쳐 천지를 창조하실 때, 날마다 저녁이 되니 바라보시고 보기 좋았더라"라 기록되어 있다. "좋았더라!"하신 하나님의 미소가 내 눈에 산모의 미소에 오버랩되면서 사랑의 미소가 세상 모든 힘의 원동력이며 출발이며 최고선이라 감히 말하게 된다.

하나님이 6일에 걸쳐 하루하루 창조하시며 보시고 만족해하신 그 미소는 산모가 자신이 낳은 아기를 처음 바라보는 눈빛과 그렇게 닮아 있을 것 같아서다. 이 미소는 목숨까지 내놓겠다는 책임감까지 포함된, 하늘의지를 닮은 최고선(善)이고, 이해타산을 넘은 하늘 닮은 천성(天性)이리라, 그 무엇에도 비유될 수 없는 진선미(眞善美) 그 자체이다.

하늘이야 스스로 진실이고, 선하고, 아름다움인 절대치라고 종교에서는 말하지만, 결함투성이인 애매하기 짝이 없는 내 눈에도 꽃은 아기의 모습처럼 선하고 아름다운데, 해마다 화사함으로 꽃잔치를 벌이며 찾아주는 봄의 상서로움에 취함은 이 또한 분명 하늘의도가 담긴 배려의 선물임이 분명하다.

나는 이웃 없는 일초도 못 산다. 하늘이 있어야 하고, 땅이 있어야 하고, 공기 물이 있어야 하고, 열매가 있어야 산다. 그러기에 나는 그 이웃들과 동무를 해야 산다. 동무로 친해지려면 서로 사랑해야 한다. 결론은 사랑이 전부라는 말인데, 이렇게 서로 사랑하라고 하늘은 우주만상을 스스로 '보시기에 좋게' 만들었는가 싶다. 우주의 어떤 형상도 뜻(의미) 없이 존재하지 않는, 서로 인연적 관계로 얽혀 앞의 형상이 뒤에 올 형상에 영향을 주는 인과율(因果律)로 있다.

길가에 버려진 듯 핀 한 송이 꽃이 한껏 화사함을 뽐내며 내 마음을 뺏고 대신 내게 즐거움을 선사하는 주고받음의 표본으로 보이듯 사랑은 만물이 서로 부드러움으로 존재하라는 하늘 뜻이며, 우주가 살아있음의 증거이며, 우주운행질서 (氣, energy)의 본체가 아닌가 싶다.

삼라만상이 각기 모양과 색과 냄새와 소리로 그 기(氣)를 증명하고 있음은 서로의 인연적 관계를 피부로 느끼며 살라는 하늘 의도가 분명하다. 꽃이 아름답게 보임은 색이 있으며, 그 향기에 취함은 냄새가 있기 때문이고, 그 태가 보기 좋음은 모양이 있기 때문이요 졸졸 흐르는 개울물 소리가 감미로움은 소리가 있기 때문이다.

이것들이 또한 '좋다' '나쁘다'라는 비교치를 갖는다는 것 또한 아름다움을 돋보이게 할 의도가 분명하고 그래서 좋음은 좋음의 가치로 안 좋음은 안 좋음의 가치로 하지만 이러한 가치는 하등의 차이가 없다. 일등은 꼴찌가 있기 때문이며, 선은 악이 있기 때문이고, 백은 흑이 있기 때문이며, 높음은 낮음이 있기 때문이다. 일등과 꼴찌, 백과 흑, 높음과 낮음, 이들은 가치의 다름이지 차별일 수는 없다. 보는 내 맘이 순수해질수록 하늘을 닮아 사랑으로 대하게 되리라. "마누라가 예쁘면 처갓집 대들보도 예뻐 보인다."라는 속담은 그래서 진리다.

나는 뭔가를 만들기를 즐긴다. 어떤 것은 실망하고, 어떤 것은 잘되어 "보기 좋구나!" 감탄한다. 하늘 스스로 구상한 삼라만상이 기대치이상으로 만들어져 "보기 좋구나." 하셨다는 스스로의 만족의 의미는 만상이 사랑스럽다는 뜻이 아닌가. 그래서도 모든 자연은 스스로 있을 가치가 있다는 것이고, 개미 한 마리도 살 권리가 있다는 의미가 된다.

태양은 둥근 모습으로 밝게 떠 있어야 할 이유가 있고, 산은 삼각형으로 거기에 버티어 앉아 있을 이유가, 바다는 푸른색으로 망망대해를 이루며 출렁이고 있을 이유가, 똥은 구린내를 풍겨야 할 이유가 있을 것이니, 생로병사(生老病死)의 고(苦)도 피할 수 없는 내가 감당해야 할 몫으로, 싸워 이겨야 할 악의 대상이 아니라 길동무라는 생각이 든다.

하늘 닮은 엄마의 미소로 자라서 삼라만상 모든 이웃들과 함께 사는 재미, 참으로 쏠쏠하구나!

하얀 기도

그때 나는 집에서 가게까지 15분 거리를 운동 겸 걸어서 10년을 출퇴근 했습니다.

아직은 어둠이 머뭇대는 이른 새벽 골목을 빠져 나와 공원길로 접어드니 함박눈이 가로등에 반사되어 은빛가루 뿌리듯 춤을 추며 내립니다.

아빠의 가게 출퇴근길에 동무하라고 딸애가 사준 워크맨 테이프에서 때마침 진혼곡이 흘러나와 귀청을 울리는데, 하늘 가득 춤추는 함박눈과 어우러져 내는 하모니가 천사들의 합창 소리로 들려 천상을 거니는 듯한 환상에 젖습니다.

하늘이 내 눈높이로 내려오시니 어쩐지 닫힌 맘 문 열어 대상도 제목도 모르는 하얀 기도를 드리고 싶어집니다. 눈밭에 엎어져 솟구치는 벅찬 가슴 토해내고 싶어집니다. 회칠한 거짓 몸짓이라 하늘이 웃으실 텐데, 세밑 탓이라 핑계 될까요? 분분설(紛紛雪)에 홀린 탓이라 변명할까요.

그런데 눈은 왜 하얀 색으로 오실까요. 빨강, 노랑, 파랑이면 어때

서요. 그리고 눈은 왜 소리 없이 내리실까요. 천둥 번개 치며 못 오실 것도 없는데 말에요. 그리고 눈은 어째서 춤을 추며 내리실까요. 비처럼 죽죽 못 오실 것도 없을 텐데요.

아닐 거예요. 아니고 말고요. 천연색 눈은 눈이 아니지요. 소리를 내면 눈인가요. 춤을 못 추면 그게 눈이랄까요. 하얀 꽃송이로 춤을 추며 소리 없이 내리셔야 제 맛이지요.

비나 눈이나 물의 물리적 변화일 뿐인데 마음에 와 닿는 느낌의 차이는 사뭇 달라지네요. 실연당한 젊은 사내는 깡 술에 소나기를 생으로 맞으며 걸어야 어울리고, 사랑의 고백은 함박눈 내리는 저녁 고궁 담길 걸으며 해야 효력이 직방일 것 같아요.

슬프면 눈물이, 기쁘면 웃음이 나오는 이유가 하늘의 계산된 의도인지는 알 길이 없으나 우리 집 개 통키 놈도 나의 화난 표정과 부드러운 표정에 따라 대응자세를 바꾸는 걸 보면 모든 자연의 표정은 하늘의 뜻을 전달하는 표상(메시지)이지 싶네요.

하늘이 파래야 할 이유, 밤은 어둡고 낮은 밝아야 할 이유, 해는 둥글고 산은 삼각형이어야 할 이유, 동물의 새끼들은 귀엽고 움트는 새순들이 탐스러워야 할 이유, 꽃은 아름답고 배설물이나 시체는 더럽고 무서운 이유, 이런 이유들이 이유 없다 할까요.

눈이 흰 꽃송이로 살포시 소리 없이 내리고, 비가 천둥 번개 치며 죽죽 오는 이유가 그래서 분명히 있을 것 같네요. 그래요, 비가 하늘의 기운(氣運)이라면 눈은 하늘의 호흡일 것 같고, 비가 아버지의 회초리라면 눈은 엄마의 손길 같아요. 비는 세상의 더러움을 까발리고 쓸어버리지만, 눈은 지상의 더러움을 비록 잠시이긴 하나 감싸 안고 덮어주셔요.

그래서 비가 하늘의 율법이라면 눈은 하늘의 사랑 같아요. 그래요, 비가 구약의 하나님으로 상징된다면 눈은 신약의 하나님으로 상징되네요. 그렇잖아요. 구약의 하나님은 분노하는, 질투하는, 차별하는 하나님으로 묘사되어 있으니 독수리같이 엄하신 부성의 하나님 같다는 생각이 들고, 신약의 예수께서는 용서의, 위로의, 사랑의, 평등의 하나님이시니 비둘기같이 온순하신 모성적 하나님으로 보이네요. 그러고 보니 왜 성탄절 전야가 하얀 밤이어야 하는가가 이해되네요. 엄한 부성적 율법의 시대는 가고 새 언약의 모성적 사랑의 시대가 열리는 날이라면 죽죽 내리는 비보다는 소리 없이 내리는 하얀 눈이어야 제격이잖아요. 그래선지 어색하지만 나는 하얀 눈 살포시 덮인 성탄 아침 '하얀 기도'가 하고 싶어지네요.

하얀 눈 내리시네 새로워지라고
살포시 내리시네 사랑하며 살라고
춤추며 내리시네 즐기며 살라고
이 마음 눈송이로 하얗게 살고지고

하늘에 드리는 우문(愚問)

　살다 보니 어느덧 80이 되어버렸습니다. 이 삶의 여정에서 부딪히고 만난 고통과 환희, 우주운행의 신비와 의문, 자연변화의 아름다움과 공포, 내 존재의 가치와 삶의 이유 같은 것을 현자(賢者)가 이웃에 있다면 찾아가 질문을 퍼붓고 싶은 심정으로 하늘의 넓은 도량(度量)을 향해 우문(愚問)을 감히 드리고 싶습니다. 두려움과 친근함과 신뢰의 대상인 아버지 같으신 하늘 당신께 드리는 저의 이 우문을, 한 어린 자식의 응석으로 받아주시면 고맙겠습니다.

　인간은 종교적인 동물임이 확실하듯, 사람들은 거기에서 삶의 가치와 삶의 의미를 찾아 의지하고 있고, 하려 하고 있습니다. 그런데 이런 세상의 종교들이 인간 쪽의 필요에 의한 산물인가요. 아니면 참 실재이신 하늘 쪽 당신 스스로의 사업이신가요.

　생로병사(生老病死)를 피할 수 없는 인간의 연약함 때문에 찾게 되는 절대존재자를 향한 인간의 마음을 종교심성이라고 정의한다면 이것이 인성(人性)인가요. 아니면 신성(神性)인가요. 인성이라 한다면 인위적 수작이 되겠고, 신성이라 한다면 신의 은총에 의존할 수밖에 없게 됩니다.

하지만 어느 쪽이든 나에게는 별 의미가 없습니다. 인성(人性) 쪽이라면 조작일 수 있다는 의미가 되겠고, 신성(神性) 쪽이라면 내 의지가 관여할 수 없는 운명적인 것이기 때문입니다.

어디까지나 나는 나의 참 의지와 하늘(우주)의 참 근본이 일치되는 참 실재를 경험하고 싶은 것입니다. 예를 들어 천당, 지옥을 인성 쪽이라 하면 죽은 후에 보니 허구일 수도 있고, 신성 쪽이라 하면 믿고 안 믿고 상관없이 만나게 되는 필연의 길이 될 터이니, 참 근본을 만나고 싶은 내겐 이도 저도 나와 상관없이 종교의 으뜸 교리가 사랑과 화평이라 쓰여 있는데도 지구촌 각처에서 벌어지고 있는 죽고 죽이는 전쟁이 종교에 의해서라는 모순을, 저는 모순으로 보지 않고 필연적 결과로 보고 있습니다. 다이아몬드보다도 더 단단하고 쇠심줄보다 더 질긴 종교신념이라는 이기심으로 단련되어 있으니 어쩌겠습니까.

내가 상상하는 참 종교는 자기 쪽을 향한 욕심이 아니라 자기 극복이며, 그 자기 극복은 이기심을 하나씩 허물 벗듯 버리는 과정에서 이루어지리라 여겨지기 때문으로도 그러합니다.

저의 이런 우문이 좀은 지루하시더라도 하늘 당신의 넓은 도량으로 경청해 주시기 바랍니다. 우주는 어떤 힘에 의한 만들어집니까. 스스로 있음입니까. 만약 만들어짐이라면 만든 자가 우주 창조 이전에 우주 밖에 존재해 있었다는 뜻인데, 그렇다면 존재자 조물주가 서 있는 자리는 어떻게 설명이 됩니까. 형이상학적 존재입니까. 그렇다 해도 스스로 있는, 스스로 됨이라는 답이 됩니다.

그런데 저는 창조, 비창조를 따지기보다는 우주 그 자체에 관심이

쏠립니다. 왜냐면 우주는 모든 것-공간, 시간, 힘(에너지), 정서-을 포괄한 채 한 치 어긋남이 없는 질서 그 자체로 보이기 때문입니다.

그 참 질서(眞)는 착함(善)과 아름다움(美)을 포괄해서 운행되고 있는데, 참 종교란 이 우주질서에 순응함으로써 느끼는 즐거움이며 편안함이라 여겨집니다.

내 존재함 또한 이 우주질서 속의 한 일부임(세포)이 확실하니 감히 이 질서에 순응 안 할 수 있겠습니까. 그런데 그 순응은 무조건적인 것이 아니라 내 스스로 우주의 일부를 담당하고 있다는 자부심으로 하고 있다는 사실입니다. 즉 전체에 대한 일부로서의 자각입니다.

현자들이 이 우주질서를 몇 마디 말로 표현하려 했다면, 과학자들은 어떤 공식을 만들어 증명하려 한 것이 다를 뿐 같은 맥락이겠지요. 그래서 과학이 더 발달한 훗날 현 컴퓨터보다 몇 만 배 뛰어난 슈퍼컴퓨터의 성능을 빌어 우주질서의 근본을 간단한 방정식으로 풀어낼 날이 올지도 모른다는 상상도 해 보게 됩니다. 마치 옛날엔 상상도 못한 아인슈타인의 방정식 $E=mc^2$ 처럼 말입니다. 그러나 우주의 신비는 영원히 벗겨지지 않을 것입니다. 우주는 인간에게 영원히 풀 수 없는 죽음 후의 세계처럼 신비 그 자체이기 때문입니다. 아무리 알아낸다 한들 한 컵의 바닷을 퍼내는 격이라는 어느 과학자의 고백이 정직하게 들립니다.

또한 이 우주만상이 음양이라는 묘한 힘의 균형과 모양, 색, 소리, 냄새 그리고 맛이라는 5가지 특성을 내며 예쁨과 추함, 착함과 악함이라는 정서로 서로 간에 교감을 하며 인연적 관계로 마치 새끼줄처럼 시간 속에서 얽혀 운행되고 있다는 사실에 놀랄 뿐입니다

아무렇게나 피어있는 들꽃 한 송이만 봐도 거기엔 모양과 색과 냄

새로 한껏 태를 보이며 나에게 즐거움을 주고 있으니 이 또한 경이입니다. 해는 둥근 모양으로 하늘에 떠 있으며, 눈은 하얀 색으로 날며 내리고, 개울물은 졸졸 소리 내며 흐르고, 장미는 향내로, 꿀은 단맛으로 유혹하는 이 여러 특성들이 그저 그렇게 이유 없이 되어져 있다 할까요. 분명 그래야만 하는 이유가 없지 않을 것이라는 생각이 듭니다.

더더욱 놀라운 신비는 우리 인간들이 그 특성들을 비록 미약하지만 감지하여 감상할 수 있는 정서를 가졌다는 사실입니다. 아니 인간뿐이겠습니까. 생물이든 미생물이든 서로 간에 주고받으며 얽힌 정서로 상대적 교감을 하고 있는 이 우주의 신비, 진실로 우주는 살아 숨 쉬는 실체임이 증명되고 있습니다.

인간의 정서가 이 특성들과 맞물리면 삶의 재미라는 예술을, 삶의 가치라는 철학을, 삶의 움직임이라는 과학을, 삶의 근본이라는 종교를 낳으며 삶의 모양새를 풍부하게 하고 있다는 사실이 얼마나 보기 좋습니까.

대상 그 자체가 아름다움인지, 그렇게 보는 마음이 고운, 마누라가 예뻐 보이면 처갓집 문설주까지 예뻐 보이는, 상대적인 것인지는 잘 모르겠으나, 중요한 것은 대상과 그 대상을 보는 자와의 사이에 흐르고 있는 이 정서적 교감입니다. 이 교감, 이것이 도대체 무엇입니까. 이 끈끈한 정감, 혹 이것이 삶의 이유이며 우주존재의 이유(가치)는 아닐는지요.

아까부터 한 계집아이가 해변 모래톱에서 무언가 열심히 찾고 있습니다. 그러다 예쁜 조가비 하나를 발견합니다. 순간 꼬마의 눈은 환희로 빛납니다. 이 꼬마아이는 막막한 우주 속의 한 작은 물질에서 아름다움 이상의 무엇인가에 반하여 행복해 합니다. 조가비와 아이의 만남, 이 극적인 해후, 그 직전까지도 그 감정은 흐르지 않고 각자의 물체 속에 잠재해 있었을 뿐이었습니다. 꼬마의 미에 대한 동경과 조가비의 미의 실재가 만나 일어난 스파크 형상 같은 이 정서야말로 서로가 살아 숨 쉬는 존재 이유가 아닌가 하는 것입니다.

이런 너와 나와의 만남의 인연들처럼, 그 상대가 무엇이 되든, 모든 것들이 서로 간에 만남에서 발생하는 연속적 사건의 변화가 우주의 본질이 아닐까 어렴풋이 짐작을 합니다. 만약 이 내 짐작이 맞다면 내가 하늘의 절대 진리(우주질서)를 깨닫는 순간도 아마 꼬마계집아이와 비슷한 희열을 맛보지 않을까 싶습니다.

내가 몸담고 있는, 그래서 더욱 만나 깨닫고 싶은 이 우주는 처음이 있으니 마지막이 있는 것이 아니라 처음도 끝도 없는 영원한 시간 속에서 시시각각 변화는, 정지되지 않은 '있음'으로 보입니다. 이것이 우주가 살아있음의 징표가 아닐는지요.

완전한 죽음은 정지된 무변화지만, 엄밀히 따져 완전한 정지된 죽음은 적어도 우주는 아닌 듯합니다. 물론 인간의 죽음도 우주전체라는 생명체로 보면 죽음이 아니라 변화의 과정일 뿐으로 보입니다. 마치 몸의 세포가 끝없이 탄생과 사멸의 과정을 밟듯 우주만상은 한 순간도 쉼 없는 변화의 과정을 밟고 있을 뿐인데 어찌 죽었다 하겠습니까.

우주의 흙과 공기를 먹고 숨 쉬는 나라고 하는 생명체로서의 한 세포가 세상적 죽음이라 말하는 과정을 거쳐 다시 살아 숨 쉬는 한 줌의 흙으로 변화하여 우주로 다시 환원되는 것이니 나의 죽음으로 인해 우주 자체의 손실은 아무것도 없지 않습니까.

아, 살아 숨 쉬는 나의 본향, 이 우주의 참 질서인 아름다움을 추구하는 과정을 나의 종교 심성이라 한다면 하늘 당신은 이단이라 돌팔매질을 하시겠습니까. '그래도 지구는 돈다.'고 한 갈릴레오처럼 돌팔매질을 당할지라도 '아! 살아 숨 쉬는 우주는 아름답구나.'라고 중얼거릴 수 있는 자가 되고 싶습니다.

하늘이 보시기에 없는 듯 작은 내가 드리는 이 우문을 흘려들을 수도 있을 텐데 끝까지 경청해 주셔서 고맙습니다.

답이야 때가 되면 내 스스로 깨달을 수 있도록 당신이 배려해줬으리라 믿습니다. 고맙습니다.

1999

창조론, 진화론 그 틈새논리

창조론, 진화론이 논(論)을 달고 있는 걸로 봐 아직은 그 어느 쪽도 절대 진리가 아닌 듯하다. 그 논(論) 틈새에 끼어 감히 내 생각을 논(論)하고자 한다. 과학(힘·시간·빛·소리·냄새·모양)과 미학(美學)과 정서가 생(生)과 사(死) 사이를 간섭하며 더 좋게 도리어는 생명체의 모든 과정이 우연한 습성인가. 아니면 창조의지의 결과물인가. 하긴 솔직히 창조론을 들어봐도 억지 같고 진화론을 들어봐도 역시 모호하긴 마찬가지니 내 틈새논리가 무엄지경은 아닌 듯하다.

태초에 여호와 하나님께서 6일 동안 우주를 창조하시면서 날마다 '보시기에 좋았더라'고 성경에 기록되어 있는데, 다윈이라는 학자가 나타나 토를 달기 시작했고, 지금은 그쪽으로 많이 기울고 있는 듯하다.

외적이든 내적 힘에 의해서건 우주라는 만물 만상이 생겼다는 건 그렇게 될 수밖에 없는 어떤 필연적 자연의 속성이 있었을 텐데 그 속성(気, 에너지)이 참으로 궁금하다. 영원히 숨 쉬는 생명체의 영속성을 가능케 하는 힘의 원천이 과학이 되었든 신학이 되었든 그 신비엔 변함이 없다.

내가 엄마 뱃속에서 잉태되면서 시작된 맥박의 박동이 마치 기름의 힘으로 돌리는 자동차 엔진처럼 죽을 때까지 뛴다는 힘의 원천이 신비함이고, 나아가 내 심장의 박동이 내 죽음으로 소멸된다 해도 씨앗이라는 매체의 연속성에 의해 영원이라는 시간 속에서 대를 이어 조금씩 변화를 하며 계속 뛴다는 사실이 너무도 신기하다. 언제부터인가 시작된 생명체가 멈추지 않고 조금씩 변화를 하며 숨을 쉬며 이어나가는 힘(과정)이 그래서 내 보기로는 진화적 속성으로 창조되었다는 결론이 된다.

우주적 시간 속 어느 순간 만물 만상이 등장, 그 중 생명체라는 희한한 물체가 지구라는 땅에 생겨(등장) 삶과 죽음을 반복하며 콩 심은 데 콩 나고 팥 심은 데 팥이 나는, 씨앗(죽지 않는 생명체)이라는 매체에 의해 반복하며 유전적 종족이음을 시간 속에서 역사를 만들며 존재하고 있다는 것, 이를 혹 진화라 하고 혹 창조라며 논란이 일고 있긴 하지만 생명 그 자체로 보면 기적이고 경이이다.

그리고 그 종이 다양할 뿐만 아니라 똑같은 것이 하나도 없다는 사실이고, 같은 종(種)끼리만 연속이음이 가능하고, 타종(他種)과는 불연속적 인연관계로만 얽혀 서로 함께 더불어 살아가는 자연 절대질서에 나는 감동하고 놀란다. 이 자연 절대질서를 주관하는 힘의 근원이 어디로부터서인지는 내 좁은 소견으로는 짐작도 못하나 다만 머리 숙여 순종할 수밖에 없다. 해서 종교의 이유들이 이해된다.

종자라고 하는 작은 씨알 속의 유전인자가 갖고 있는 특성들(모양과 성질과 영원성)을 현대과학이 아무리 분석해 본들 내 웃을 때의 근육의 움직임과 슬플 때 나오는 눈물 한 방울의 의미를 알아낼 것 같지가 않다.

그 좁쌀 같은 작은 씨알 속에 담겨 있는 모든 속성(사랑, 미움, 슬픔, 질투, 용서, 이해, 욕망, 절망) 등, 그리고 모양 색깔 냄새 소리 등, 그 많은 유전적 내용물들을 내포하고 있다가 어느 순간 암(-) 수(+)가 짝을 만나 잉태라는 사건을 통해 새끼줄 꼬이듯 얽혀 이어나가는 연속적 생(生)의 과정이 우연의 속성(버릇)이라 하기에는 너무도 치밀하고, 연속적 변이에 의한 도태의 과정을 거쳐 진화되는 버릇(성질)이라기에는 역시 너무도 신비하다.

이 신비함을 종교라는 방정식에 대입해 보면 신의 개입이 상상되는데, 그래서 나는 모든 생물은 진화되게끔 창조된 것이 아닌가 상상하고 있다. 수억만 년 동안 환경에 적응, 더 나은 삶의 조건으로 변이와 도태를 거치며 오늘에 왔다면 분명 태초와 지금과는 뭐가 달라도 달라졌을 터이니 말이다.

기독교적으로 보면 성경과 그 영감성, 그리고 무오성이라는 절대성에 진화론은 씨도 먹히지 않을 것은 머리(과학)가 문제가 아니라 영적인 문제이기 때문이다. 그래서 창조론과 진화론은 철길같이 끝없이 논(論)으로 대립될 수밖에 없는가 보다.

그런데 여기서 잠깐, 창조론과 진화론에서 손잡을 수 있는 한 가지 사건(조건)이 내 머리를 스친다. 그것은 미학(美學)이라는 정서다. 아침이 되고 저녁이 되니 "보시기에 좋았더라." 스스로 세상을 창조하시면서 하신 여호와 하나님의 독백이다.

더 편리하고 더 보기 좋은 방향으로 변화된다는 진화론자의 말대로라면 "보시기에 좋았더라." 라는 비교상대어와 일맥상통하고 있기 때문이다. 왜 절대자 자신의 창조에 굳이 "보기에 좋다"라는 비교상대어를 사용하셨을까. 절대자 스스로의 작품에 '좋다 나쁘다' 라는 비교상 대어가 도리어 이상하게 들리지 않은가. 그렇다. 같은 값이면 다홍치마다. 바가지 하나를 만들어도 예쁘게 만들고 싶어 하는 농부의 마음에서 일곱 색 곡선으로 수놓아 하늘에 예쁘게 걸게 한 절대자의 속마음을 나는 훔쳐 읽는다.

독서 삼매경

　내게 책은 아편이다. 중독 상태다. 그저 책이 좋아 밥 먹듯 읽는다. 물론 억지로 읽을 때도 있는데 공부로 읽을 때다. 문제는 이놈의 공부다. 목적이 깔린 공부, 시험 칠 목적이라는 무게가 재미를 앗아가 버린다. 그래서 외우는 공부는 지겨웠다. 그나마 산수(수학)는 논리적 생각을 다듬는 재미라도 있지만.

　책이, 글이 공부라는 짐이 되면 몸이 비틀려 십리도 못 가 졸음부터 오는데, 재미있는 책을 펴고 변기에 앉으면 시간을 잊는다. 바로 삼매경(三昧境)이다. 물론 공부는 피가 되고 살이 되는 영양제라 해서 억지춘향식으로 하긴 한다고 하는데 능률은 영 바닥이다.

　밥을 피가 되고 살이 되려고 억지로 먹는다면 그게 밥맛인가 약맛이지. 그냥 맛있어 먹다 보니 피가 되고 살이 되는 것, 음식을 공부하듯 몸에 좋다는 것만 약처럼 먹는 이도 있지만 그게 밥맛인가 약맛이지. 그렇다. 음식은 약이 아니라 맛으로 먹는, 입과 눈과 마음에 즐거움을 주는 바로 식도락 삼미(三味)이다.

　하늘은 고맙게도 음식마다에 골고루 영양가를 넣어주셔서 편식과 과식만 피하면 그게 바로 피가 되고 살이 되는 보약이다. 그래서 내게 독서는 밥 먹듯 일상적 버릇이다. 하루 세끼는 어떤 일이 있어도 찾아 먹는, 놓친 한 끼는 내 생애에 다신 찾아먹을 수 없는 손해라며 목숨 걸고 건너뛰는 법이 없다. 만약 가난 때문이라면 분발할 것이고, 병 때문이라면 슬퍼할 것이고, 누군가 강제로 못 먹게 방해한다면 나는 온 힘을 다해 저항할 것이다. 이렇게 나의 책 읽기는 내 탐식 버릇을 그대로를 닮아 아무리 피곤해도 한 줄의 문장을 읽어야만 잠을 청한다.

중국의 석학 임어당 씨의 독서론을 들어보면 "독서에는 두 가지 방법이 있는데, 하나는 지식을 넓히기 위한 공리적인 것이요, 또 다른 하나는 아무 목적도 없이 독서 그 자체를 즐기는 것이다. 전자는 참 의미의 독서라 말할 수 없고 다만 독서하는 인물에게 매력과 품격을 주지만 후자가 독서의 진수를 맛보고 있다."고 했다. 또 자칭 국보이신 당대의 석학 양주동 씨도 "독서는 즐거움으로 할 것이고, 선천적으로 즐기는 이는 다복하며, 그래서 어렸을 때부터 독서 즐기는 습관을 잘 길러놓은 이는 행복한 사람이다."라고 했다.

그런데 억울하게도 내 어릴적 시골엔 책이란 게 없었다. 물론 도서관이 있을 리 없다. 무상으로 주는 미국 원조로 만든 교과서가 전부였다. 그 새 교과서를 받아 집에 오자마자 풋풋한 새 책갈피 냄새를 맡으며 읽는 감동, 과목 같은 건 상관 없다. 그날 저녁 호롱불 밝혀다 읽어버린다. 그냥 그렇게 책이 좋아, 책에 목말라 있었다.

나는 선천적으로 뇌 발달이 한쪽으로 기울어 있어 이해력은 그나마 좀 있다 싶은데 암기력은 바닥이라 외워야 하는 국어, 역사, 지리 같은 과목의 시험은 늘 '미' 아니면 '양'이었다. 소설책 마지막 장을 넘기는 순간 주인공 이름도 거짓말처럼 잊어버린다. 내가 아는 전화번호는 우리집 것 단 하나다. 금쪽같은 딸들의 전화번호도 모른다. 암기력이 절대적인 영어공부는 태산보다 더 높이 오르고 또 올라도 늘 낙제점수라 나의 출세 길에 막대한 지장을 주고 있고, 영어 나라 50년 인연으로도 한심하게 콩글리시로 산다.

나의 역사 성적은 연대와 이름 때문에 30점을 밑돌았으나, 내가 즐겨 읽는 책은 공교롭게도 역사 쪽이 많다. 어느 소설책보다도, 철학책보다도 흥미진진하다. 살아 숨 쉬는 흥망성쇠의 드라마, 이보다 더 박진감이 없다. 시험을 위해 연대와 이름을 외우야 하는 수고 따위 접어두고 그냥 책 흐름의 맛에 취해버린다.

이렇게 나의 독서는 공부가 아니라 맛이다. 밥을 영양가 따져 먹나, 맛으로 먹지. 공부가 맛인 사람도 있다는데, 되기 멋없어 보인다. 아니다. 참 맛에 사는 사람일는지 모른다. 불경을, 성경을 나처럼 몸을 비틀며 공부하듯 읽지 않고 맛으로 읽는 이는 얼마나 행복할까.

성경을 달디 달게 낭독하시며 읽으시던 할머니의 표정은 예수님을 만나고 계신 행복 그 자체이다. 그저 세속적 맛타령식 글읽기를 독서 삼매경이라 우기며 산, 남 보기에 한심한 나는 아무래도 고상한 축과는 그래서 거리가 먼 것 같은데….

곡선의 미학

세계적 명화나 조각품들을 보면 나체상이 많은데 대부분이 여성의 나체상이다. 이 명화들은 나체화라는 우리말보다는 누드화라 해야 걸맞은데, 아무래도 서양풍 같아서다.

우리 동양화 화백들은 여체의 아름다움을 몰랐을 리 없었을 것이나 감히 옷을 벗겨 화폭에 담을 용기는 없었는지 몰래 훔쳐본 냇가 목욕하는 여인의 유두나 겨드랑이를 살짝 그릴 정도에 그치고 있다. 어쩌면 그것은 누드화풍의 예술적 표현이라기보다는 육감적 감상이었지 않나 싶다. 남존여비 사상을 벗지 못한 이들의 눈에 비친 노리개 감으로서의 기녀의 요염한 자태를 그렸다면 포르노 묘사에 더 가깝지 않았을까 해서다. 만약 그것이 화백의 예술적 작업이었다면 우리에게 그리도 익숙한 세련된 선으로 한 차원 다른 예술로 승화된 작품이 탄생되었을 터이다.

저 고려청자의 흘러내린 신비스러운 선의 모델은 분명 여체의 곡선 (요즘 유행어로 S line)일 거라는 생각이 들고, 이런 간접표현은 우리 생활 구석구석에서 발견되는, 우리예술의 표현법이 아니었을까 싶어서다.

그렇다. 여체의 곡선미는 신의 솜씨가 발휘한 최고품의 완벽한 아름다움이다. 그 중 심혈을 기울인 부분은 젖가슴 쪽이다. 나는 그 쪽을 볼 때면 숨이 멎을 듯 아찔한 현기증을 느끼며 긴장을 한다. 가슴으로부터 은밀한 곳까지 흘러내린 앞쪽의 곡선미는 아무래도 남성인 내겐 육감적이고 충격적 아름다움으로 보일 수밖에 없다 해도, 측면에서 본 목 부위서부터 어깨, 허리, 엉덩이를 지나 다리로 이어내린 뒤쪽의 곡선미 또한, 앞쪽 못지않게 우주적 최상의 걸작이라 찬사를 받아 아깝지 않다.

그래서 나는 남성으로 태어나 상대적으로 이 최상품 여체를 감상하며 살 수 있게 해준 신에게 감사하며 그 아름다움에 취하고 노예되기를 스스로 자처하고 있는 터다.

여기서 잠시, 남성 대 여성이라는 직설적 상대감상법에서 벗어나 신이 심혈을 기울여 빚어낸 이 걸작 곡선미의 깊은 의도를 찾아보기로 하자. 아마도 우리는 또 다른 놀라움을 발견하게 될 것이다.

모체로서의 이 아름다움은 낳은 새끼가 무리 속에서 건강한 육체와 건전한 정서를 갖고 살아갈 수 있게 키워내려는 신의 깊은 배려임이 분명하다. 새끼가 어미의 아름다운 젖가슴을 보고, 만지고, 빨며 그 가슴에 안겨 새근새근 잠을 자고 있는 모습만으로도 편안한 행복감이다. 먹고, 보고, 만지는 3위 감각이 건전성일 때 아이의 정서는 완벽하리만큼 건강할 것이고, 이런 아이들이 살아가는 사회가 어찌 맑고 밝고 깨끗한 쪽으로 가지 않겠는가.

그렇다면 서구 중심적 현대 서구화 사회가 만들어내고 있는 오늘의 과학문명이 무엇을 어떻게 얼마나 잘못하고 있는가가 분명해진다. 신의 최상의 걸작인 엄마의 젖가슴을 아빠에게 빼앗긴 아이는 울 쳐진 침대에 홀로 발랑 누워 딱딱한 우유병을 빨면서 웅크려 잠이 드는 외롭고 허전한 가슴으로 자라고 있다는 사실, 이런 아이들이 만들어 낼 미래의 사회가 어디로 굴러갈지는 면경 보듯 훤히 보인다.

사내(아빠)가 엄마 젖가슴을 아이로부터 탈취한 범죄는 우주질서를 반역하는 행위이며, 이는 아담이 사과를 따먹은 원죄보다 더한 죗값으로 언젠가 응징을 받을 것이다. 아니 시작되고 있다. 정서적으로 불안전한 인간들이 자연 파괴로 그 징조를 나타내 보이며 극도의 반사회적 에고(egoism)가 판을 치고 있음은 우연이 아니다. 엄마 젖가슴의 저 신비의 곡선미를 감상 못한 세대가 만들어낼 미래 것들이 날카로운 직선화로 표출될 수밖에 없는 것은 당연한 결과다.

우주에 존재하는 모든 자연적 아름다움은 곡선이다. 직선은 과학을 낳고, 곡선은 예술을 탄생시킨다. 이렇게 직선은 냉철한 차가움을 느끼게 하지만 곡선은 정감을 느끼게 하는 예술적 표현의 모체가 된다.

각진 턱을 가진 여성보다는 둥근 얼굴형 여성에 더 호감이 가고, 아이의 둥근 얼굴은 한 번 더 만져주고 싶어진다. 십자가에 매달린 예수의 앙상한 각진 얼굴에선 범접할 수 없는 긴장을 느끼는 대신 둥글고 온화한 부처상을 보고 있노라면 마음이 포근해진다. 도심의 현대적 빌딩들은 곡선을 배제시킨 직선의 연결이다. 그러나 예술품을 수집 보관 전시하는 박물관이나, 정신문화를 수집 보관 전달하는 도서관 같은 건물은 설계자들이 곡선을 최대로 살려 활용하고 있음을 볼 수 있다. 예술적 감각의 발휘다.

나는 이곳 북미의 하이웨이를 싫어한다. 가도 가도 직선으로 되어

지루하다 못해 졸리다. 그런데 몇 년 전에 달려본 한국의 고속도로는 내 맘에 쏙 들었다. 속력내기는 좀 위험해도 산모퉁이 돌며 강을 끼고 달리는 맛은 그만이었다. 옛날의 그 추한 민둥산이 아니라 우거진 숲의 산속 사이를 거미줄처럼 뚫어 만들어진 고속도로를 달리는 기분은 마치 온 국토가 공원길처럼 정다웠다.

이렇듯 나는 곡선을 좋아한다. 그래서 길 가다 날씬한 아름다운 여성을 보면 되돌아 한 번 더 보는 끼를 버리지 못한다. 그리고 나는 조각을 모르면서 조각 보기를 즐기며, 배울 기회를 못 가졌으나 어릴 때부터 뭔가를 만드는 손놀림을 즐겼고, 그 손놀림엔 늘 아름다움이라는 예술성이 묻어 있음에 놀란다.

조각이 나의 흥미를 불러일으키는 이유는 공간적 미학이 있기 때문이다. 그 대표적인 것이 하늘이라는 예술가가 빚어낸 걸작인 엄마의 젖가슴이다. 그리하여 아이가 태어나는 순간서부터 이 최고품을 보고 만지고 **빨며** 그 미학에 세뇌 당하게 된다.

엄마의 젖가슴이 아이의 양육을 위한 먹이를 담은 용기로서의 기능 외적 시각적인 아름다움에 젖어 들게 하고, 그 촉감에 묻어 전달되는 말랑하고 따스함으로 안정감을 느끼며 자라나도록 한 하늘의 용의주도한 깊은 배려에 어찌 감탄하지 않을 수가 있는가.

세상만물에 작은 것은 아름답고, 그 표현의 말이 또한 예쁘다. 새 싹은 탐스런 작은 모습으로 싹을 틔우고, 병아리 강아지 망아지는 듣기만으로도 작고 귀엽다. 그런데 그 예쁜 새끼들이 태어나자마자 살려고 본능적으로 접촉하는 최초의 곳이 엄마의 젖가슴이고, 하늘은 최상의 솜씨로 다듬어내어 아이들에게 선물했다. 그 이유는 분명하다. 우주적 균형질서(善)를 위한 하늘의 배려이고, 그 하늘은 본질는 소문을 못 들었고, 배타적이기 쉬운 민감한 종교들 간에 비방소리 못 들었고, 저네 나라 안에서는 어떤 문제로 서로 원수지간이면서도 이곳에선 서로 싸웠다는 소리 못 들었다. 싸우기는커녕 너그러운 이 해심들이 하늘 만큼들이다. 각기 민족들이 자기들 명절이라 해서, 축제일이라 해서, 월드컵에서 이겼다 해서, 때론 자기들 모국 정치문 제로 저네 모국기를 휘날리며 길을 메우고 야단법석 교통 혼잡을 피 워도, '왜 캐나다에 와서까지 이 야단이냐.' 볼멘소리 나올 만도 한데 도 그냥 불구경이다. 때론 경찰의 에스코트까지 받는다. 도통한 나라 다. 공자요, 부처요, 예수다. 마음이 태산이요, 태평양이다.

이성적 합리성과 보편성이 모든 일처리의 바탕이 되는 중용적 상 식의 사회, 비상식적 충격요법(뇌물 같은 지름길)이 통하지 않는 깨끗 하고 조용한 사회, 그 많은 호수처럼 맑고 단풍잎 국기처럼 평화스러 운 나라, 세계를 두루 안고 함께 고민하고 화합하며 사는 모범의 나 라다. 유엔평화군 하면 캐나다군을 으뜸으로 선호한다. 유엔본부는 미국이 아니라 캐나다에 있어야만 했다. 평화 하면 캐나다요, 유엔은 세계평화를 위해 존재하기 때문이다.

해서 나는 조국 한국을 사랑하는 것만큼 캐나다를 사랑한다.

Oh! CANADA!

여 동 원 에 세 이

땅을 딛고
하늘 보기

- 그 우주의 숨소리 -

적으로 선(善)이기 때문이다.

같은 값이면 다홍치마다. 농부가 보잘것없는 바가지 하나 만드는 데도 거기에 미적 안목을 담기를 원하고, 보기 좋은 떡이 먹기도 좋다는 시각적 예술 또한 그것을 증명해 주고 있다.

이렇게 최상의 예술품인 엄마의 젖가슴과 아가의 표정을 함께 어울리게 한 하늘의 의도는 궁극적으로 부드러운 세상이길 원해서이고, 종족보존이라는 부양심리에 충동적 에너지 효과를 노린 것일 게다. 심지어 엄마가 어떤 불행한 사고로 부양을 차단 당했을 경우에도 그 이웃으로 하여금 아가의 귀여움에 외면할 수 없게 하여 지속적 양육을 가능케 한 예는 수없이 많다. 이는 생명체의 지속성과 생태계의 균형을 유지키 위한 하늘의 치밀한 계산으로밖에 볼 수 없다. 짐승들도 사람의 아기를 주어 기른 예가 있다고 들었다.

모든 동물의 젖은 서로 다른 종의 세끼들도 먹고 자랄 수 있게끔 배려되어 있다고 어느 동물학자의 말을 들은 기억이 난다. 얼마나 신묘한가. 심리학자들의 말을 들어보면 세 살 때까지가 심리형성에 절대적 영향을 끼친다고 하는데 엄마 젖을 빠는 시기와 거의 일치하고 있다. 이 시기에 일생 살아갈 정신무장을 시키기 위해 엄마의 젖가슴에 최고의 미학적 솜씨를 발휘한 하늘의 뜻에 감복한다.

한 손으로 따스하고 말랑한 다른 쪽 젖가슴을 만지작거리며 젖을 빨면서 눈은 엄마의 눈에 고정시켜 엄마의 사랑까지도 마시며 자라는 동안 형성된 건강한 육체와 정서로 일생을 준비케 한, 건강한 아이들의 미래는 부드러운 사회가 아니 될 수 없을 것이다.

젖가슴 세대들이 곡선의 미학을 빚어내었다면 우유병 세대들은 직선적 표현일 수밖에 없는, 오늘의 사회가 거칠어지고 메말라가는 것은 너무도 뻔한 결과가 아니겠는가.

직선적 구도는 기능적이지만 정서적 표현은 곡선에서 나온다. 어느 쪽 사회가 하늘을 닮은 하늘이 원하는 사회겠는가.

엄마들이여! 가슴을 열어 아이들에게 젖을 물려라.

아빠들이여! 엄마 젖을 빠는 아이들의 미소가 하늘만큼 땅만큼 귀하지 아니한가.

오, 캐나다!

나는 캐나다를 좋아하고 사랑한다. 한국에서 산 햇수보다 캐나다에서 산 햇수가 길어서만은 아닌 듯하다. 조국 한국을 사랑하는 마음이 핏속에 흐르는 운명이라면 캐나다를 사랑하는 이유는 피부에 닿는 현실적 감정이랄 수 있겠다.

이민을 시작할 50년 전(1968)의 나는 세월만큼 변했고 한국도 캐나다도 변했다. 의식도 가치관도 세월만큼 변했을 터이다. 이민 당시에 느낀 인상들이 오늘에도 그대로일 순 없다. 그 격변의 세월을 무시하고 당시 첫인상의 느낌만을 가지고 "이것이 보편적 캐나다상이오."라 말한다면 억지가 된다. 그렇다 해도 캐나다적인 굵은 심지야 변했으랴고.

좋은 첫인상으로 이민을 시작하긴 했으나 나를 50년을 묶어 버려 살게 한 더 큰 이유는 이 땅이 인간이 빚어낼 수 있는 꿈의 지상천국을 닮아 보여서일 게다. 해서 이 책은 그 닮아 보이는 것들을 정리해 본 것들이다.

우리나라가 탈 후진국 삽질이 요란하던 60년대에 캐나다로 이민봇

짐을 싸들고 왔을 때 천국이 하늘에만 있는 별천지가 아니라 지상에도 있구나 하리만큼 품위 반듯한 나라살림 꾸밈새에 감탄했었다. 그느낌은 50년의 세월이 지난 지금도 별반 달라지지 않는 것으로 봐 피상적 감상만은 아니었던 셈이다. 그렇다 해서 내가 캐나다에서 번듯한 직장에서 잘 나간 삶을 산 것도, 성공적인 사업으로 돈을 많이 번 것도 아닌, 그저 다만 밑바닥 힘든 일을 게으름 피우지 않고 소시민의 평균치 삶을 끙끙대며 살았을 뿐인데도 큰 불만 없이 살았다. 캐나다에서의 삶의 질은 인간이 가꾸어 낼 수 있는 최대치가 이보다 더 클 수가 있을까 싶을 정도이다. 세계 어느 나라와 견주어서도 결코 뒤떨어지지 않는. 캐나다에 후한 점수를 주는데 인색하고 싶지 않다.

UN회원국보다 더 많은 다민족이 여러 계층을 이루며 서로 다른 풍습, 종교, 언어, 식성 그리고 민족적 자긍심(자존심)들을 가지고 거기에서 파생된 의식과 가치관으로 뒤섞여 살면서도 이보다 더 가지런히 평화스럽게 나라살림이 꾸려질 수가 있을까 싶다. 아무리 따져 봐도 불가사의한 일이다.

지금 오늘 이 순간에도 지구촌 곳곳에선 인종 종교 간에, 지역 나라 간에 얽힌 여러 문제들로 반목하고 싸우고 죽이며 바람 잘 날이 없는데도, 인종 전시장인 캐나다에 이민 와 살기만 하면 민족 간에, 종교 간에, 언어와 풍속과 음식 간에 큰 반목의 소리 안 들리니 참으로 묘하고 신기하다. 캐나다 땅 밖에서는 싸우고 죽이기까지 하는 심각한 문제들이 캐나다 땅 안에서는 같은 사람들인데도 문젯거리가 되지 않으니 더욱 그러하다.

유치원에서부터 대학에 이르기까지 피부색으로 갈라 패싸움 했다